d

Peter Cameron

So
oder
anders

Geschichten
Aus dem
Amerikanischen
von
Dirk van Gunsteren

Diogenes

Titel der 1986 bei Harper & Row Publishers, New York,
erschienenen Originalausgabe:
›One Way or Another‹
Copyright © 1986 by Peter Cameron
Umschlagillustration:
G. W. Felini

Inhalt

Memorial Day

Ich esse meine Grapefruit mit dem Grapefruitlöffel, den meine Mutter im letzten Sommer einem Vertreter auf einem großen Fahrrad mit drei Rädern abgekauft hat. An jenem Tag saßen meine Mutter und ich auf den Eingangsstufen und sahen zu, wie er die Straße herunter, in unsere Einfahrt hinein und den Weg zur Haustür herauf auf uns zuglitt. Er legte seinen Koffer auf die Lenkstange und öffnete ihn, und der Koffer war gefüllt mit Geräten, die man zum Zubereiten von Obst gebrauchen kann: Messer zum Aushöhlen von Ananas, Kugelausstecher für Melonen, Wassermelonenentkerner, Apfelsinenpressen und Grapefruitlöffel. Meine Mutter kaufte vier dieser Löffel, und der Mann radelte aus unserem Leben.

Das war vor etwa einem Jahr. Seitdem hat sich eine Menge geändert, überlege ich, während ich das Fruchtfleisch der Grapefruit mit der gezahnten Kante des Löffels von der Schale löse. Meine Mutter hat wieder geheiratet, mein Vater ist nach Kalifornien gezogen, und ich habe aufgehört zu sprechen. Das heißt, in der Schule rede ich eine ganze Menge, aber zu Hause sage ich kein Wort. Es gibt hier keinen, dem ich irgend etwas zu sagen hätte.

Mir gegenüber am Tisch sitzt mein neuer Stiefvater und trinkt Malzkaffee. Letztes Jahr war er noch nicht da. Ich glaube, er war letztes Jahr nirgendwo. Er heißt Lonnie, und meine Mutter hat ihn auf einer ›Seth spricht‹-Veranstaltung kennengelernt. Seth ist so ein Typ, der keinen Körper hat und sich der Stimme einer Frau bedient und den Leuten sagt, wie sie ihr Leben in Ordnung bringen können. Lonnie und meine Mutter haben ihr Leben in Ordnung gebracht. »Immer eins nach dem anderen«, sagt meine Mutter jeden Morgen, und dabei lächelt sie Lonnie an und dann, weniger glücklich, mich.

Lonnie ist nur dreizehn Jahre älter als ich; er ist neunundzwanzig, sieht aber aus wie ungefähr vierzehn. Wenn wir zu dritt irgendwohin gehen, halten die Leute ihn für meinen Bruder.

»Hör dir das an«, sagt Lonnie. Weder Lonnie noch meine Mutter haben aufgehört, mit mir zu reden. Sie fragen mich um Rat und lesen mir Sachen vor, in der Hoffnung, daß ich meinen Vorsatz vergesse und etwas sage. »Wenn die Zerstörung von Bäumen durch den großen Schwammspinner im gegenwärtigen Tempo fortschreitet, wird sich Nordamerika bis zum Jahr 4000 in eine Wüste verwandelt haben, in der jegliches Leben unmöglich ist.« Lonnie hat einen morbiden Sinn für Humor und ist begeistert von makabren Spaltenfüllern. Er sieht nicht auf, weil er weiß, daß ich ihm nicht antworten werde. Er liest weiter in der Zeitung und sagt: »Menschenskinder, das muß man sich mal vorstellen.«

Ich sehe aus dem Fenster. Meine Mutter sitzt in einem Schlauchboot im Swimmingpool und schrubbt die Glasfiberwände des Beckens mit einer Scheuerbürste und einem Haushaltsreiniger. Die Wände setzen im Winter immer einen Rand an. Das macht sie an jedem Memorial Day. Jedes Jahr eröffnen wir an diesem Wochenende die Swimmingpool-Saison, und jedes Jahr pumpt sie das gelbe Schlauchboot auf, setzt sich ihren Yankee-Hut auf, damit ihr Haar nicht durch die Sonne orange wird, paddelt an den Wänden des Beckens entlang und zieht eine Spur von Seifenblasen hinter sich her.

Letztes Jahr fiel beim Putzen der Diamant aus ihrem alten Verlobungsring und versank im Swimmingpool. Sie war immer noch mit meinem Vater verheiratet, obwohl sie vorhatten, sich nach einem letzten »Familienurlaub« im Juli zu trennen. Meine Mutter schüttelte den Seifenschaum von ihrer Hand und hielt sie vors Gesicht, als bewunderte sie einen neuen Ring. »O Stephen!« sagte sie. »Ich glaube, ich habe meinen Diamanten verloren.«

»Was?« sagte ich. Damals sprach ich noch.

»Der Diamant ist aus meinem Ring gefallen. Hier.«

Ich stand von meinem Sessel auf und kniete mich an den Rand des Beckens. Sie streckte mir ihre Hand hin, so wie Frauen in alten Filmen, wenn sie erwarteten, daß man ihnen die Hand küßt. Ich sah auf ihren Ring. Sie hatte recht: Der Diamant war weg. Die Fassung sah aus wie eine leere Hand, die angestrengt etwas festhielt, das nicht mehr da war.

»Siehst du ihn?« fragte sie und spähte in das Becken. Wir hatten gerade erst die Abdeckplane abgenommen, und das Wasser war trübe. »Er muß irgendwo da unten sein«, sagte sie. »Vielleicht findest du ihn, wenn du tauchst.« Sie sah mich an, und ihr Gesicht hatte einen lieben, bittenden Ausdruck. Ich zog mein Hemd aus. Ich fühlte, wie sie meine Brust musterte. Ich habe keine Haare auf der Brust, und jedesmal, wenn der Blick meiner Mutter darauf fällt, weiß ich, daß sie genau hinsieht, ob schon welche gewachsen sind.

Ich tauchte ins Wasser. Es war so kalt, daß mein Kopf schmerzte. Ich öffnete die Augen, und suchte schnell den Boden ab. Ich kam mir vor wie einer von diesen japanischen Perlentauchern. Aber den Diamanten fand ich nicht.

Ich tauchte wieder auf und schwamm zum Rand. »Ich hab ihn nicht gefunden«, sagte ich. »Ich kann gar nichts sehen. Wo ist die Taucherbrille?«

»O je«, sagte meine Mutter. »Haben wir die nicht letztes Jahr weggeworfen?«

»Hab ich ganz vergessen«, sagte ich. Ich kletterte aus dem Becken und stand fröstelnd in der Sonne. Plötzlich kam mir der Gedanke, meine Eltern würden sich vielleicht nicht trennen, wenn ich den Diamanten fände. Ich weiß, es klingt lächerlich, aber in diesem Augenblick, als ich mit verschränkten Armen dastand und sah, wie meine Mutter in ihrem Schlauchboot zu weinen begann – in diesem Augenblick bekam der Diamant, der irgendwo auf dem Boden des Swimmingpools lag, eine größere Bedeutung, und ich dachte, wenn er wieder in die kleine, klauenartige Hand am Ring meiner Mutter eingesetzt würde, könnten wir für alle Zeit glücklich zusammen sein.

Also ließ ich mich von meinem Vater in die Stadt fahren und kaufte im Supermarkt eine Taucherbrille, und als wir wieder zu Hause waren, setzte ich sie auf – ich spuckte vorher hinein, damit das Glas nicht beschlug – und tauchte in den Swimmingpool, immer wieder, bis ich, zwischen vermodernden Blättern und aufgeblähten Spannerlarven, tatsächlich den glitzernden Diamanten fand.

Ich werfe die Grapefruitschale weg, gehe hinaus, setze mich auf das Ende des Sprungbretts und lasse meine Füße ins Wasser hängen. Meine Mutter sieht mich kurz an. Wahrscheinlich überlegt sie, ob es sich lohnt, etwas zu sagen. Dann putzt sie weiter.

Später sitze ich neben dem Briefkasten. Seit ich aufgehört habe zu reden, habe ich eine Menge Briefe geschrieben. Ich schreibe an Männer, die im Gefängnis sitzen, und ich antworte auf Kleinanzeigen und tue so, als sei ich das, was der Inserent sucht: »eine elegante, kultivierte Sie für schöne Stunden am Nachmittag«, oder ein »dunkelhäutiger Adonis für Männerfreundschaft«. Die Post aus den Gefängnissen mag ich am liebsten: lange Briefe über nichts, da man im Gefängnis anscheinend nichts tut. Viele Erinnerungen. Viele bizarre Wünsche: Schick mir einen Schuhlöffel. Schick mir einen leeren Eierkarton (Basteln und Werken?). Schick mir eine elektrische Zahnbürste. Ich schreibe gern Briefe an Leute, die ich nie kennengelernt habe.

Lonnie pflanzt die Geranien ein, die er heute morgen vom Supermarkt, wo er das Gemüse gekauft hat, mitgebracht hat. Lonnie achtet sehr darauf, daß er »seinen Teil beiträgt«. Ich nicht. Jeden Abend warte ich mit köstlicher Vorfreude darauf, daß meine Mutter mir sagt, ich solle den Abfall hinausbringen. »Wie oft muß ich dir das eigentlich sagen? Kannst du das nicht *einmal* von allein machen?«

Lonnie steht auf und kommt mit der kleinen Pflanzschaufel in der Hand auf mich zu. Er hat karierte Bermudashorts und ein ›Disney World‹-T-Shirt an. Wenn ich sprechen würde, würde ich ihn fragen, wann er in Disney World war. Aber ich kann auch ohne diese Information leben.

Lonnie schleudert die Schaufel in meine Richtung, und sie bohrt sich wie ein Messer ein paar Zentimeter neben meinem Bein in die Erde. »Treffer!« sagt Lonnie. »Angst gehabt?«

Ich glaube, wenn jemand aufhört zu sprechen, vergessen die Leute einfach, daß er immer noch hören kann. Lonnie sagt immer irgendwelchen Blödsinn zu mir – Sachen, die man nur zu einem Tauben oder zu einem Baby sagen würde.

Wie zur Bestätigung sagt Lonnie: »Was für ein Tag!« Er streckt sich neben mir aus, und ich sehe mir seine langen, weißen Beine an. Er trägt leichte Halbschuhe und weiße Socken. Er geht nie barfuß. Er ist zu spießig, um barfuß zu gehen. Er würde sofort in eine Glasscherbe treten. Lonnie ist der Typ dazu.

Der »Captain-Ice-Cream«-Wagen rollt langsam durch unsere Straße. Lonnie steht auf und greift in seine Tasche. »Willst du ein Stieleis?« fragt er, während er sein Kleingeld zählt.

Ich schüttle den Kopf. Ein Stieleis? Wo kommt er denn her – aus Kentucky?

Lonnie stellt sich auf die Straße und winkt dem Eiswagen anzuhalten, als ob es nicht vollkommen klar wäre, warum er dort steht.

Der Wagen hält an, und der Eisverkäufer springt heraus. Es ist eine Frau. »Was darf es sein?« sagt sie und öffnet die Klappe an der Seite des Wagens, hinter der die Eisbehälter sind. Es ist einer von diesen altmodischen Wagen, bei denen das Eis in tiefen Kübeln steckt. Früher dachte ich immer, daß man unglaublich lange Arme haben muß, um ein guter »Captain-Ice-Cream«-Verkäufer zu sein.

»Na ja, ich möchte ein schönes Stieleis«, sagt Lonnie.

»Ein doppeltes vielleicht?« schlägt die Frau vor. »Welche Sorte?«

»Haben Sie Kirscheis?« fragt Lonnie.

»Klar«, sagt die Frau. »Kirsche, Trauben, Orangen, Zitronen, Cola und Tuttifrutti.«

Eine Sekunde lang habe ich das schreckliche Gefühl, daß Lonnie ein Tuttifrutti will. »Ich nehme Kirsch«, sagt er.

Lonnie kommt zurück und pellt das klebrige Papier von seinem Kirscheis. Es ist schreiend rosa. Der Wagen fährt weiter. »Rat mal, wieviel so was kostet«, sagt Lonnie und setzt sich neben mich ins Gras. »Sechzig Cents. Gut daß du keins wolltest.« Er leckt erst seine Finger ab und probiert dann vom Eis. »Willst du mal beißen?« Er hält mir das Eis hin.

Lonnie ist so geduldig und so nett. Pech für ihn, daß er so ein Blödmann ist. Ich nehme einen Bissen von seinem Doppel-Kirscheis.

»Gut, was?« sagt Lonnie. Er sieht eine Sekunde lang zu, wie ich esse, und beißt dann selbst ein Stück ab. Er bricht das Doppeleis auseinander und ißt es mit ein paar riesigen Bissen auf. Ein kleiner rosa Tropfen läuft ihm über das Kinn.

»Worauf wartest du?« fragt er. Ich nicke zum Briefkasten hin.

»Heute ist Memorial Day«, sagt Lonnie. »Da kommt keine Post.« Er steht auf und zieht die kleine Schaufel aus der Erde. Ich muß an König Artus denken. »Heute kriegt keiner irgendwelche Post«, sagt Lonnie. »Ganz gleich, wie lange du wartest.« Er gibt mir seine beiden Eisstiele und geht zurück zu seinen Geranien.

Während ich mit den klebrigen Eisstielen in der Hand da-
sitze, habe ich das Gefühl, daß ich sie lange aufheben, eines
Tages wieder auf sie stoßen, und mich dann an diesen
Augenblick erinnern werde, aber falsch.

Die Holzkohlen im Grill sind zu Asche zerfallen, als die
Glühwürmchen hervorkommen. Sie schweben zögernd
in der Luft, als seien sie von der Abenddämmerung über-
wältigt.

Lonnie und meine Mutter sitzen neben dem nunmehr
sauberen Swimmingpool, und ich sitze auf der anderen
Seite der »Forsythien-Natur-Hecke«, die ihn umgibt, sehe
den Fledermäusen zu, die von Baum zu Baum jagen, und
fühle, wie die Dunkelheit um mich her gerinnt. Ich kann
hören, daß sich Lonnie und meine Mutter unterhalten, aber
ich kann nicht verstehen, was sie sagen.

Ich liebe diese Tageszeit – früher Abend, im Frühsommer. Es bringt mich fast zum Weinen. Am Memorial Day
haben wir immer mit meinem Vater gegrillt, und dieses Jahr
hat meine Mutter die Hamburger auf ihrem neuen Grill ge-
braten, den Lonnie ihr zum Muttertag geschenkt hat (sie ist
alt genug, um seine Mutter zu sein, aber sie ist nicht seine
Mutter, hätte ich gesagt, wenn ich sprechen würde), und
zwar genauso dämlich und frohgemut wie letztes Jahr. Sie
hat kein Gefühl für Heiliges oder für Rituale. Sie würde
Lonnie die Kleider meines Vaters geben, wenn mein Vater
irgend etwas zurückgelassen hätte, was man weggeben
könnte.

Meine Mutter kommt mit dem Gartenschlauch auf mich
zu, geht aber an mir vorbei zu ihrem Garten, um die Erbsen

zu gießen. »Okay«, ruft sie Lonnie, der am Wasserhahn steht, zu. Er dreht den Hahn auf und verschwindet im Haus. In der Küche geht das Licht an.

Meine Mutter steht da, eine Hand in die Seite gestemmt, während die andere mit dem Schlauch sich hebt und senkt und einen breiten Wasserfächer auf den Garten niedergehen läßt. Früher hat sie mich jeden Abend gebadet, und ich denke an die Erbsen, die tropfend in ihren grünen Schoten hängen. Ich liege mit einem Ohr im kühlen Gras und kann das Trommeln der Wassertropfen im Garten hören. Das Geräusch macht mich schläfrig.

Dann hört es auf, und ich hebe den Kopf und sehe, daß meine Mutter auf mich zukommt. Die Haut an ihren nackten Armen und Beinen ist gerötet. Sie setzt sich neben mich, und eine Weile sagt sie gar nichts. Ich tue so, als würde ich schlafen, obwohl ich weiß, daß sie weiß, daß ich wach bin.

Und dann fängt sie an zu sprechen, wie ich es geahnt habe. Meine Mutter sagt: »Du brichst mir das Herz.« Sie sagt es, als sei es wirklich wahr, als würde ihr das Herz tatsächlich brechen. »Ich wollte es dir nur sagen«, sagt sie. »Du bist alt genug, um zu wissen, daß du mir das Herz brichst.«

Ich setze mich auf. Ich sehe die Brust meiner Mutter an, als könnte ich sehen, wie ihr das Herz bricht. Sie hat ein Polohemd an, und über ihrer linken Brust ist ein kleiner blauer Wal eingestickt. Ich habe Angst, ihr ins Gesicht zu sehen.

So sitzen wir eine Zeitlang, und die Dunkelheit um uns her nimmt zu. Als ich den Mund aufmache, um etwas zu sagen, streckt meine Mutter den Arm aus und legt mir die Hand auf den Mund.

Ich sehe sie an.

»Warte«, sagt sie. »Sag jetzt nichts.«

Ich spüre ihre Haut auf meinen Lippen. Ihr Handgelenk riecht nach Chlor. Die Glühwürmchen, die rings um uns her aufleuchten, machen mich schwindlig.

Hochzeit & Heiden

Joan versucht, sich darüber klarzuwerden, ob sie Toms Angewohnheit, auf dem Autoradio ständig den Sender zu wechseln, liebenswert findet oder ob sie ihr auf die Nerven geht. Es ist spät in der Nacht, und sie fahren in nördlicher Richtung und lassen Boston und die guten Sender hinter sich, und er drückt immer öfter auf die Tasten. Nie ist er lange mit einem Sender zufrieden. Sie fahren über das Wochenende zu seinen Eltern nach Maine.

Sie kurbelt das Fenster hinauf, denn es wird kalt, und stellt die leere Mineralwasserdose zu ihren Füßen auf den Boden, hebt sie aber gleich wieder auf, weil sie sich nicht sicher ist, ob sie so etwas in seinem Wagen tun darf. Beim letzten Tanken hat sie 55 Cents vom »Autobahngeld« genommen (sie fuhren nicht mehr auf der Autobahn und brauchten keine Gebühr mehr zu bezahlen) und am Automaten eine Dose Tab gezogen. Als sie Tom die Dose unter das Kinn hielt, damit er einen Schluck nehmen konnte, sagte er: »Igitt, Tab. Hättest du nicht ein Sprudelwasser kaufen können, das wir beide mögen?«

Toms Mutter, Mrs. Thorenson, hört sie ankommen, bleibt aber im Bett liegen. Mitten in der Nacht sieht sie nicht so umwerfend aus, und der erste Eindruck ist eben doch wichtig. Sie hört, wie sie ins Haus kommen, hört, daß sie versuchen, leise zu sein, hört, wie Tom auf bestimmte Dinge hinweist: »Da unten ist das Meer. Kannst du es sehen?« Sie hört, daß sie auf die Toilette gehen. Es klingt, als würden sie sie gemeinsam benutzen – jedenfalls unterhalten sie sich, während Tom pinkelt (es hört sich an wie ein pinkelnder Mann) –, obwohl Joan auch in der Halle stehen könnte. Dann hört sie die beiden nach oben, in sein Zimmer, gehen. Sie ist froh, daß sie nicht aufgestanden ist und das nicht sieht. Sie hört, wie sie ins Bett gehen und sich lieben, und schläft dabei ein.

Es ist nicht die Sonne, die Joan weckt, sondern Tom. »Steh lieber auf«, sagt er. »Wir stehen hier früh auf.« Er steht in den blaßblauen kurzen Tennishosen, die er, mit ihrer Hilfe, Donnerstagabend bei ›Herman's‹ gekauft hat, neben dem Bett. Tom ist nicht braun, obwohl es August ist. Aus diesem Blickwinkel – sie liegt im Bett, und Tom steht neben ihr – sehen die Haare an seinen Beinen sehr unattraktiv aus. Sie steht auf und stellt sich in ihrem Nike T-Shirt neben Tom.

»Was soll ich anziehen?« fragt sie. »Kommt man bei euch besonders angezogen zum Frühstück?« Wann kann ich duschen? denkt sie. Jetzt oder nach dem Frühstück? Haben die überhaupt eine Dusche? Gestern nacht im Badezimmer hat sie keine gesehen.

»Nein, nicht besonders angezogen«, sagt Tom. Er zieht sich das blau-weiß gestreifte Hemd, das zu den Tennishosen paßt, über den Kopf und sagt dabei: »Aber angezogen.«

Joan sieht aus dem Fenster. Eine Frau zerrt eine schwarze Katze an einer Leine über den Rasen. Die Katze sieht aus, als sei sie tot.

»Das ist Deborah«, sagt Tom. Sie stehen nebeneinander am Fenster und sehen Deborah zu. »Ich weiß nicht, was sie da hat.«

»Eine Katze«, sagt Joan.

»Sieht aus wie ein Stinktier.«

»Ist dein Vater auch da?« fragt Joan. Sie zieht ihren Jeansrock an und dann ihr T-Shirt aus.

»Weiß ich nicht«, sagt Tom. »Hoffentlich nicht.«

In der Küche schneidet Mrs. Thorenson Obst für einen Obstsalat. Sie hat extra für das Wochenende Kiwis gekauft, weiß aber nicht, wie man sie zerkleinert. Muß man sie schälen? Die stoppelige Haut sieht unappetitlich und irgendwie gefährlich aus. Aber als sie versucht, die Kiwis zu schälen, verwandelt sich das weiche grüne Fruchtfleisch in Mus. Sie hat, nach dem Rezept in der Frauenzeitschrift, die Erdbeeren geviertelt, die Bananen (diagonal) in Scheiben geschnitten, die Grapefruit in kleine Stückchen zerteilt und mit einem Teelöffel kleine Kugeln aus der Netzmelone ausgestochen, aber von Kiwis steht in der Frauenzeitschrift nichts. Die Kiwis sind unmöglich. Sie wirft sie in den Abfalleimer. Weg damit, obwohl das eine Schande ist – immerhin kosten die Dinger 99 Cents das Stück.

Sie sieht, wie Deborah ihren Kater – wie hieß er noch? Gilda? – an das Geländer des Flachdachs bindet und hereinkommt.

»Meinst du, daß ich ihn da draußen lassen kann?« fragt Deborah.

»Natürlich«, sagt Mrs. Thorenson. Gilbert klettert auf

den Regiesessel aus Segeltuch und liegt in der Sonne. »Du mußt nur aufpassen, daß er nicht runterfallen kann und sich erhängt.«

»Kann er nicht«, sagt Deborah. Sie macht den Kühlschrank auf und sieht hinein. »Er hat kein Halsband an, sondern ein Geschirr. Sind sie schon runtergekommen?«

»Nein«, sagt Mrs. Thorenson. »Aber sie sind wach.«

»Sie hat ihre Seife im Badezimmer liegengelassen«, sagt Deborah. »Clinique.«

»Na und?« sagt Mrs. Thorenson.

»Nichts na und. Nur zu deiner Information.«

Alles geht glatt an diesem Morgen. Mrs. Thorensons Obstsalat ist ein großer Erfolg, der Kaffee, den Deborah mit Zimt gewürzt hat, verbreitet einen angenehmen Duft in der Küche, und Joan beginnt sich zu entspannen. Es gibt eine Dusche, eine schöne Dusche mit einem verstellbaren Duschkopf, und jede Menge warmes Wasser, und nach dem Frühstück duscht Joan ausgiebig und zieht sich ihren Badeanzug an.

Eine Weile sitzen sie alle auf dem Flachdach. Deborah läßt Gilbert von der Leine, und er hockt sich schnurrend unter einen Myrtenstrauch und sieht benommen aus. Um zehn fahren Mrs. Thorenson und Deborah zum Flughafen, um Mr. Thorenson abzuholen, der gestern nacht seinen Flug verpaßt hat.

Joan und Tom gehen zum Strand hinunter. Er ist steinig, bis auf ein kleines, mit Eisenbahnschwellen eingefaßtes Stück, das mit Sand aufgefüllt ist – mit Sand, der, wie Tom erklärt, gekauft und jeden Sommer und nach jeder besonders hohen Flut erneuert wird. Sie haben ihn sackweise im Bootshaus.

Aber dieses Stück Strand ist wie eine kleine Oase, und Tom und Joan legen sich darauf, auf ein altes Bettuch mit einem Zauberer-von-Oz-Motiv, nur daß Dorothy nicht wie Judy Garland, sondern wie Heidi aussieht. Sie ist blond und trägt Lederhosen.

Die blonden, hüpfenden Dorothys gehen Joan auf die Nerven, aber als sie die Augen schließt und immer wieder über die kleinen Buckel auf Toms warmem Rücken fährt – eine Geste, die sie sonst für die Augenblicke im Bett, wenn sie miteinander geschlafen haben, reserviert hat –, geht es ihr langsam besser, und als Deborah, die Gilbert wieder an die Leine genommen hat, an den kleinen Strand kommt, ist sie fast glücklich. Es ist gar nicht so schlecht hier. Es ist nett.

»Papa hat auch dieses Flugzeug verpaßt«, verkündet Deborah. »Mama fängt an, sich Sorgen zu machen.«

»Kann sie nicht anrufen?« fragt Tom. Er macht die Augen nicht auf.

»Hat sie ja. Aber es geht keiner dran.« Deborah läßt die Leine fallen und watet ins Wasser. Gilbert kauert auf dem Sand und sieht sehr verängstigt aus.

Joan setzt sich auf und sieht Deborah im Wasser zu. Auf dem College war Deborah mit einem pakistanischen Austauschstudenten verheiratet. Das hat Tom Joan erzählt, aber er hat ihr auch gesagt, daß darüber nicht mehr gesprochen wird. Die Sache ist, wie er es ausgedrückt hat, »tot und begraben«.

»Seid ihr schon im Wasser gewesen?« ruft Deborah.

»Nein«, schreit Joan, »aber mir ist heiß.«

»Komm rein«, schreit Deborah zurück. »Es ist herrlich.«

Joan steht auf und steigt über Gilbert, der zusammenzuckt, hinweg. Sie bleibt auf dem feuchten Sand am Ufer stehen und läßt die Wellen auf sich zukommen. Das Stehen macht sie schwindlig.

Deborah watet platschend auf das Ufer zu, zieht ihr Oberteil aus und wirft es auf den Strand. Es landet neben Gilbert, der hochschreckt und den Weg zum Haus hinaufrast. Deborah rennt wieder hinaus und wirft sich kopfüber in eine Welle. Sie hat unter ihrem Oberteil nichts an.

»Ich hab vergessen, meine Kontaktlinsen rauszunehmen«, sagt Joan zu niemandem: Deborah ist unter Wasser, und Tom hört sie nicht.

Deborahs Kopf, ihre braunen Schultern und weißen Brüste gleiten aus dem Wasser, und sie wirft ihr Haar nach hinten. »Komm«, ruft sie Joan zu. »Es ist herrlich!«

»Ich muß erst meine Kontaktlinsen rausnehmen«, schreit Joan. »Bin gleich wieder da.«

Deborah macht ein Gesicht, dessen Ausdruck Joan nicht zu deuten weiß: Es könnte Verärgerung oder Sympathie oder Ekel sein.

Joan berührt Toms Rücken mit einem ihrer nassen Zehen und sagt, zum dritten Mal in drei Minuten: »Ich hab vergessen, meine Kontaktlinsen rauszunehmen. Kann ich raufgehen?«

»Klar«, sagt Tom. »Könntest du das Sonnenöl mitbringen? Ich glaube, ich kriege an den Schultern einen Sonnenbrand.«

»Stimmt«, sagt Joan. »Paß lieber auf. Dreh dich um.«

Mrs. Thorenson sitzt auf dem Flachdach unter einem riesigen lavendelfarben und weiß gestreiften Sonnenschirm und trinkt Orangensaft.

»Tut mir leid, daß mein Mann Ihnen das Wochenende verdirbt«, sagt sie, als Joan den Weg hinaufkommt. An ihrer Sonnenbrille ist ein rosafarbenes Plastikdreieck für die Nase, das sie hochgeklappt hat, so daß es aussieht wie ein kleines Horn, das zwischen ihren Augen wächst.

Joan wußte gar nicht, daß Mr. Thorenson ihr das Wochenende verdirbt. »Nein, nein«, sagt sie, während sie überlegt, was sie sagen soll. »Ich genieße es sehr hier.«

»Ich nicht«, sagt Mrs. Thorenson. »Vielleicht wäre es besser, wenn er gar nicht käme. Hat Tom Ihnen erzählt, daß er religiös geworden ist?«

Tom hatte Mr. Thorensons neuentdeckte religiöse Begeisterung mal erwähnt und gesagt, daran seien nur die Ärzte schuld, die ihm das Bridge-Spielen verboten hätten, mit der Begründung, er betreibe es »obsessiv«. Aber Joan weiß nicht genau, was das damit zu tun hat, daß er all die Flugzeuge verpaßt: Ist er einer von diesen Verrückten, die auf Flughäfen versuchen, den Leuten Blumen anzudrehen? So schlimm ist es bei ihm bestimmt nicht.

Joan beschließt, auf Nummer Sicher zu gehen, und greift auf den Satz zurück, der inzwischen zu ihrem Standardrepertoire gehört. »Ich bin raufgekommen, um meine Kontaktlinsen rauszunehmen«, sagt sie. »Ich will ein bißchen schwimmen.«

Mrs. Thorenson nimmt einen Schluck von ihrem Drink. Ein Eiswürfel fällt aus dem Glas und auf die Planken, wo er rasch in der Sonne dahinschmilzt. Der schmelzende Eiswürfel erinnert Joan an die Zeitrafferfilme von aufblühenden Krokussen, die sie gesehen hat, nur umgekehrt.

»Ich wußte gar nicht, daß Sie Kontaktlinsen tragen«, sagt Mrs. Thorenson.

»Doch«, sagt Joan. »Seit Jahren.«

»Kommen Sie her«, sagt Mrs. Thorenson. »Lassen Sie mich mal sehen.« Sie streckt ihre gebräunte Hand aus und winkt Joan zu sich. »Sind es harte oder weiche?«

»Harte«, sagt Joan. Sie beugt sich hinunter und läßt Mrs. Thorenson ihr Kinn nehmen und ihr Gesicht zur Seite drehen. Sie reißt die Augen weit auf. Ihr Blick richtet sich auf ein Holzschild, das an die Hauswand genagelt ist und auf dem WILLKOMMEN SCHIFFSKAMERADEN steht.

»Stimmt«, sagt Mrs. Thorenson. Joan spürt ihren heißen Atem auf der Wange. In dem Glas ist nicht bloß Orangensaft, denkt Joan.

Joan ist noch nicht wieder da, als Deborah aus dem Wasser kommt und ihr Oberteil wieder anzieht. »Wo ist Gilbert?«

Tom setzt sich auf. »Er ist zum Haus raufgerannt. Ich glaube, es hat ihm hier unten nicht gefallen.«

»Magst du Gilbert?« fragt Deborah. Sie setzt sich auf das Bettuch, wo Joan vorher gelegen hat, und macht dort einen großen, nassen Fleck.

»Er ist schon in Ordnung«, sagt Tom. »Ich weiß nicht genau.«

»Du könntest wenigstens ein bißchen bessere Laune haben«, sagt Deborah. Sie setzt ihre Punk-Sonnenbrille auf. »Was ist los?«

»Nichts«, sagt Tom. »Laß mich mal probieren.«

Deborah gibt ihm die Sonnenbrille. Er probiert sie auf. Alles sieht ganz anders aus. »Steht dir gut«, sagt Deborah. Sie streckt den Arm aus und nimmt ihm die Sonnenbrille ab. »Aber mir steht sie noch besser.«

»Magst du Joan?« fragt Tom.

»Warum?« fragt Deborah. »Willst du sie heiraten?«

»Ich werde sie fragen«, sagt Tom.

»Im Ernst?« sagt Deborah. »Oder willst du mich verarschen?«

»Nein«, sagt Tom. »Ich meine es ernst. Jedenfalls das mit dem Fragen.«

»Ich kann's nicht glauben«, sagt Deborah. »Ich dachte, ihr hättet euch gerade erst kennengelernt.«

»An Weihnachten«, sagt Tom. »Letzte Weihnachten.« Er legt sich wieder hin. »Jetzt haben wir Sommer«, sagt er, als wäre ihm das gerade erst aufgegangen.

»Wann willst du sie fragen?« sagt Deborah. »Da würde ich gerne zusehen.«

»Ich weiß noch nicht«, sagt Tom. »Irgendwann dieses Wochenende. In einem günstigen Augenblick.«

»Du lieber Himmel«, sagt Deborah. »Ich kann gar nicht glauben, daß du heiratest.«

»Aber magst du sie?«

Bevor Deborah antworten kann, kommt Joan auf den Strand gestolpert. »Ich seh überhaupt nichts«, sagt sie. »Wo ist das Wasser?«

Nach dem Mittagessen läßt Mrs. Thorenson Tom die Leiter halten, während sie Fertiggerichtteller aus Aluminium im Kirschbaum aufhängt. Ihr Klappern und Blitzen ver-

scheucht die Vögel. Mrs. Thorenson hat zehn Fertig-
gerichte aus überbackenen Nudeln (die billigsten) gekauft,
bevor ihr einfiel, daß sie auch Tortenförmchen aus Aluminium hätte nehmen können. In der Frauenzeitschrift stand,
man solle die Fertiggerichtteller dafür nehmen, anstatt sie
wegzuwerfen. Mrs. Thorenson mag Kirschen eigentlich
gar nicht so gerne – sie haben Kerne –, aber es stört sie, daß
die Vögel sie fressen. Die Möwen sitzen immer dick und fett
und mit roten Flecken auf der Brust unter dem Baum.

Joan sitzt auf dem Boden und schält Maiskolben für das
Abendessen. Die leichte Brise nimmt ein paar Fäden mit
und trägt sie davon, so daß sie in der Luft schweben wie lose
Haare. Joan sieht zu, wie sie zwischen den Kiefern verschwinden.

Mrs. Thorensons Kopf ist von Blättern und Fertig-
gerichttellern verdeckt, aber Joan hört, was sie sagt. »Ich
wollte, das wäre ein Pfirsichbaum. Wäre es nicht schön,
wenn das ein Pfirsichbaum wäre? Dieser Baum ist ein Geschenk von einer Frau, die ich nie ausstehen konnte. Als wir
das Haus gebaut haben, kam sie für ein Wochenende, und
sie hat uns diesen Kirschbaum als Einzugsgeschenk gegeben. Ich weiß gar nicht mehr, wer ihn eigentlich gepflanzt
hat. Aber ich weiß, daß er, als sie schon lange wieder weg
war, noch immer mit einem Sack um den Wurzelballen her-
umstand.

Das war damals, als Daddy Freitag abends immer mit Mr.
Thomas im Wasserflugzeug kam und auf dem Großen
Schlangensee gelandet ist. Kannst du dich daran noch erinnern? Wir sind immer nach dem Abendessen rübergegan-
gen und haben am Anlegesteg gewartet, und du und Debo-

rah, ihr hattet Taschenlampen dabei – es wurde gerade dunkel. Und dann tauchte das Flugzeug auf und kam immer näher und näher und landete mit einem großen Platscher, und Papa stieg in seinem Geschäftsanzug mit der Aktentasche in der Hand auf den Steg, als wäre er vom Himmel gefallen. Weißt du das noch?«

»Nein«, sagt Tom. »Muß ich verdrängt haben.«

»Warum hättest du das verdrängen sollen?« fragte Mrs. Thorenson. Ein Fertiggerichtteller fällt aus dem Baum.

»Ich weiß nicht«, sagt Tom. »Vielleicht war es eine schmerzliche Erinnerung.«

»Du warst damals wahrscheinlich einfach zu klein«, sagt Mrs. Thorenson. »Vielleicht kann Deborah sich erinnern. Deborah müßte es eigentlich noch wissen.«

Tom wendet den Kopf, um zu sehen, ob Joan sie beobachtet, und als er sieht, daß sie das tut, macht er eine Bewegung, als wolle er die Leiter unter Mrs. Thorenson wegtreten. Tom schmollt, weil er einen Sonnenbrand auf den Schultern hat. Joan geht auf, daß Tom ein Schmoller ist. Die großen geröteten Flecken, die anfingen, sich auf seinen weißen Schultern auszubreiten, hat Tom entdeckt, als sie sich wieder umzogen. Er hat Joan die Schuld dafür gegeben und ihr vorgeworfen, daß sie ihn nicht richtig mit Sonnenöl eingerieben hat. Während er unter dem Baum steht, verdreht er immer wieder den Hals, um seinen Rücken besser sehen zu können.

Belustigt sieht Joan ihm zu, aber in dem Blattmuster der Schatten, die über Toms gesprenkelte Haut huschen, ist etwas, das ihn von hinten ein bißchen so aussehen läßt, als hätte er Lepra. Bei diesem Gedanken wird ihr schlecht, und darum konzentriert sie sich auf den Mais. Als sie Tom bei der Weihnachtsparty ihres früheren Freundes kennenlernte, fand sie ihn wunderbar. Er sah sehr gut aus und war ein hervorragender, unermüdlicher Tänzer, und nach der Party bestand er darauf, daß sie gemeinsam frühstücken gingen. Auf dem Heimweg, im Taxi, schoß Tom die Ampeln von rot auf grün, und er traf sie alle, und während das Taxi die leere Straße entlangraste, kam Joan langsam der Gedanke, daß sie möglicherweise dabei war, sich zu verlieben. Es war sehr magisch. Aber am nächsten Morgen fragte sie sich besorgt, ob das nicht eher an diesem gemeinen Punsch gelegen hatte. Und seitdem ist alles immer nach demselben Muster abgelaufen: Tom tut etwas Nettes – er schenkt ihr Blumen, er schläft mit ihr auf eine besonders schöne Weise, er lädt sie ein nach Maine –, etwas, das sie berauscht, aber ein paar Minuten oder Stunden oder Tage später verliert sie wieder das Interesse an ihm. Einer der Gründe, warum sie mitgekommen ist nach Maine, ist, daß sie das in den Griff kriegen und endlich eine klare Entscheidung treffen will. Sie streift die Fäden vom letzten Maiskolben. Sie fühlt sich beschwipst, aber nicht der Wein, den sie trinkt, macht sie schwindlig. Es ist irgend etwas anderes. Woher kommt das? denkt Joan. Dann wird es ihr klar. Es liegt daran, daß sie weiß, daß sie Tom nicht liebt. All die Monate lang hat sie versucht, sich das Gegenteil einzureden. Aber jetzt – genau jetzt – weiß sie es. Während sie die letzten Büschel Maisfäden in die braune Papiertüte stopft, spürt sie ganz deutlich, daß ihre Liebe zu Tom vorbei ist. Sie hat so ein Gefühl, daß sich jetzt alles ändern wird, daß alles gut werden wird. Sie lacht. Sie kann nichts dagegen tun.

»Worüber lachst du?« fragt Tom.

»Über nichts«, sagt Joan. »Ich bin bloß glücklich.«

»Tatsächlich?« sagt Tom. Er lächelt. »Ich auch.«

Beim Abendessen in einem Restaurant namens ›Oysters & Oxes‹ fragt Tom Joan, ob sie ihn heiraten will. Der Ober kommt mit einer Flasche Champagner, die Tom heimlich auf dem Weg zur Herrentoilette bestellt hat, und die ganze Prozedur des Entkorkens verschafft Joan ein bißchen Zeit, um darüber nachzudenken, wie sie nein sagen soll.

Dann ist der Ober wieder weg, und Tom sitzt ihr gegenüber, hält vor sich ein Glas Champagner in der Hand und wiederholt seinen peinlichen Heiratsantrag. Joans Glas steht noch immer auf dem Tisch, und sie spürt den kühlen Dunst der Bläschen an ihrer Kehle.

Toms ernstes Gesicht, das im Kerzenlicht vor Aufrichtigkeit glüht, macht sie traurig und schuldbewußt. Wie konnte sie nur zulassen, daß es so weit gekommen ist? Das hier ist eine unangenehme Situation, die sie an Filme – alte Filme – oder an die Zeit erinnert, als ihre Mutter noch jung war.

»Heiraten?« sagt sie, als sei das ein Wort mit vielen Bedeutungsschattierungen.

»Ja«, sagt Tom. »Findest du nicht, daß wir heiraten sollten?«

»Nein«, sagt Joan.

Tom stellt sein Champagnerglas hin. »Oh«, sagt er. Er nimmt es wieder in die Hand und trinkt einen Schluck.

Das hier ist so falsch, denkt Joan. Sie ist überzeugt, daß sich alle verheirateten Leute, die sie kennt, in gegenseitigem

Einvernehmen beim Fernsehen, Brotbacken oder Tapezieren ihrer Wohnung zur Ehe entschlossen haben. Sie und Tom tun nichts von all diesen Dingen. Ein- oder zweimal pro Woche gehen sie ins Kino oder zum Essen, und an den Wochenenden schlafen sie miteinander, aber sie haben nichts zusammen durchgemacht oder sind zusammen auf eine Reise gegangen oder haben auch nur einen richtig großen Krach gehabt. Es ist einfach keine richtige Beziehung. Warum weiß Tom das nicht? Der Gedanke, daß er auf der Grundlage von so wenig in sie verliebt sein kann, macht ihr Angst.

Sie entschuldigt sich und geht zur Damentoilette. Am Spiegel ist mit Klebeband eine handgeschriebene Notiz befestigt, die wie eine Einladung aussieht und auf der steht, daß man, da die Toilette unterhalb des Meerwasserspiegels liege, bitte keine Tampons hinunterspülen möge.

Als sie zurückkommt, hat der Ober die Muscheln mitgenommen. Sie trinkt ein bißchen Champagner. »Tut mir leid«, sagt sie. »Du hast mich überrumpelt.«

»Ist schon in Ordnung«, sagt Tom. »Wir können später darüber reden.«

Nein, sollte sie sagen, niemals, aber sie tut es nicht.

Sie lächelt nur. »Das war sehr nett von dir«, sagt sie. »Danke.«

Tom zuckt die Schultern. Er spielt mit dem Champagnerkorken und läßt ihn in kleinen schiefen Kreisen über die Tischdecke rollen. Wenn ich ja gesagt hätte, denkt Joan, hätte er den Korken als Souvenir behalten und ihn jedes Jahr zur Feier dieses Tages hervorgeholt und mir gezeigt.

Als sie zum Haus zurückkommen, steht Deborah in der mit Sand bestreuten Einfahrt. Es ist windig, und der Wind scheint sogar die Sterne am Himmel durcheinanderzuwirbeln. Joan ist ein bißchen betrunken.

»Gilbert ist abgehauen«, verkündet Deborah, als sie aussteigen. »Ich kann ihn nirgends finden.«

Diese häusliche Tragödie muntert Joan sofort auf; es ist eine willkommene Abwechslung nach dem gespannten Schweigen zwischen ihr und Tom. Außerdem macht der Wind sie wach.

»Gil-bert!« ruft Joan in die vom Wind gebeutelten Büsche.

»Ich dachte, ich hätte ihn irgendwo miauen gehört«, sagt Deborah, »aber ich weiß nicht, wo es herkam.«

Sie lauschen eine Minute lang, aber von Gilbert ist nichts zu hören. Deborah leuchtet mit ihrer Taschenlampe die Krüppelkiefer ab. Joan setzt sich auf die Kühlerhaube des Wagens und zieht ihre Schuhe aus. Sie hat einen Sonnenbrand auf der Oberseite ihrer Füße. »Vielleicht ist er unten am Wasser«, sagt sie.

»Vielleicht ist er tot«, sagt Tom.

»Ich werde am Strand suchen«, sagt Joan, zum Teil, weil sie das Meer bei Nacht sehen, zum Teil aber auch, weil sie allein sein will. Sie sieht Tom mit einem Blick an, von dem sie hofft, daß er ihn davon abhält, sie zu begleiten.

»Willst du eine Taschenlampe?« fragt Deborah. »Wir haben noch eine in der Schublade unter dem Brotkasten.«

»Nein«, sagt Joan. Sie springt von der Kühlerhaube. »Es ist ja ganz hell.« Sie hat recht: Der Mond und die Sterne sehen ungewöhnlich – und beunruhigend – nah aus, als hätten sie ihre Bahnen verlassen und seien dabei herabzustürzen.

»Ich werde drüben bei den Cookes suchen«, sagt Deborah. »Letztes Wochenende lag dort ein totes Kaninchen, und das hat Gilbert vielleicht gerochen. Komm mit«, sagt sie zu Tom. »Ich hab Angst.«

Sie und Tom gehen die Einfahrt hinunter, über den Feldweg und in den Wald. Deborah richtet den Lichtstrahl der Taschenlampe auf den Boden; auf den verfilzten Kiefernnadeln stehen Pilze wie kleine Zelte.

»Und?« sagt Deborah.

»Was und?«

»Und hast du sie gefragt?«

»Ja«, sagt Tom. Er tritt nach einem Pilz und sieht zu, wie das weiße Pflänzchen durch die Luft und aus dem Lichtkegel der Taschenlampe fliegt. »Sie hat nein gesagt.«

»Oh«, sagt Deborah.

Tom bleibt stehen und lehnt sich gegen eine Kiefer. Er zupft ein paar Flechten von der Borke.

Deborah leuchtet mit der Taschenlampe in sein Gesicht. »Bist du traurig?« fragt sie.

Tom sieht sie an, kann sie aber nicht erkennen, weil ihn das Licht blendet. »Ein bißchen«, sagt er. »Ich weiß nicht.«

»Ich würde nicht allzu traurig sein«, sagt Deborah. »Für mich hat sie was ganz schön Zickiges.«

»Oh«, sagt Tom.

»Ich meine, sie ist bestimmt ganz nett. Geht's dir wirklich gut?«

»Mir geht's gut«, sagt Tom. »Ich komme mir bloß wie ein Idiot vor.«

Deborah knipst ihre Taschenlampe aus. »Gilbert ist gar nicht wirklich abgehauen«, sagt sie. »Ich hab mir das nur ausgedacht, um dich loszueisen.«

»Ist Papa gekommen?«

»Nein«, sagt Deborah. »Aber er hat angerufen. Aus Dallas. Er hat gesagt, daß es in Dallas einen Haufen Heiden gibt.«

»Heiden gibt's überall«, sagt Tom. »Ich bin ein Heide.«

»Erzähl das bloß nicht Papa«, sagt Deborah. Sie lacht.

»Wo ist Gilbert?«

»In meinem Zimmer.«

»Vielleicht verläuft sich Joan, während sie nach ihm sucht«, sagt Tom. »Vielleicht kommt sie nie wieder.«

»Vielleicht«, sagt Deborah.

Joan geht um das Haus herum und über den Krocketrasen. Die Tore wachsen wie seltsame gebogene Schilfrohre aus dem Boden. Alles sieht anders aus, denkt Joan, wenn du betrunken bist und es dunkel und windig ist und sich dein Leben verändert. Sie will nur wieder zurück in die Stadt und von vorn anfangen. Sie hat Gilbert bereits vergessen.

Als sie das sanft geneigte Krockettorfeld hinuntergeht, fällt ihr etwas auf der anderen Seite des Hauses ins Auge – der Kirschbaum. Er schwankt im Wind und sieht aus, als wolle er die Fertiggerichtteller von den Zweigen schütteln, und noch während Joan zusieht, löst sich tatsächlich einer und segelt schimmernd durch die Nacht.

Gut geerdet

Ann, meine Freundin, ist Friseuse. Sie hat mir die Haare geschnitten, und dabei habe ich mich in sie verliebt. Jedesmal,
wenn sie mir den Handspiegel hinter den Hinterkopf hielt,
sagte ich: »Kürzer.« Als meine Kopfhaut schließlich wie
eine ständig größer werdende Eierschale immer deutlicher
durch meine Haare hindurch zum Vorschein zu kommen
drohte, sagte Ann, sie glaube, sie solle jetzt besser aufhören,
und ich fragte sie, ob ich sie zu einem Kaffee einladen dürfe.
Sie nahm die Einladung an, trank dann aber Malventee, der
die Haut über ihrer Oberlippe blaßrosa färbte.

Heute muß ich an ihren Beruf denken. Sie sitzt neben mir
auf dem Boden und flicht einer Barbiepuppe Ringelzöpf-
chen. Wir sitzen vor dem Haus meiner Großmutter und
veranstalten einen kleinen Flohmarkt mit ihren Sachen.
Großmutter gibt ihr Haus in Connecticut auf und zieht
nach Kalifornien zu meinen Eltern. Weil sie sich weigert zu
fliegen, fahren Ann und ich sie mit dem Wagen quer durch
das Land. Sie mag Schiffe, und ursprünglich wollte sie mit
dem Schiff fahren.

Als meine Großmutter ihre Sachen für diese Reise zu-
sammenpackte, warf sie alles, was sie nicht behalten wollte,
zur Haustür und zu den Vorderfenstern hinaus. Eine Por-
zellanlampe zerschellte auf dem Weg, der zur Haustür
führt; ich hob die größeren Stücke auf (sie waren gewölbt
und schimmerten wie Muscheln) und kehrte die winzigen
Splitter unter die Hecke. Ann fand die Barbiepuppe im

Rhododendron, wo sie ihre schlanken Plastikbeine wie eine mutierte Blüte in die Luft reckte. Wir haben auf dem Bürgersteig ausgebreitet, was meine Großmutter weggeworfen hat. Es gibt stapelweise Bücher, und ich bin gerade damit fertig geworden, das Silberbesteck in einer Reihe von Gedecken anzuordnen, die von einem Ende des Rasens bis zum anderen reicht, wie wenn wir Picknickgäste erwarteten.

Die Barbiepuppe, an der Ann arbeitet, hat eine Unmenge taillenlanger weißblonder Haare. Wenn sie ein Mensch werden und die Straße hinuntergehen würde, würden die Leute sich nach ihr umdrehen.

»Geht der Toaster noch?« fragt eine Frau mit einer Einkaufstasche. Sie zeigt mit ihrem Fuß auf den Toaster. Sie trägt spanische Strandschuhe.

Bevor ich antworten kann, sagt Ann: »Ja.«

»Wieviel wollen Sie dafür?« fragt die Frau.

»Fünf Dollar«, sagt Ann.

»Ich würde Ihnen drei geben.«

»Das ist ein sehr guter Toaster«, sagt Ann. »Da verkohlt nie etwas.«

»Haben Sie auch Cognacschwenker?«

»Nein«, sagt Ann. »Aber wir haben ein Goldfischglas. Ich gebe Ihnen das und den Toaster für fünf Dollar.«

»Zeigen Sie es mir mal.«

Ann holt eine mit Tulpen bemalte runde Vase aus einem Karton, auf den ich schlauerweise »Verschiedenes – 50 Cents« geschrieben habe.

»Das ist kein Goldfischglas«, sagt die Frau.

»Stimmt«, sagt Ann. »Sie wollten ja auch Cognacschwenker.« Sie betrachtet die Vase. »Die ist schön. Fünf Dollar für die Vase und den Toaster.«

»Und der geht auch bestimmt noch?«

»Bestimmt«, sagt Ann. »Sie hätten meine Brötchen heute morgen sehen sollen. Goldbraun.« Zum Frühstück hat Ann ein weichgekochtes Ei aus einem Eierbecher gegessen, den sie in der Küche gefunden hat und behalten will.

»Na gut«, sagt die Frau. Ann steckt die Vase und den Toaster in eine Plastiktüte. Die Frau gibt ihr ein paar Ein-Dollar-Scheine und ein bißchen Kleingeld. »Ich hoffe, es macht Ihnen nichts, wenn auch Münzen dabei sind«, sagt sie.

Den ganzen Nachmittag über ging das Geschäft schleppend. Ann schläft im Gras, eingewickelt in ein Umhängetuch, das meine Schwester im Handarbeitsunterricht für meine Großmutter gehäkelt hat. Ann hat es vorgeführt, ehe sie darin eingeschlafen ist. Das Telefon klingelt – siebenmal, bevor ich merke, daß meine Großmutter nicht drangeht –, und ich renne ins Haus. Als ich in der Küche bin, hat das Telefon aufgehört zu klingeln. Ich sehe meine Großmutter im Garten hinter dem Haus sitzen.

Ich gehe nach oben, um eine Zigarette zu rauchen. Seit ich vor einem Jahr offiziell aufgehört habe, muß ich heimlich rauchen. Es wird zur schlechten Angewohnheit: So wie ich früher Nikotin brauchte, brauche ich es jetzt, allein zu sein.

Ich setze mich auf das Bett in dem Zimmer, das auf die Straße geht (wir verkaufen das Haus »teilmöbliert«), und rauche hastig eine Camel Light. Anns Koffer liegt offen auf dem Boden, und auf dem Nachttisch liegt eine Tüte mit

Knabberzeug. Ich esse ein paar Sonnenblumenkerne. Sie schmecken so schlecht, wie ich es erwartet habe. Dieses Zeug schmeckt nur, wenn man bekifft ist.

Gestern nacht, als ich im Zimmer nebenan schon im Bett lag, klopfte jemand an meine Tür. «Ann?» flüsterte ich.

»Nein, David«, sagte meine Großmutter. »Ich bin's.« Ich war überrascht, denn sie war schon lange zu Bett gegangen. »Kann ich reinkommen?« fragte sie.

Sie machte die Tür auf und sah sich im Zimmer um, als kenne sie es gar nicht richtig, als dächte sie, ich hätte es neu angestrichen und die Möbel umgestellt oder so. Sie hatte ein Nachthemd, einen Bademantel und Hausschuhe an, alles zueinander passend. Alle schenken ihr solche Garnituren zu Weihnachten. Sie hat praktisch für jeden Tag des Jahres eine andere Garnitur.

»Ich hab gerade ein paar Sachen aussortiert«, sagte sie, »und ich wollte dir das hier schenken.« Sie gab mir ein Foto von einem kleinen Jungen, der auf einer Anlegebrücke saß. Seine dünnen Beine hingen ins Wasser. »Das bist du«, sagte sie. »Als du klein warst.«

Ich sah mir das Bild an. Der Junge versuchte zu lächeln, aber die Sonne blendete ihn. Er machte ein niedlich gequältes Gesicht. Das war nicht ich. Das war mein Onkel – der Bruder meiner Mutter, der Sohn meiner Großmutter.

»Das bin ich nicht«, sagte ich. »Das ist Onkel Ray.«

Meine Großmutter nahm mir das Bild aus der Hand und betrachtete es. »Das bist nicht du? Sieht dir aber ähnlich.«

»Bestimmt nicht«, sagte ich. »Ich hatte nie so eine Badehose.«

»Ray sieht er auch ähnlich«, sagte sie.

»Das ist Onkel Ray«, sagte ich.

»Na gut«, sagte sie. »Du kannst es trotzdem haben, wenn du willst. Es sieht dir ähnlich. Ich dachte, das wärst du.«

Sie gab mir das Bild, und ich legte es auf mein Kopfkissen.

»Danke«, sagte ich.

»Gute Nacht«, sagte sie. »Schlaf gut.« Sie machte die Tür hinter sich zu, vergaß aber, das Licht auszumachen. Ich stand auf und knipste es aus, und als ich mich wieder ins Bett legte, spürte ich das Foto an meiner Wange. Es fühlte sich so glatt und warm an wie Haut.

Jetzt drücke ich die Zigarette am Absatz meiner Stiefel aus und verstecke den Stummel in einer leeren Schublade der Anrichte. Durch das Fenster kann ich Ann auf dem Rasen schlafen sehen. Ein Ehepaar in mittlerem Alter geht auf dem Bürgersteig vorbei. Der Mann nimmt eine kaputte Kamera aus dem 50-Cent-Karton und tut so, als mache er ein Foto von Ann. Auf den meisten Fotos sieht Ann steif und unglücklich aus. Sie wollte Fotomodell werden, aber man sagte ihr, sie sei nicht fotogen, und so wechselte sie von der Fotomodellschule auf eine Fachschule für Friseusen und Kosmetikerinnen. Es ist wirklich schade, daß die Kamera kaputt ist, denn dieses Bild von Ann, wie sie im Vorgarten liegt und schläft, wäre schön.

Ann wacht mit Blättern im Haar auf und schlägt vor, daß wir uns auf den Weg machen. Während sie die unverkäuflichen Sachen in den Kofferraum wirft, mache ich mich auf die Suche nach meiner Großmutter. Ich finde sie auf der Veranda auf der Rückseite des Hauses. Dort sitzt sie, in eine Decke eingewickelt, und hat einen Steingutbecher in der

Hand. Sie sieht aus wie jemand auf einem Schiffsdeck. Der Wind im Maulbeerbaum klingt ein bißchen wie das Meer.

»Also«, sagt sie. »Habt ihr alles verkauft? Habt ihr bergeweise Geld für mich verdient?«

»Nicht viel«, sage ich und beantworte damit beide Fragen auf einmal.

»Es war alles nur Gerümpel«, sagt meine Großmutter.

»Was trinkst du da?«

Meine Großmutter sieht in den Becher, gibt aber keine Antwort.

»Was ist das?« frage ich noch einmal. Sie schüttelt den Kopf und hält mir den Becher hin. Ich probiere einen Schluck von der blaßbraunen Flüssigkeit. »Ist das Cidre?«

»Ich hab's vergessen«, sagt meine Großmutter. »Wenn es Gift wäre, wäre ich jetzt tot.«

»Und ich ebenfalls«, sage ich. »Ann und ich bringen das restliche Zeug zur Müllkippe. Danach sollten wir fahren.«

»Wer ist Ann?« fragt meine Großmutter.

»Meine Freundin«, sage ich. Ich gieße den Cidre auf den Boden.

»Das war deine Freundin? Hast du vor zu heiraten?«

»Nein«, sage ich.

»Nie?«

»Das möchte ich bezweifeln«, sage ich.

An der Müllkippe bleibe ich im Wagen sitzen und höre Radio, während Ann die Brettspiele und kaputten Haushaltsgeräte den Abhang hinunterwirft. Die Kleider haben wir in den Heilsarmee-Container, der vor dem Supermarkt steht, geworfen. Als ich noch klein war, bin ich einmal nachts mit meiner Großmutter zur Müllkippe gefahren. Es wimmelte so von Ratten, daß es mir vorkam, als bewege sich der ganze Boden. Ich hatte meinen Schlafanzug an und blieb im Wagen. Als sie ihren Müll in die Finsternis warf, sah es aus, als ob meine Großmutter, die im Lichtkegel der Scheinwerfer aufragte, in Ratten watete.

Ann steigt wieder ein und wischt sich die Hände an meiner Hose ab. Es ist eine eher vertrauliche als erotische Geste.

»Meine Großmutter will wissen, ob wir vorhaben zu heiraten«, sage ich. Anstatt den Rückwärtsgang einzulegen, stelle ich den Motor ab.

»Und was hast du ihr gesagt?« fragt Ann.

»Ich hab ja gesagt«, lüge ich.

»Oh«, sagt Ann.

»Wahrscheinlich im Juni, hab ich gesagt.«

»Wollte sie wissen, wann wir heiraten?«

»Nein. Ich hab's ihr erzählt. Den Termin hab ich mir einfach ausgedacht.«

»Und was ist damit, daß wir heiraten?«

»Das könnte doch stimmen«, sage ich. »Oder?«

»Das könnte stimmen«, sagt Ann. »Stimmt aber nicht. Hör zu«, fährt sie fort, als würde ich nicht zuhören. »Ich hab's mir anders überlegt.«

»Was hast du dir anders überlegt?«

»Das hier«, sagt sie und deutet mit ihrer schmutzigen Hand auf den Wagen und die Müllkippe.

»Willst du was zurückhaben? Ich klettere runter und hol's dir. Das hab ich schon mal gemacht.«

»Nein«, sagt Ann. »Ich meine das mit dir und Kalifornien.«

»Oh«, sage ich.

»Ich komme nicht mit«, sagt sie. »Ich kann nicht.«

»Du kannst nicht?«

»Ich will nicht«, sagt sie.

»Warum?« frage ich. »Warum nicht?«

»Ich weiß eigentlich nicht, warum ich da hinfahren sollte. Mir fällt einfach kein guter Grund dafür ein. Es ist so weit weg. Die Fahrt dauert so lang.«

»Ich dachte, das war der Sinn der Sache«, sage ich. »Zusammen irgendwohin zu fahren.«

Ann lächelt und schüttelt den Kopf. »Ich hab meinen Bruder angerufen. Ich hab mich entschieden. Ich möchte, daß du mich in Stroudsburg absetzt. Das liegt an der Route 80, also auf dem Weg.« Sie sieht mich an. »Ich kann mir einfach nicht vorstellen, wie ich das schaffen soll«, sagt sie. »Ich hab nicht genug Energie dafür.«

Ich kann mir sehr wohl vorstellen, wie sie das schafft. Seit sie gesagt hat, daß sie mitkommt, habe ich sie mir vorgestellt, wie sie die guten Radiosender sucht, während ich durch die Nacht fahre, wie sie morgens in einem ›Howard Johnson‹ Rührei ißt oder in den Hallenbädern der Hotels Schwalbensprünge übt. Ich kann mir das alles vorstellen, sage aber nichts. Ich werfe einen Blick in den Rückspiegel, als würden wir verfolgt. Im Spiegel kann ich den kleinen Schuppen des Deponieverwalters sehen. Er ist umgeben von Plastikblumen und fliegenden Vögeln aus Holz und versteinerten Bambi-artigen Rehen, die er alle – liebevoll, stelle ich mir vor – von der Müllkippe gerettet hat.

Einen Augenblick lang glaube ich, daß Ann die Hand ausstreckt, um mein Bein zu berühren. Statt dessen dreht sie den Zündschlüssel.

Am Haus laden wir die Koffer meiner Großmutter ein. Sie besteht darauf, hinten zu sitzen. Sie will, daß die »jungen Leute« vorn sitzen. Sie sagt »junge Leute«, als wären wir eine ganze Gruppe trinkender, tanzender, Frisbee spielender Jugendlicher.

Seit 1953 hat sie in diesem Haus gelebt, aber als wir losfahren, sieht sie sich nicht um. Sie ist zu sehr damit beschäftigt, ihren Sicherheitsgurt anzulegen. Der Gurt klemmt, zusammen mit Kaugummipapier, Centstücken und Kämmen, in der Ritze zwischen Sitz und Rückenlehne, aber sie zerrt ihn hervor und legt ihn an. Er hängt lose um ihre Taille. Es wird gerade dunkel, aber wenn sie sich umdrehen würde, könnte sie das Haus sehen.

Lange Zeit sagt niemand etwas. Meine Großmutter klappt in regelmäßigen Abständen den winzigen Blechdekkel des Aschenbechers auf und zu. Als meine Mutter mich anrief und mir erzählte, sie seien dabei, das Haus meiner Großmutter zu verkaufen und sie an die Westküste zu holen, nannte sie das »den großen Umzug«. »David«, sagte sie durch das Telefon, »es ist Zeit für den großen Umzug.« Ihr Telefon steht auf der Terrasse, und ich glaubte, das Meer zu hören.

»Ist das das Meer?« fragte ich.

»Nein«, sagte meine Mutter. »Das ist dein Vater. Er saugt gerade den Boden.« Später schrieb sie mir in einem Brief, in dem sie mir Anweisungen gab (»...bezahl die Hotels mit der Kreditkarte. Nimm zwei Zimmer, aber achte darauf, daß sie nebeneinander liegen. Ich überlasse es dir, ob du die Verbindungstür auflassen oder abschließen willst ...«), daß meine Großmutter sich nicht im mindesten sträubte. »Ich glaube«, schrieb meine Mutter, »insgeheim will sie diesen Umzug mehr als alle anderen.«

Im allgemeinen finde ich es klüger, wenn man etwas, das man sich zurechtgelegt hat, nicht sagt. Den ganzen Tag lang habe ich schon mit diesem Schweigen gerechnet, und den ganzen Tag lang habe ich darüber nachgedacht, was ich sagen könnte, um es zu brechen. Aber jetzt merke ich, daß dies ein unmöglicher Augenblick ist, und nichts, was ich sagen könnte, kann uns einander näherbringen. Ann ist damit beschäftigt, mich zu verlassen, und am großen Umzug meiner Großmutter nicht mehr interessiert. Sie wird in Stroudsburg, Pennsylvania, aussteigen und uns wahrscheinlich ganz und gar vergessen. Sie wird nicht morgen früh aufwachen und sich vorstellen, wie wir durch Ohio fahren. Und meine Großmutter macht zwar mit, aber beteiligt ist sie nicht. Sie schaut nicht mal aus dem Fenster. Im Rückspiegel kann ich sehen, daß sie den Kopf gesenkt und den Blick auf den Wagenboden gerichtet hat.

Wir sind vierzig Minuten zu früh an dem Rasthaus an der Route 80, wo Ann sich mit ihrem Bruder verabredet hat. Meine Großmutter schläft – ihr Kopf ist zurückgesunken und ruht auf der Oberkante ihrer Rückenlehne.

»Ich hab Hunger«, flüstert Ann. »Willst du auch was essen?«

»Okay«, sage ich.

»Können wir sie allein hier lassen? Was ist, wenn sie aufwacht?«

»Wir können ihr ja einen Zettel dalassen«, sage ich. »Wir schreiben ihr, daß wir drinnen sind.«

Ann macht die Tür auf und steigt aus. Sie macht ein paar Freiübungen auf dem Parkplatz. »Hast du einen Stift?« frage ich Ann.

»Ich habe einen«, sagt meine Großmutter. Sie macht ihre Augen nicht auf.

»Was?« sage ich.

»In meiner Tasche ist ein Stift«, sagt meine Großmutter. »Falls du mir einen Zettel schreiben willst. Ein kleiner Notizblock ist da auch.«

»Sieht so aus, als wärst du wach«, sage ich.

Meine Großmutter bringt mich nicht in Verlegenheit, indem sie antwortet. Sie tut weiter so, als schlafe sie. »Wo sind wir?« sagt sie. »Sind wir schon in Kalifornien?«

»Wir sind in Pennsylvania«, sage ich. »Wir warten auf Anns Bruder. Willst du mit reinkommen?«

»Nein«, sagt meine Großmutter. »Ich bleibe hier.«

»Soll ich dir was mitbringen?«

»Ja.«

»Was?«

»Eine Überraschung«, sagt meine Großmutter.

Ich sitze an einem Tisch in der Cafeteria und habe eine Tasse schwarzen Kaffee, ein Glas Mineralwasser und ein Stück Apfelpastete vor mir. Die Apfelpastete wird mit einer Scheibe amerikanischem Käse serviert. Der Käse geht mir auf die Nerven. Ann ist auf der Damentoilette.

Ich kenne Ann seit fast einem Jahr. Als unsere Beziehung anfing, bat sie mich, ihr die Gesichtshaare auszubrennen. Sie hatte eine ganze Menge ausgebleichte blonde Haare auf der Oberlippe und am Kinn. Jede Nacht, bevor wir ins Bett gingen, holte sie dieses kleine Gerät hervor, das wie eine elektrische Zahnbürste aussah, und ich berührte mit dem nadelähnlichen Stäbchen genau zehn Haare am Ansatz. Es knallte leise, und dann verschrumpelten sie und kamen nie wieder. Ann glaubte, es sei gefährlich, mehr als zehn Haare pro Tag auszubrennen. Ich wurde aus praktischen Gründen an diesem Ritual beteiligt; Ann sagte, man rate davon ab, das Ausbrennen selbst vorzunehmen. Es hatte irgend etwas damit zu tun, daß es wichtig war, gut geerdet zu sein.

Inzwischen ist Anns Gesicht unbehaart und ganz und gar nicht unattraktiv. Ich werde sechs Wochen in Kalifornien verbringen, und wenn ich wieder in New York bin, werde ich Ann nicht besuchen. Das werde ich bestimmt nicht tun.

An einem der anderen Tische sitzt ein Typ in meinem Alter. Er hebt seine Kaffeetasse und lächelt mir zu. Ich esse die Pastete auf (bis auf den Käse) und gehe an seinen Tisch.

»Bist du Teddy?« frage ich.

»Was?«

»Bist du Anns Bruder? Teddy?«

»Nein«, sagt er. »Ich bin Julies Bruder. Rob.«

»Oh«, sage ich. »Ich dachte, du wärst jemand anders.«

»Vielleicht ist das Freddy«, sagte er. Er zeigte auf einen Mann, der Zigaretten kauft.

»Teddy«, berichtige ich ihn. »Der ist zu alt.«

»Ich hab so das Gefühl, als sollte ich versuchen, dir Gras zu verkaufen oder dich aufzureißen oder so«, sagt der Typ. »Aber ich tu weder das eine noch das andere.«

»Oh«, sage ich.

»Du kannst dich setzen«, sagt er. »Wenn du willst.«

»Ich warte auf meine Freundin«, sage ich. »Sie ist auf der Toilette.«

»Ich dachte, du wartest auf Freddy.«

»Auf den auch«, sage ich. Ich setze mich und sehe mir die Zuckerpäckchen an. Sie sind mit historischen Sehenswürdigkeiten bedruckt. Ich erkenne keine davon wieder. Bei einigen habe ich den Eindruck, daß es sie gar nicht gibt. Ann kommt von der Toilette zurück, setzt sich aber an den Tisch mit meinem Kaffee und ihrem Mineralwasser. Sie hebt die Scheibe Käse auf, als sei sie ein Fisch.

»Das ist meine Freundin«, sage ich.

»Jetzt braucht ihr nur noch Teddy«, sagt er. Er ißt Pommes frites aus einem mit roten Karos bedruckten Pappschiffchen. Sie sind ganz mit Ketchup und Salz bedeckt. Sie sehen herrlich aus. Wenn ich ihn nur ein bißchen besser kennen würde, würde ich ihn fragen, ob ich mal probieren kann.

Als ich mich wieder an den anderen Tisch setze, sagt Ann: »Du brauchst übrigens nicht zu warten. Teddy wird schon kommen.«

»Ich warte«, sage ich. »Es macht mir nichts aus. Was ist, wenn er nicht kommt?«

»Er wird schon kommen«, sagt Ann.

Ich denke einen Augenblick nach, merke aber, daß ich nichts mehr zu sagen habe. Also sage ich: »Okay.«

Ann betrachtet die Bläschen in ihrem Glas. »Ich fühle mich ganz mies wegen dieser Sache«, sagt sie. »Ich weiß, daß ich gesagt habe, ich würde mitkommen, aber ich kann einfach nicht.«

»Ich verstehe«, sage ich.

Ann schaut mich an, um zu sehen, ob ich verstehe, sieht, daß ich nicht verstehe, und schlägt ihre Augen nieder. »Ich kann einfach nicht«, wiederholt sie. »Es wäre nicht fair.«

Ich gehe zur Theke und bestelle eine große Portion Pommes frites und zwei winzige Plastiktütchen mit Ketchup.

Als ich zum Wagen zurückkomme, ist meine Großmutter verschwunden. Ich stelle die Pommes frites auf die Motorhaube und setze mich daneben. Gerade als ich meinen Stolz hinunterschlucken und wieder hineingehen und Ann bitten will, auf der Toilette nachzusehen, ob sie dort ist, sehe ich meine Großmutter auf dem hinteren Teil des Parkplatzes zwischen zwei großen Wohnmobilen auf und ab gehen. Alle paar Schritte bleibt sie stehen und beugt sich vornüber, als habe sie etwas verloren, das unter die Wagen gerollt ist, oder als prüfe sie den Reifendruck.

Ich renne über ein kleines, nasses Stück Rasen und bleibe am Bordstein stehen. »Großmutter«, rufe ich. Ein Mann in einer weißen Schürze steht auf den Stufen zur Küche und raucht. Ich höre ihn lachen.

»Was ist?« fragt meine Großmutter. Sie geht von einem Lichtfleck zum anderen.

»Was tust du da?« sage ich. »Du hast mir einen Schreck eingejagt.«

Sie gibt keine Antwort.

»Du hättest überfahren werden können«, sage ich. »Oder hinfallen können.«

»Das hätte ich«, sagt sie. »Bin ich aber nicht.«

»Ich hab mir Sorgen gemacht«, sage ich. »Laß uns weiterfahren.«

»Wozu die Eile?« sagt meine Großmutter.

»Ich weiß nicht«, sage ich. »Es ist kalt. Ich hab dir Pommes frites mitgebracht. Sie werden kalt.«

Obwohl hier hinten keine Autos sind, sieht meine Großmutter nach links und nach rechts, bevor sie die Zufahrtsstraße zum Rasthaus überquert. Ich nehme ihren Arm und gehe mit ihr über das Stück Rasen. Sie macht hohe, zögernde Schritte, wie eine Katze. Ich öffne die Wagentür, mache sie sorgfältig hinter ihr zu und steige auf meiner Seite des Wagens ein. Die Pommes frites stehen immer noch auf der Motorhaube. Ich steige wieder aus und hole sie. Sie sind noch warm, aber der Ketchup ist weg. Irgendein Blödmann hat ihn geklaut. Ich steige wieder ein und gebe meiner Großmutter die Pommes frites. Sie hält sie zwischen den hohlen Händen, so wie sie früher verletzte Vögel gehalten hat – sanft und doch fest, damit sie nicht davonfliegen.

So lange es irgend geht

Ich sitze in meiner Küche und sehe meinem Wohnungsgenossen Ross zu. Er steht am Spülbecken und versucht, das Loch im Fahrradschlauch zu finden, damit er ihn flicken kann. Er taucht ihn Stück für Stück in das mit Wasser gefüllte Becken und wartet auf die Spur winziger, aufsteigender Bläschen. Ross ist eigentlich gar nicht mein Wohnungsgenosse. Er ist hier eingezogen, weil seine Mutter zu Besuch gekommen ist und nicht weiß, daß er mit seiner Freundin Laura zusammenlebt. Sie denkt, daß er immer noch mit diesem Mädchen verlobt ist, mit dem er auf dem College zusammen war und das jetzt Tiermedizin studiert. Wir tun nur so, als seien wir Wohnungsgenossen.

Mrs. Ross ist unzufrieden mit Ross. Sie ist von Boston nach Portland heraufgekommen, um zu versuchen, ihn dazu zu bringen, daß er wieder zurückkommt, um sich einen »richtigen« Job zu besorgen. Sie hat in dem Krankenhaus, in dem sie arbeitet, eine freie Stelle als Hilfskraft in der Abteilung für Heilgymnastik arrangiert. Das ganze Essen über – Ross hat Muscheln und Gemüse im Wok gekocht – hat sie davon geredet, wieviel Spaß Schienen und heiße Packungen und Akupressur machen. Jetzt sitzt sie im Wohnzimmer vor dem Fernseher. Sie ist dabei, Ross aufzugeben.

Ross ist Barkeeper, und wenn er das Loch im Fahrradschlauch nicht findet, wird er zu spät zur Arbeit kommen. Ich würde ihn hinfahren, aber mein Wagen hat gestern

nacht vor dem Haus meiner Ex-Freundin den Geist aufgegeben. Ich habe nicht genug Geld, um ihn zu reparieren,
geschweige denn ihn abschleppen zu lassen.

Ich wische die Krümel auf dem Küchentisch mit einem
feuchten Schwamm in meine Hand. Normalerweise spüle
ich sie durch den Abfluß, aber da das Spülbecken voller
Wasser und Fahrradschlauch ist, behalte ich sie in der
Hand. Es sind hauptsächlich kleine Stückchen Sellerie.

»Was machst du heute abend?« fragt Ross.

»Nichts«, sage ich. Ich stehe neben ihm am Spülbecken
und betrachte den Fahrradschlauch. Er ist zusammenge-
ringelt wie eine schwarze Schlange. »Ich hab kein Geld. Ich
krieg meinen Scheck erst am Dienstag. Im Augenblick hab
ich bloß noch Lebensmittelkarten.«

»Du könntest doch Gemüse einkaufen«, schlägt Ross
vor.

»Das kann ich den ganzen Tag über. Abends würde ich
eigentlich ganz gern was Aufregenderes machen.«

»Komm doch runter in den ›Angel‹. Heute ist Nacht der
unentdeckten Talente. Da gibt's immer was zu lachen.
Bring Doreen auch mit.« Doreen ist Mrs. Ross.

»Was?« ruft Mrs. Ross aus dem Wohnzimmer.

»Nichts«, sagt Ross. Aus einem winzigen Loch in der
schwarzen Haut steigen Bläschen auf. »Da«, flüstert Ross,
»hab ich dich endlich.«

»Noch etwas, Quentin.« Mrs. Ross steht in der Küchen-
tür. »Du könntest in Tante Judys Wohnung wohnen. Sie
fährt für sechs Monate nach Mittelamerika.«

Ross ist – auf seinem geflickten Fahrrad – zur Arbeit gefahren, und so begleite ich Mrs. Ross durch die menschenleere Straße, in der ich wohne, zurück zu ihrem Hotel. Ich gehe barfuß, in jeder Hand einen Turnschuh, auf dem Rasenstreifen neben der Straße. Jedes Jahr versuche ich, so lange es irgend geht, barfuß zu gehen.

»Ich verstehe Quentin nicht«, sagt Mrs. Ross. »Als er uns gesagt hat, daß er nach Portland zieht, waren weder sein Vater noch ich dagegen – natürlich ist er auch aus dem Alter heraus, wo wir es ihm hätten verbieten können, selbst wenn wir gewollt hätten –, aber es sieht so aus, als würde er hier aus dem Ruder laufen. Der Gedanke, daß er sich hier oben niederlassen könnte, behagt mir nicht. Was für eine Bar ist das, in der er arbeitet?«

»Eine nette Bar«, sage ich. »Manchmal treten dort Leute auf. Er verdient ganz gut.«

»Das ist nicht der springende Punkt«, sagt Mrs. Ross. »Ich meine, wir sind natürlich froh, daß er einen Job hat . . .« Sie spricht den Satz nicht zu Ende, weil sie weiß, daß ich keinen Job mehr habe. Ich habe im Sommer als »Erster Offizier« auf einem der Boote gearbeitet, mit denen Touristen in der Bucht und zwischen den Inseln herumgefahren werden. Anfang September, als Captain Andy mit seinem Boot über Winter nach Florida gefahren ist, bin ich entlassen worden. Ich hätte mitfahren können, aber damals war ich noch mit Polly zusammen, und ich dachte, es würde leicht sein, einen neuen Job zu finden.

Wir gehen durch die Straße, in der Polly wohnt. Ich habe diesen Weg absichtlich eingeschlagen, in der Hoffnung, sie vielleicht zu sehen. Im Sommer waren wir nach dem

Abendessen immer in ihrem Vorgarten. Ich habe an meinem Wagen herumgebastelt – damals lief er, jedenfalls eine Zeitlang, ganz gut –, und Polly hat das Wirbeln mit ihrem Tambourstab geübt. Wir waren beide auf einem Lerntrip: Wir hatten uns Sachen ausgesucht, die wir können wollten, aber nicht konnten, und versuchten den ganzen Sommer, sie zu lernen. Wir kauften uns Bücher und alles, was sonst noch dazugehört.

Pollys Haus ist dunkel. Jasper, ihr Kater, sitzt auf den Eingangsstufen. Er mag mich nicht. Wir kommen an meinem toten Wagen vorbei, der am Bordstein geparkt ist. Es ist ein komisches Gefühl, ihn da stehen zu sehen, ohne sich irgendwie zu ihm zu bekennen.

»Das ist mein Wagen«, sage ich. Ich streiche über die Kühlerhaube, die noch immer ein bißchen warm von der Sonne ist. Mrs. Ross mustert ihn. Ich habe nicht das Gefühl, daß sie mir glaubt.

Schweigend gehen wir den Hügel zur Congress Street hinauf und dann an den erleuchteten Schaufenstern der Konfektionsgeschäfte vorbei. Durch das gelbe Zellophan, das sie vor der Sonne schützen soll, starren uns die Schaufensterpuppen an. Vor dem Hotel, unter der Markise, die an die eines Kinos erinnert, legt Mrs. Ross ihre Hand auf meinen nackten Unterarm und sagt: »Haben Sie Lust, noch einen Augenblick hinaufzukommen? Ich möchte Ihnen einen Vorschlag machen.«

Nachdem ich das Hotel wieder verlassen habe, gehe ich hinunter zum Seehafen, um Laura zu besuchen. Sie arbeitet in der ›Eiswaffel‹, einem Eiscafé. Als ich reinkomme, sitzt sie hinter den verglasten Behältern voller Eiscreme und liest. Bevor sie anfing, sich mit Ross zu treffen, war Laura meine Freundin. Wir sind zusammen aufs College gegangen und haben uns während unserer letzten beiden Studienjahre zusammen mit ein paar anderen Leuten ein Haus in der Stadt gemietet. Wir sind lange aufgeblieben, haben »Risiko« gespielt und geredet. Das waren schöne Zeiten.

»Hallo«, sagt sie. »Ich hatte schon gehofft, daß du vorbeischaust.« Sie legt ihr Buch mit dem Gesicht nach unten auf die Theke. Es heißt ›Der Grüne Hut‹. Ich setze mich an einen der kleinen Metalltische. »Hat Ross seinen Reifen geflickt?«

»Ja«, sage ich. »Ich hab gerade Mrs. Ross nach Hause gebracht. Mein Vergnügen für heute abend.«

»Der Abend fängt doch gerade erst an«, sagt Laura. »Willst du ein Eis?«

Ich sehe mir die Eiscremes an. Sie sehen alle rot oder grün aus. »Ich glaube nicht.«

»Ich werde dir was Besonderes machen«, sagt Laura. »Ich werde etwas kreieren.« Sie hebt den Deckel von einem der Behälter und fängt an, Eiscreme in ein U-Boot-förmiges Plastikschiffchen zu löffeln. Laura versucht, eine Stelle als Küchenchefin zu kriegen. Auf dem Restaurantsektor ist Portland angeblich erstklassig. Laura hat ein Buch, in dem die verschiedenen Städte aufgeführt sind, und Portland ist unter den ersten zehn. Darum ist sie nach Portland gezogen. Ich habe sie an dem Wochenende nach der Abschlußprüfung besucht und bin einfach geblieben. Eigentlich hätte ich in New York bei Theateragenten vorspielen sollen, aber ich hatte Angst. Portland schien ein sicherer Ort zu sein.

»Mrs. Ross hat mir den Job angeboten«, sage ich. »Bei Ross hat sie's aufgegeben.«

»Im Krankenhaus?« fragt Laura. Sie wischt sich mit dem Handrücken über die Stirn und löffelt weiter.

»Ja«, sage ich. »Ich würde 1150 im Monat kriegen, hätte drei Wochen Urlaub und müßte einer Gewerkschaft beitreten.«

»Ich dachte, du haßt Gewerkschaften«, sagt Laura.

»Ich hasse alle Organisationen, bei denen man ordentliches Mitglied sein muß«, sage ich. »Aber ich bin noch nie in einer Gewerkschaft gewesen.«

»Ich kann mir dich nicht in einer Gewerkschaft vorstellen«, sagt Laura. »Was für ein Job ist das?«

»Ich würde den Patienten Whirlpoolbäder machen, heiße Packungen auf die Beine auflegen und so. Und man würde mir beibringen, wie man Massagen macht und Elektroschock-Therapie anwendet.«

»Hört sich schauerlich an«, sagt Laura. »Du überlegst dir doch wohl nicht, ob du das Angebot annehmen sollst?« Sie kommt hinter der Theke hervor und stellt ihre Kreation auf den kleinen Tisch. Dann setzt sie sich mir gegenüber hin. Ich sage nichts, weil ich merke, daß ich mir überlege, ob ich den Job nehmen soll.

»Ich kann mir dich nicht vorstellen, wie du den Leuten Bäder machst«, sagt Laura.

»Whirlpoolbäder«, korrigiere ich sie. Ich probiere das Eis. »Ist das Lakritz?«

»Sambuca«, sagt Laura. »Schmeckt es gut?«

»Zu komisch, um gut zu sein«, sage ich. Ich gebe ihr den Plastiklöffel, und sie probiert ebenfalls.

»Es ist anders«, sagt sie. »Keiner kauft diese Sorte. Ich glaube, das liegt daran, daß die Leute den Namen nicht aussprechen können. Wenn man es ›Lakritz‹ nennen würde, würde es sich verkaufen.«

»Glaub ich nicht.«

»Geh nicht nach Boston«, sagt Laura. »Das ist eine schreckliche Stadt.«

»Ich weiß. Aber mir geht das Geld aus. Mit der Arbeitslosenhilfe kann ich meine Miete nicht bezahlen. Außerdem werde ich verrückt. Ich brauche einen Job.«

»Vielleicht wird hier was frei«, sagt Laura. »Wenn Anthony zum Jura-Studium zugelassen wird.«

»An so was hatte ich eigentlich nicht gedacht«, sage ich.

»Besser als nichts«, sagt Laura. »Es würde Spaß machen, zusammen hier zu arbeiten. Für die ganze Zeit, die du hier verbringst, kannst du dich genauso gut bezahlen lassen. Vorhin war Polly da.«

»Wir haben uns getrennt«, sage ich.

»Ich weiß, daß ihr euch getrennt habt. Soll das heißen, daß ich sie nie mehr erwähnen darf?«

Ich zucke die Schultern.

»Soll ich dir ein Geheimnis verraten?« fragt Laura.

»Ich weiß nicht. Hat es was mit Polly zu tun?«

»Nein«, sagt Laura. »Es hat was mit mir zu tun.«

»Also gut.«

»Seit Ross zu dir gezogen ist – ich weiß, das hört sich schrecklich an –, aber seit er bei mir ausgezogen ist, geht es mir ziemlich gut. Ich genieße es, die Wohnung für mich zu haben. Ich glaube, er geht mir auf die Nerven.«

»Ross?«

»Ja, Ross.«

»Was meinst du damit?« frage ich. »Warum erzählst du mir das alles?« Ich spiele mit meiner grauen Eiscreme und modelliere Längsrisse in die Flanken eines Berges aus Granit. Laura sieht mir zu.

»Ich weiß nicht«, sagt sie. »Es ist bloß ein Geheimnis. Ist Polly dir auf die Nerven gegangen?«

»Ich habe mit Polly nicht zusammengelebt.«

»Du hast irgendwie schon mit Polly zusammengelebt.«

»Ich will nicht darüber sprechen«, sage ich.

»Hast du Lust, noch auf einen Drink mitzukommen? Es wird weiß Gott keinem was ausmachen, wenn ich ein bißchen früher schließe.«

»Ich hab kein Geld«, sage ich. »Ich hab bloß noch Lebensmittelmarken, und damit kann man keinen Alkohol bezahlen. Ich hab's probiert.«

»Wenn du mir hilfst, lad ich dich ein.« Wir stehen auf, und während ich die Behälter mit Eiscreme aus der Glastheke hebe und nach hinten in den Kühlraum bringe, stellt Laura die schmiedeeisernen Stühle auf die Tische; immer einen umgedreht auf die Sitzfläche des anderen. Als ich mit den Eiscremebehältern fertig bin, stelle ich mich an die Tür, und Laura zählt das Geld in der Kasse. Sie bewegt stumm ihre Lippen. Nachtfalter drücken sich an das Fliegengitter, und als ich mit meinen klebrigen Fingern über das Drahtgewebe reibe, fliegen sie nicht weg. Sie flattern mit den staubigen Flügeln und klammern sich noch stärker fest.

Ich habe Polly in der ›Eiswaffel‹ kennengelernt. Jetzt arbeitet sie als Kamerafrau bei ›Station 2‹ und filmt die Nachrichten und die Talkshows mit Leuten aus der Gegend, aber im letzten Sommer hat sie hier gearbeitet. Als sie aufgehört hat, bekam Laura ihre Stelle. Im letzten Juli haben Polly und ich uns ihm Kühlraum zum ersten Mal geküßt – unsere Oberkörper waren warm aneinandergepreßt, um uns die kalte Luft. Polly rieb mit ihren Händen über meine nackten Arme, die eine Gänsehaut hatten. Es war komisch, sich im Kühlraum zu küssen: Es gab mir das Gefühl, ganz besonders verliebt zu sein.

Genau gegenüber vom ›Angel‹, auf der anderen Seite der Straße, ist die Mole, an der die ›Urchin‹, Captain Andys Boot, immer lag. Den Job auf dem Boot habe ich damals bekommen, weil Andy so beeindruckt von meiner Stimme war. Auf dem College hatte ich im Hauptfach Schauspielkunst belegt, und Andy kam sich ganz schön schlau vor, weil er einen ausgebildeten Schauspieler als Fremdenführer eingestellt hatte. Das Boot ist jetzt natürlich weg, aber das Schild hängt immer noch vor dem kleinen Schuppen, in dem Andys Frau die Tickets verkauft hat. »Lassen Sie sich abkühlen!« steht darauf. »Erleben Sie die felsige Steilküste von Maine! Robben in freier Wildbahn! Möwen füttern! Drei Dollar!« Ich habe den ganzen Sommer über keine einzige Robbe gesehen, außer einer toten, die am Crescent Beach angeschwemmt worden war. Trotzdem war der Robbenfelsen immer der Höhepunkt jeder Fahrt. Wenn wir dort hinkamen, stellten wir den Motor ab – um die Robben nicht zu verscheuchen – und ließen das Boot treiben. Alle drängelten sich an einer Seite des Decks, und ich flüsterte ins Mikrofon und bat die Passagiere, sich still zu verhalten und die Wasseroberfläche zu beobachten. Es war für alle Beteiligten peinlich. Bei den Morgentouren behauptete ich, die Robben kämen meist erst nachmittags, und umgekehrt. Nach ein paar Minuten warfen wir den Motor wieder an und fuhren weiter. Glücklicherweise wollten die Möwen immer etwas zu fressen, und das machte den Leuten wieder bessere Laune. Ich gab jedem eine Scheibe Weißbrot. Manche beachteten die Möwen gar nicht und aßen das Brot selbst. Sie hielten es für eine Art Snack.

Im ›Angel‹ teilen Laura und ich uns einen Literkrug Bier und hören uns ein paar unentdeckte Talente aus der Nachbarschaft an: Eine Frau singt »You Light Up My Life«, und ein Mann inszeniert eine Performance mit einem Radiowecker und einem Hund. Polly und ich gingen immer ins ›Angel‹, wenn sie mit dem Abfilmen der Nachrichten fertig war. Dann diskutierten wir über die neuesten Ereignisse und tranken einen Cocktail namens ›Seebrise‹. Im Sommer konnte man auf dem Dach sitzen. Die Sterne schienen immer ungewöhnlich nahe, und je mehr Seebrisen man trank, desto näher schienen sie zu kommen. Wenn wir gingen, liefen wir hinüber zur Mole und küßten uns im Wind.

Gegen halb zwei verlassen Laura und ich das ›Angel‹. Wenn man spät in der Nacht aus einer lauten Bar auf die Straße tritt, erscheint einem alles besonders still. Wir gehen das Kopfsteinpflaster hinauf, an einer Galerie vorbei, in deren Schaufenstern Gemälde an Ketten aufgehängt sind.

Oben, am Ende der Steigung, ist ein kleiner Park mit

Picknicktischen, und Laura setzt sich an einen von ihnen. Ich lehne mich an den Zaun.

»Weißt du noch, was ich vorhin gesagt habe? Über Ross?« fragt Laura.

»Ja«, sage ich.

»Ich hätte das nicht sagen sollen. Ich hab's nicht so gemeint, wie es geklungen hat. Ich wollte bloß sagen, daß es anders ist, wenn man allein lebt, und irgendwie gut ... Ich weiß nicht. Ich wollte nicht sagen, daß ich nicht will, daß Rossie wieder bei mir einzieht. Oder hast du das gedacht?«

»Nein«, lüge ich.

»Gut«, sagt Laura. »Hast du Lust, noch auf einen Tee zu mir zu kommen?«

»Ich muß meinen Wagen holen«, sage ich. »Er ist verboten geparkt, auf der falschen Straßenseite.«

»Ich dachte, er wäre kaputt.«

»Ist er auch«, sage ich. »Ich werde schieben.«

»Brauchst du Hilfe?«

»Nein«, sage ich. Ich begleite Laura noch ein Stück auf ihrem Heimweg und gehe dann rüber zu Pollys Haus. Der Wagen steht dort, weil zu dem Haus eine Einfahrt gehört, in der Polly mich immer parken ließ, und als wir uns trennten, versuchte ich, den Wagen woandershin zu fahren, kam aber bloß bis zur Straße. Es war, als ob sich der Wagen weigerte, Polly zu verlassen, obwohl ich dazu entschlossen war. Ich steige ein und schalte in den Leerlauf. Polly hat ein Buch, das ich ihr geliehen habe – *Portrait des Künstlers als junger Hund* –, auf dem Fahrersitz liegengelassen. Ich schlage es auf, um zu sehen, ob ein Zettel von ihr darin liegt. Es ist aber keiner da. Polly und ich haben uns getrennt, weil ich mich ihr »nicht genug geöffnet« habe. Sie sagte, sie hätte mich bis zu einem gewissen Punkt kennengelernt, aber im Lauf unserer Beziehung hätte ich nicht mehr »aufgemacht«, und sie habe das Gefühl, daß sie ihre Zeit verschwende. Das sagte sie mir in der Übertragungskabine des Fernsehstudios, einem winzigen, schalldichten Raum. Danach nahm sie die Elf-Uhr-Nachrichten auf. Ich ging nach Hause, sah mir die Sendung im Bett an und stellte mir vor, wie Pollys Hände die Kamera bedienten. Ich hoffte, daß das Bild wakkeln würde, damit ich wüßte, daß es ihr etwas ausgemacht hatte, aber das Bild wackelte nicht.

Ich steige aus, schiebe den Wagen und strecke dabei meinen Arm durch das offene Fenster, damit ich gleichzeitig lenken kann. Polly kommt aus dem Haus, bleibt im Vorgarten stehen und sieht mir zu. Sie ist barfuß und hat einen Bademantel an. Mein Wagen stößt sanft gegen den, der vor ihm geparkt ist, und ich fluche.

»Soll ich dir helfen?« sagt Polly. »Ich könnte lenken.« Sie geht quer über den Rasen, steigt auf der Beifahrerseite ein und rutscht auf den Fahrersitz. »Okay«, sagt sie.

Ich fange an zu schieben. Der Wagen rollt aus der Parklücke, und Polly lenkt ihn auf den gegenüberliegenden Bordstein zu. Sie hat beide Hände am Steuer. Als der Wagen gut und vorschriftsmäßig geparkt ist, steckt Polly ihren Kopf aus dem Fenster. »Steig ein«, sagt sie. Ich steige auf der Beifahrerseite ein und nehme das Buch in die Hand. »Das wollte ich dir zurückgeben«, sagt Polly. »Ich mag keine Leute, die geliehene Bücher behalten.«

»Warum bist du rausgekommen?« frage ich.

»Weil du Hilfe brauchtest«, sagt sie.

»Diese Situation ist einfach unmöglich«, sage ich. »Ich halte es nicht aus, dich zu sehen.«

Polly seufzt und stützt ihr Kinn auf das Lenkrad. »Portland ist eine kleine Stadt«, sagt sie. »Es läßt sich nicht vermeiden, daß wir uns begegnen.«

Polly sieht mich an und lächelt und schließt dann die Augen. Sie hat ihr Haar zu einem Zopf geflochten, aber das Ende nicht befestigt, und jetzt löst er sich langsam auf. Ich habe das Gefühl, daß er sich ganz auflösen wird, wenn wir lange genug hier sitzen. In der Nacht, in der Polly und ich zum ersten Mal miteinander schliefen, sagte ich zu ihr, ich könnte mich nicht klar ausdrücken. Ihr Gesicht war an meiner Kehle, und sie lachte ungläubig. Dann fing sie an, mir eine Reihe sehr spezifischer, aber belangloser Fragen zu stellen: Ob ich Artischocken möge? Ob ich jemals einen Autounfall gehabt hätte? Ob ich meine Zähne mit Zahnseide reinigte? Ob ich Wasserski fahren könne? Ich beantwortete diese Fragen, und sie stellte weitere, strich mir über das Haar und spann mich ein in ein Netz unechter Nähe. Polly wußte, daß ich bei Äpfeln die Kerngehäuse mitesse, daß ich manchmal keine Unterwäsche trage, daß ich nicht Schauspieler, sondern Rockstar sein wollte, aber schließlich reichte ihr das nicht mehr. Sie wollte wissen, was ich dachte, welche Gefühle ich den Dingen gegenüber hatte.

Am nächsten Morgen wachten wir auf und gingen erst zum Frühstücken, dann Einkaufen und anschließend ins Kunstmuseum. Danach setzten wir uns vor dem Museum auf eine Bank in die Sonne. Polly fragte mich, ob ich Lust hätte, ins Kino zu gehen, und zum ersten Mal wurde mir klar, was es bedeutete, verliebt zu sein: Es bedeutet, daß man mit jemandem schläft, gemeinsam Müsli mit Blaubeeren ißt und Turnschuhe kauft, daß man sich im Winslow-Homer-Saal küßt und sich hinterher zusammen *Lili Marleen* ansieht. Mir wurde klar, daß ich nicht verliebt war. Es war mir einfach zuviel. Ich hatte das Gefühl, als wäre ich schon immer mit Polly zusammengewesen und müßte jetzt ein Weilchen allein sein. Oder besser: Ich hatte das Gefühl, als hätte ich mich zu lange von mir selbst entfernt. Also sagte ich nein, und wir verabredeten uns für die nächste Woche, und ich rannte erleichtert und glücklich nach Hause, rief sie aber am nächsten Abend an, denn da fühlte ich mich wieder einsam.

Polly öffnet die Augen. Sie lächelt noch immer.

»Erinnerst du dich noch an die Fragen, die du mir gestellt hast?« sage ich. »Vielleicht waren es die falschen.«

»Es wäre besser gewesen, wenn ich dir diese Fragen gar nicht erst hätte stellen müssen«, sagt Polly.

»Aber vielleicht waren es bloß die falschen. Frag mich noch ein bißchen.«

»Was wirst du mit dem Wagen machen?« fragt sie.

»Stell mir eine richtige Frage.«

»Was denkst du?«

Ich denke einen Augenblick nach, bevor ich antworte. Ich möchte das Richtige sagen. »Erinnerst du dich noch an meinen Traum?« sage ich, obwohl es eigentlich kein Traum ist. Es ist mehr ein Gefühl, das ich kriege, als hätte ein Augenblick in meiner Zukunft den Weg zu mir gefunden. Es überfällt mich dann und wann – vor dem Einschlafen, oder wenn ich spätnachts Auto fahre. Ich habe das Gefühl, auf einem Rasen zu knien und einen Rasensprenger einzustellen. Es ist Frühsommer und das Gras ist weich und grün, und ohne aufzusehen weiß ich, daß ich vor einem Haus bin, und ich weiß auch, daß in dem Haus eine Frau ist, meine Frau – sie bringt wahrscheinlich gerade unsere Kinder ins Bett, und dabei zieht sie die Springrollos im Kinderzimmer herunter und sieht mich neben dem kühlen Sprühregen knien. Es ist so ein Augenblick der Vollkommenheit.

»Du meinst die Sache mit dem Rasensprenger?«

»Ja«, sage ich.

»Was ist damit?« fragt Polly. »Du weißt doch, was ich von diesem Traum halte.« Polly meint, mein Traum sei retrograd. »Fünfziger Jahre«, ist das Wort, das sie in diesem Zusammenhang gebrauchte.

»Kannst du dir das bei mir vorstellen?«

»Daß du einen Rasensprenger einstellst?«

»Nein«, sage ich. »Daß ich verheiratet bin. Daß ich ein Haus habe. Daß ich Kinder habe. Daß ich von der Arbeit nach Hause komme und den Rasen sprenge.«

»Ich weiß nicht«, sagt Polly. »Ich glaube schon.«

»Ich nicht«, sage ich.

»Na ja, es hat keinen Sinn, sich darüber Gedanken zu machen«, sagt Polly.

»Natürlich hat es einen Sinn«, sage ich. »Es ist das, was ich will. Manchmal glaube ich, daß ich ganz falsch aufgezogen worden bin. Ich bin zu glücklich aufgezogen worden.«

»Das ist absurd«, sagt Polly.

»Nein«, sage ich. »Das ist es nicht. Alles, was ich will, ist überholt. Du hast recht: Es ist retrograd. Ich meine, wer kommt denn heute noch nach Hause und sprengt den

Rasen? Wer hat denn noch einen Rasen? Wer kommt denn noch nach Hause?«

»Eine Menge Leute.« Polly zeigt aus dem Fenster auf die dunklen Rasenflächen. »Siehst du doch.«

»Das sind keine richtigen Rasen«, sage ich. »Die sind gemietet.«

Polly steigt aus und bleibt auf der Straße stehen. Sie wartet einen Augenblick und schlägt dann die Tür zu.

»Ich überlege mir, ob ich nach Boston ziehen soll«, sage ich. »Ross' Mutter kann mir einen Job in einem Krankenhaus verschaffen.«

»Möchtest du denn nach Boston ziehen?«

»Nein«, sage ich. »Ich möchte hier bleiben. Ich möchte mit dir reingehen. Ich möchte runter zum ›Angel‹ gehen und eine Seebrise trinken.«

»Ich glaube, du solltest vielleicht doch nach Boston ziehen«, sagt Polly. »Ich glaube, das könnte dir gut tun.« Sie geht zu meiner Seite des Wagens und bleibt auf dem Gras stehen. »Gehst du rein?«

»Ja«, sagt Polly.

»Warte«, sage ich. »Laß uns etwas unternehmen. Ich hab kein Geld, aber wir können eine Spazierfahrt machen. Komm, wir fahren ein bißchen herum.«

»Dein Wagen ist kaputt«, sagt Polly. Ich merke, daß sie versucht, nett und geduldig zu sein.

»Vielleicht springt er jetzt an«, sage ich. »Wenn er jetzt anspringt, kommst du dann mit?« Ich rutsche hinüber auf den Fahrersitz.

»Nein«, sagt Polly. »Ich gehe ins Bett. Ich bin müde. Gute Nacht. Tut mir leid – vielleicht hätte ich besser nicht rauskommen sollen, aber ich wollte nicht, daß du deinen Wagen kaputt machst.«

»Er ist schon kaputt«, sage ich.

Polly betrachtet ein paar Sekunden lang ihre nackten Füße, dreht sich dann um und geht ins Haus. Ich sitze im Wagen und hoffe, daß sie wieder herauskommt oder ihr Fenster aufmacht und mir zuruft, ich solle heraufkommen. Aber sie tut keins von beiden; das Licht in ihrem Schlafzimmer geht an und erlischt gleich darauf, und ich weiß, daß sie zu Bett gegangen ist.

Ich habe immer gedacht, ich würde in Portland überwintern und im nächsten Sommer wieder bei Captain Andy einsteigen, aber plötzlich scheint nichts mehr dafür zu sprechen, daß ich noch länger hier bleibe. Vielleicht ist Portland kein so toller Ort, um den Winter zu verbringen. Im Sommer macht es Spaß – mit Seebrisen und Eiswaffeln und Polly, die im Vorgarten steht und ihren Tambourstab hinauf in den Abend wirft, wo er herumwirbelt und eine Sekunde lang im immer dunkler werdenden Himmel verschwindet, als hätte Gott ihn gefangen, und dann wieder erscheint und, immer noch wirbelnd, in Pollys wartende Hand fällt.

Ich weiß noch, wie ich mit nacktem Rücken unter meinem Wagen gelegen und Pollys Knöchel zugesehen habe, während sie auf der Stelle tänzelte und mit ihrem Tambourstab übte, und daß es mir nicht besonders gut gegangen ist, und ich weiß nicht warum, denn das waren schöne Zeiten. Ich hätte überglücklich sein müssen.

Als mein Wagen anspringt, bin ich nicht überrascht, sondern habe nur ein bißchen Angst. Ich lasse den Motor aufheulen und prüfe ihn und mich selbst. Bevor er wieder absterben kann, fahre ich aus der Parklücke und los. Bis Polly aus dem Bett gesprungen ist und hinausrennt, biege ich schon um die Ecke.

Angst vor Mathe

Um im Herbst die Zulassung zum Betriebswirtschaftsstudium an der Columbia Universität zu bekommen, mußte ich im Sommer einen Kurs in Infinitesimalrechnung machen. Es gab zwei Möglichkeiten: einen achtwöchigen Kurs, bei dem langsam vorgegangen wurde, oder einen dreiwöchigen Intensivkurs. Obwohl ich zuletzt Mathematikunterricht in meinem vorletzten Jahr auf der High School gehabt habe (wo Trigonometrie durchgenommen wurde), entschied ich mich für den dreiwöchigen Intensivkurs, entsprechend dem Grundsatz, daß man sich mit Sachen, vor denen man Angst hat, nicht zu lange befassen sollte. Ich würde also im Juli mit der Infinitesimalrechnung fertig sein, den August am Meer verbringen und mein Studium braungebrannt antreten.

Der Kurs begann an einem Montag, und die Klimaanlage war ausgefallen. Ich hatte den Fehler gemacht, ein dickes Jeanskleid anzuziehen, und im Lauf des Morgens spürte ich, daß der Rücken des Kleides immer nasser wurde. Der Lehrer hatte das mit der Klimaanlage offenbar gewußt, denn er trug kurze Khakihosen und ein weißes T-Shirt. Er sah überhaupt nicht wie ein Lehrer aus – eher wie ein sehr alter Pfadfinder oder ein sehr junger Waldhüter. Keiner hatte eine Ahnung, daß er der Lehrer war, bis er mit dem Unterricht begann, was er zögernd, fast schüchtern tat. Ich merkte sofort, daß er noch nie zuvor unterrichtet hatte.

Der Unterricht dauerte von neun bis zwölf und ging

dann von halb eins bis halb vier weiter. Um zwölf war die Tafel mit weggewischten Gleichungen derart verschmiert, daß der Lehrer sie mit einem Schwamm und einem Eimer Wasser abwaschen mußte. Ich ging hinaus, setzte mich auf die Vordertreppe des Gebäudes und aß mein Weizenschrot-Sesam-Sandwich. Ich las mir meine Notizen durch, die bereits etwa die Hälfte des Blocks füllten, den ich mir morgens in Lamstons Laden gekauft hatte. Ich wurde überhaupt nicht schlau daraus. Ich würde sauberer schreiben müssen.

Die Klimaanlage für die Halle funktionierte, und so ging ich wieder hinein, blieb vor der Tür zum Unterrichtsraum stehen und trank Wasser aus einem kleinen Trinkbrunnen. Ich mußte meinen Kopf ganz in das gewölbte weiße Becken hinunterbeugen, um das dünne Rinnsal mit den Lippen zu erreichen.

Als ich mich wieder aufrichtete, stand der Waldhüter mit seinem Eimer voll kalkigem Wasser neben mir.

»Würden Sie mir einen Gefallen tun?« fragte er.

»Worum geht's?« sagte ich.

»Würden Sie das in der Damentoilette weggießen? Die Herrentoilette ist abgeschlossen.«

»Klar«, sagte ich.

Anstatt mir den Eimer zu geben, ging er den Korridor hinunter. Ich folgte ihm. Vor der Damentoilette gab er mir den Eimer und öffnete die Tür. Er hielt sie auf und sah mir zu, wie ich das Wasser ins Waschbecken schüttete.

Er nahm mir den Eimer wieder ab, und wir gingen zusammen den Flur hinunter. »Das war schlau von Ihnen«, sagte ich, »sich kurze Hosen anzuziehen.«

Er sah hinab auf seine Shorts, als habe er vergessen, daß er sie anhatte. Er machte die Tür des stickigen Unterrichtsraums auf, und wir gingen hinein. Wir waren die einzigen dort. Ich setzte mich an den Tisch, den ich mir morgens ausgesucht hatte – in der letzten Reihe –, und er begann, neue, schwierige Gleichungen an die Tafel zu schreiben.

Ich wohnte zur Untermiete in der Wohnung von Alyssa, einer Freundin von mir. Genaugenommen war ich keine Untermieterin: Die Wohnung gehörte ihren Eltern, und sie war für den Sommer nach Europa gefahren, und so wohnte ich dort, zahlte die Rechnungen, goß die Farne und fütterte die beiden langhaarigen, exotischen, tückischen Katzen.

Es war eine riesige Wohnung. Je mehr andere Wohnungen ich sah, desto mehr begann ich zu begreifen, wie außergewöhnlich diese war: Sie war so weiträumig. Allein das Wohnzimmer mit den beiden Ledersofas, die einander gegenüber vor dem offenen Kamin standen, war so groß wie die meisten anderen Wohnungen. Es gab einen langen Flur, auf dessen Parkettboden ein dünner, ausgefranster, persischer Läufer lag, zwei Schlafzimmer, eine Küche mit einem Eßtisch und sogar eine Beiküche voller Gläserschränke, in denen wie in einem Laboratorium Dutzende bauchiger Weingläser hingen.

Am Abend des ersten Unterrichtstages, als ich gerade versuchte, ohne Rezept oder Küchenmixer eine Gurkensuppe zu machen, klingelte das Telefon. Es war ein altmodisches schwarzes Wandtelefon, und es hing in der Beiküche, wo es wegen all der Gläser lauter zu klingeln schien.

»Hallo«, sagte ich.

»Kann ich Julie sprechen?« fragte eine Männerstimme.

»Ich bin Julie«, sagte ich. Ich sage nie: »Hier spricht Julie.« Eine so korrekte Ausdrucksweise geht mir irgendwie auf die Nerven.

»Julie? Hier ist Stephen.«

»Stephen?« wiederholte ich. Ich kannte in New York nicht einen einzigen Stephen. Eigentlich kannte ich hier überhaupt keinen Mann, außer Ethan, den schmierigen Ex-Mann meiner älteren Schwester Debbie, und einen süßen Mann namens Gerry, den ich vor ein paar Tagen abends beim Gemüsehändler kennengelernt hatte. Ich hatte ihm geholfen, eine Netzmelone auszusuchen.

»Aus dem Mathematikkurs«, sagte der Mann.

»Oh«, sagte ich. »Und wer von denen da?«

»Der Lehrer«, sagte er. »Der, der an der Tafel steht.«

Ich lachte, und er ebenfalls, und dann hörte ich auf zu lachen, weil ich plötzlich dachte, daß er bestimmt anrief, um mir zu sagen, ich bräuchte gar nicht mehr zu kommen. Sie müssen irgendein System haben, nach dem sie gleich zu Anfang die hoffnungslosen Teilnehmer aussieben. Ich sah schon meine ganze Karriere – Betriebswirtschaftsstudium, New York, dezent modische Kostüme für die leitende Angestellte, Maßgarderobe – den Bach hinuntergehen. Und das so schnell.

»Was wollen Sie?« fragte ich schroff.

»Ich weiß nicht«, sagte er. »Ich wollte mal hören, wie ich war. Ich hab noch nie Infinitesimalrechnung unterrichtet.«

»Wirklich?« sagte ich. »Nie?«

»Na ja, jedenfalls nicht sechs Stunden hintereinander.«

»Oh«, sagte ich.

»Also, wie war ich?«

»Ich hab noch nie einen Kurs über Infinitesimalrechnung mitgemacht«, sagte ich. »Nicht mal eine Stunde lang. Mich dürfen Sie nicht fragen.«

»Haben Sie alles verstanden?«

»Nein«, sagte ich.

»Mm. Vielleicht sollte ich langsamer vorgehen.« Dann hielt er inne und sagte: »Hätten Sie Lust, mal mit mir zum Essen zu gehen?«

»Essen?« fragte ich, als sei dies ein kompliziertes Thema, das einiger Erläuterungen bedurfte.

»Na ja«, sagte er. »Vielleicht nur auf einen Drink.«

»Nein«, sagte ich. »Essen paßt mir. Essen ist gut.«

Am nächsten Abend aßen Stephen und ich im Garten eines Restaurants unter einem Hartriegelbaum zu Abend. Wenn Wind aufkam, fielen weiße Blütenblätter in meine Suppe und auf die lavendelfarbene Tischdecke. Wir hatten uns vor dem Restaurant getroffen, und einen Augenblick lang hatte ich ihn nicht erkannt. Ich hatte Stephen bis jetzt nur in seinen Pfadfinder-Shorts gesehen, und anders konnte ich ihn mir gar nicht vorstellen. In seiner grünen Freizeithose und dem rosafarbenen Oxford-Hemd sah er nicht mehr so süß aus. Er hätte irgendein Passant sein können.

»Also«, sagte Stephen, nachdem wir ein paar Unverbindlichkeiten ausgetauscht hatten und die Suppe serviert war. »Erlösen Sie mich von der Spannung. Warum wollen Sie Infinitesimalrechnung lernen?«

»Ich muß«, sagte ich. »Ich will Betriebswirtschaft studieren.«

»Ich wußte es«, sagte Stephen. »Jeder will Betriebswirtschaft studieren. Meine Mutter studiert auch Betriebswirtschaft.«

»Haben Sie ihr Infinitesimalrechnung beigebracht?«

»Nein. Ich hab die mathematische Begabung von ihr geerbt. Mein Vater ist ein mathematischer Analphabet. Er ist Maler.«

»Ich auch«, sagte ich.

»Was? Sie sind Malerin?«

»Nein«, sagte ich. »Eine Analphabetin.«

»Oh«, sagte er. »Aber Infinitesimalrechnung können Sie trotzdem lernen. Es dauert bloß länger.«

»Kann ich es bis September schaffen?«

»Klar. Wenn Sie sich einen Tutor besorgen.«

»Einen Tutor?«

»Na ja, klar. Sie werden all ihre Zeit darauf verwenden müssen, die Infinitesimalrechnung zu lernen. Für Leute wie Sie ist das eine ganz neue Art zu denken. Und damit meine ich zwölf Stunden täglich, sieben Tage in der Woche.«

»Warum mache ich das bloß?« sagte ich. »Das hört sich entsetzlich an.«

»Ich weiß nicht«, sagte Stephen. »Warum machen Sie das?«

Ich löffelte meine Suppe und schob dabei die Blütenblätter beiseite.

»Ich weiß nicht«, sagte ich schließlich. »Ich hatte das Gefühl, daß mein Leben keine Richtung hatte, daß etwas Grundsätzliches geschehen mußte. Ich komme aus Michigan«, sagte ich, als würde das etwas erklären.

»Von wo dort?«

»Ann Arbor. Ich bin da zur Schule gegangen.«

»Und was waren Ihre Hauptfächer? Ich nehme an, Mathe gehörte nicht dazu.«

»Französisch. Ich kann's kaum noch sprechen.«

»Und was haben Sie mit ihrem Abschluß in Französisch angefangen?«

»Nichts. Ich hab Korbmöbel bemalt, mit Schablonen. Ich hab damit ziemlich gut verdient, für Ann Arbor jedenfalls, aber mit der Zeit hing es mir zum Hals raus. Es gab keine Perspektive. Und darum hab ich mir gedacht, was ich brauche, ist ein Diplom in Betriebswirtschaft.«

Ich erzählte ihm nichts davon, daß Tim, mein Freund, diese Korbmöbel herstellte und daß ich fünf Jahre lang mit ihm zusammengelebt hatte und ein Jahr (das vierte) mit ihm verlobt gewesen war. Mein Entschluß, Betriebswirtschaft zu studieren, hatte hauptsächlich mit meiner Trennung von Timmy zu tun. Der Ober kam und nahm unsere Suppenteller mit.

»Ich weiß nicht«, sagte ich. »Glauben Sie, daß ich einen großen Fehler mache?«

»Jeder Dummkopf kann Betriebswirt werden«, sagte Stephen.

»Aber der hat dann auch ein angeborenes Talent für Mathematik«, sagte ich.

»Das haben Sie auch«, sagte Stephen. »Es muß nur geweckt werden.«

Ich lachte.

»Nein, wirklich«, sagte er. »Das Talent ist da. Wie bei Pygmalion. Ich könnte mich um Sie kümmern. Ich verwandle Sie in ein Mathegenie.«

Über uns begannen die Blätter des Hartriegelbaums zu beben. Ich blickte auf und sah, daß der Himmel erglühte, als gehe die Sonne überall und nicht bloß an einer Stelle unter. Ich konnte die fallenden Regentropfen über uns spüren: schwere, rußige Tropfen. Ich stand auf und hängte mir meine Tasche über die Schulter.

»Was ist los?« sagte Stephen. Er dachte, ich wollte gehen.

»Es fängt gleich an zu regnen«, sagte ich. »Sehen Sie doch.«

Wir waren das erste Paar in dem leeren Restaurant und bekamen einen Tisch gleich an der Tür zur Terrasse. Ich sah den Regen auf den verlassen daliegenden Garten fallen und hatte das Gefühl, klug und intuitiv und aufnahmebereit zu sein – wenn schon nicht für die Infinitesimalrechnung, dann doch wenigstens für das Wetter.

Am nächsten Abend – dem dritten Abend des Kurses – begann mein offizielles Tutorium. Stephen stand mit einem Taschenrechner und einem Strauß Fresien vor meiner Tür.

»Das ist schon ein irrer Bau«, sagte er. »Der Lift ist ungefähr so groß wie meine Wohnung.«

»Das ist nicht meine«, sagte ich. »Ich wohne hier bloß zur Untermiete.«

»Oh«, sagte Stephen. »Und ich dachte schon, ich hätte eine reiche Erbin gefunden.« Er gab mir die Blumen.

»Dann sollte ich Sie Alyssa vorstellen.« Ich ging in die Küche, aber Stephen spazierte ins Wohnzimmer und den Flur entlang und kam durch die Beiküche in die Küche. »Möchten Sie etwas trinken? Ich habe allerdings nur Bier und Preiselbeersaft.«

»Bloß einen Schluck Wasser«, sagte Stephen. Er nahm ein umgedrehtes Glas von der Spüle und füllte es unter dem Wasserhahn. Vor diesem Rendezvous war ich nervös gewesen, aber es war irgendwie beruhigend, Stephens Adamsapfel zuzusehen, wie er beim Schlucken auf und ab hüpfte: Er trank, als trinke er schon seit Jahren in meiner Küche Wasser.

Als Tutor war Stephen besser denn als Lehrer. Zunächst einmal wollte er wissen, was ich nicht verstanden hatte. Ich sagte, ich hätte so gut wie nichts verstanden, und so fingen wir ganz von vorn an, und während er erklärte, stellte ich Fragen und ließ ihn erst weitermachen, wenn ich es begriffen hatte. Wir zogen vom Eßzimmertisch zum Wohnzimmersofa um, und als ich schließlich den Eindruck hatte, daß ich den Stoff der ersten drei Tage des Kurses in Infinitesimalrechnung kapiert hatte – es war etwa ein Uhr morgens –, legte ich meinen Notizblock auf den Boden und zog die Beine hoch. Wir saßen uns gegenüber, die Beine ineinander verschränkt, jeder an einem Ende der Ledercouch. Mir fiel auf, daß er zu den Leuten gehörte, bei denen der zweite Zeh länger ist als der große Zeh. Meine Zehen sind perfekt proportioniert, und das ist der Maßstab, den ich anlege.

»Sie haben sehr lange Zehen«, sagte ich. Ich berührte sie. »Sie sind ein bißchen häßlich.«

Stephen gähnte und sah an seinem Körper hinab auf seine Zehen. »Das hängt mit dem Talent für Mathematik zusammen«, sagte er. »Eins gehört zum anderen.«

Früher war mein Vater Ingenieur bei der NASA, und meine Mutter war Hauswirtschaftslehrerin. Jetzt sind sie beide pensioniert und haben ein gemeinsames Geschäft aufgezogen. Sie haben eine Reihe von Häusern gekauft, die mein Vater »ausbaufähig« nennt – Scheunen und Schuppen und sogar aufgelassene Kirchen – und in denen sie leben, während sie sie zu luxuriösen Sommerhäusern umbauen, bevor sie sie mit einem hübschen Gewinn verkaufen. Mein Vater nimmt sich die Außenwände vor, und meine Mutter kümmert sich um die Innendekoration, oder, wie sie sich ausdrücken: Mein Vater baut das Nest, und meine Mutter polstert es aus. Sie leben nie länger als ein Jahr in einem Haus. An einigen von ihnen hängt meine Mutter, aber mein Vater besteht darauf, sie zu verkaufen. Er findet, daß es für Leute ihres Alters wichtig ist, in Bewegung zu bleiben, so als ob man versteinern würde, wenn man ein paar Jahre im selben Haus wohnt.

Am ersten Wochenende des Kurses fuhr ich von New York aufs Land, um sie – und das Bootshaus, das sie renovierten – zu besuchen, obwohl Stephen meinte, es wäre besser, wenn ich in der Stadt blieb und lernte. Ich sagte ihm, daß ich am See lernen würde. Das hatte ich auch vor: Ich packte das dicke Lehrbuch in meinen Rucksack und löste sogar ein paar Aufgaben im Flugzeug, aber als ich in Syracuse in eine kleine, sechssitzige Maschine umstieg, kam mir die Infinitesimalrechnung mit einemmal nicht mehr so wichtig vor. Die Stadt mit ihren geraden Straßen, ihren Glasfassaden und dem ständigen Lärm schien der richtige Platz für die Infinitesimalrechnung zu sein, doch als ich in dem winzigen Flugzeug über die Bäume und Seen dahinglitt, die unter mir in der zunehmenden Dunkelheit entschwanden, entschwand auch die Infinitesimalrechnung. Die Zahlen und Pfeile und Symbole kamen mir albern vor, und so steckte ich das Buch wieder ein und sah zu, wie die Lichter in den Häusern dort unten angingen.

Am Samstagmorgen half ich meiner Mutter bei der Arbeit an einem Anlegesteg, der um zwei Seiten des Hauses lief. Meine Eltern wollten eine Veranda daraus machen und ihn mit einem grasgrünen, auch für Naßräume geeigneten Teppichboden beziehen. Meine Mutter trat Wasser, ausgerüstet mit Schwimmflossen, Taucherbrille, Schnorchel und Tacker. Sie sah aus wie Jacques Cousteau. Ihre Arbeit bestand darin, unter den Steg zu schwimmen und den Teppichboden an der Unterseite festzumachen; ich sollte ihn währenddessen festhalten und dafür sorgen, daß er sich nicht wellte.

Das war einfach. Ich stellte fest, daß die beste Methode, den Teppich zu glätten und am Verrutschen zu hindern, darin bestand, mich einfach auf die Stelle zu legen, an der wir gerade arbeiteten. Ich streifte die Träger meines Badeanzugs von den Schultern und schlug das Lehrbuch auf. Unter mir hörte ich meine Mutter im Wasser plantschen und den Steg mit dem Tacker bearbeiten. Als sie am Teppich zog, damit er glatter lag, rollte mein Drehbleistift vom Steg und verschwand zwischen den wuchernden Wasserpflanzen.

Ein paar Minuten später kam meine Mutter unter dem Steg hervorgeschwommen. Sie schob die Taucherbrille hoch, so daß sie auf ihrer Badekappe saß, und kreuzte ihre gebräunten Arme auf dem Steg.

»Ich hab meinen Stift verloren«, sagte ich. »Er ist runter-
gerollt.«

Meine Mutter warf einen Blick auf mein Lehrbuch und
sagte: »Kannst du das ganze Zeug da wirklich?«

»Noch nicht«, sagte ich. »Angeblich macht es irgendwann Klick, und dann hat man es kapiert.«

»Das einzig Schöne daran, eine alte Frau zu sein, ist, daß
mir die neue Mathematik erspart geblieben ist. Ich weiß
noch, als ich die Umrechnung ins Metrische System durch-
nehmen mußte, war ich reif für die Irrenanstalt. Dein Vater
mußte eine Gaststunde über das Metrische System halten.
Wir haben Vichissoise gekocht. Alle Mädchen haben sich in
ihn verliebt. Sie hatten noch nie einen Mann gesehen, der
kochen kann. Was ist eigentlich daraus geworden?«

»Woraus?«

»Aus dem Metrischen System. Weißt du das denn nicht
mehr? Es sollte doch alles umgestellt werden. Sie haben sogar Werbung im Fernsehen dafür gemacht: ›Amerika mißt
metrisch.‹ Was ist daraus geworden?«

»Ich weiß nicht«, sagte ich. »Ich schätze, sie haben's aufgegeben.«

»Ich mag die Zolleinteilung«, sagte meine Mutter. »Sie
würde mir fehlen. Es ist wirklich schade, daß wir nicht näher an New York leben. Sonst könnte Vati dir mit diesen
Rechensachen helfen. Debbie hat er auch immer geholfen.«

»Mein Lehrer sagt, es ist alles eine Frage des Talents«,
sagte ich. »Er meint, mein Talent für Mathematik muß nur
wachgeküßt werden.«

»Wachgeküßt?« Meine Mutter stieß sich vom Steg ab
und ließ sich auf dem Rücken treiben. Das Röckchen ihres

Badeanzugs blähte sich um ihre Oberschenkel. Ich sah hinauf in den hellen Himmel und schloß die Augen. In der Nacht, in der Stephen und ich zum ersten Mal miteinander schliefen, flüsterte er mir Zahlen ins Ohr: lange, große Zahlen – Entfernungen zwischen Planeten, Sekunden eines Lebens. Er sprach, als seien sie Gedichte, und sie wurden zu Gedichten. Später, als er einschlief, beugte ich mich über ihn, betrachtete ihn und versuchte, mir die Träume eines Mathematikers vorzustellen. Ich kam zu dem Schluß, daß Stephens Träume ganz bestimmt Prinzipien gehorchten, die so abstrakt und kühl waren wie Gemälde von Mondrian.

»Hast du was von Tim gehört?« fragte meine Mutter.

»Nein«, sagte ich. Ich spürte den Druck der grünen Fasern an meiner Wange und hörte, wie meine Mutter leise, plätschernde Geräusche machte, während sie träge zwischen den Seerosen umherschwamm. »Wir telefonieren nicht miteinander.«

»Interessiert es dich nicht, wie es ihm geht?«

Ich schlug die Augen auf. Meine Mutter trat Wasser und bewegte ihre Arme und Beine ganz langsam und graziös. Sie machte nur die nötigsten Bewegungen, um sich über Wasser zu halten.

»Außerdem«, sagte ich, »hab ich einen anderen Freund.«

»Schon? Wen?«

»Du kennst ihn nicht«, sagte ich.

»Tja, das glaube ich auch. Darum frage ich ja.«

»Der Lehrer«, sagte ich.

»Der Mathematiklehrer? Der Talentwecker?«

»Ja«, sagte ich.

»Ach, Herzchen«, sagte meine Mutter. Sie klang traurig. »Denk daran, daß du gerade in einer Krise bist. Sei vorsichtig. Besonders mit einem Mathematiklehrer.«

»Ich bin nicht in einer Krise.«

»Wie würdest du das denn sonst nennen?« Meine Mutter fischte etwas Entengrütze aus dem Wasser, strich mit den Fingern darüber und warf sie ein paar Meter weiter wieder ins Wasser. Ein kleiner Fisch tauchte aus der Tiefe auf, durchstieß mit dem Maul die Wasseroberfläche und zupfte an der Entengrütze. Ich dachte einen Augenblick nach. Ich setzte mich auf und ließ meine Beine ins Wasser hängen. Der Fisch schwamm fort. Ich war wütend auf meine Mutter, weil sie von Tim angefangen hatte – schließlich war es mir ziemlich gut gelungen, ihn zu vergessen.

»Es ist keine Krise«, sagte ich. »Es ist ein neues Leben. Es hat nichts mit Ann Arbor oder Timmy oder Korbmöbeln zu tun.«

Aber meine Mutter hörte gar nicht zu. Sie suchte mit den Augen den Grund des Sees ab. »Sieh mal«, sagte sie. »Dein Stift.« Sie machte eine schnelle Tauchrolle. Ich sah zu, wie ihre weißen Beine mit Stoßbewegungen im dunklen Wasser verschwanden. Einen Augenblick später kam sie wieder hoch und warf meinen Stift auf den Anlegesteg.

In den beiden Wochen, die wir zusammen waren, hatten Stephen und ich uns ein Ritual geschaffen. Nach dem Unterricht gingen wir zusammen ein Bier trinken. Ich entdeckte, daß die Mitte des Nachmittags eine gute Zeit für Bars war. In Ann Arbor hatte ich nachts, wenn sie laut und voll und dunkel und stickig waren, nie viel für sie übrig gehabt. Aber nachmittags warf nie jemand Geld in die Jukebox, die Sonne schien durch die offene Tür, und in dem Fernsehgerät über der Bar schwammen die Leute in den Seifenopern durch ihre komplizierten Leben wie Fische in einem Aquarium.

Stephen malte ein Diagramm auf eine aufgeweichte Cocktailserviette und versuchte wie immer, etwas zu erklären, das ich nicht verstand. Ich sah halb ihm und halb einer großen weißen Katze zu, die sich zwischen den Beinen der Barhocker hindurchschlängelte und die Berührung jedes Beins an ihrem Fell genoß.

»Hier«, sagte Stephen und schob die Serviette über den Tisch. Ich sah sie mir an, wurde aber nicht schlau daraus und drehte sie um.

»Nein«, sagte Stephen. »So rum.« Er drehte sie wieder um.

Irgend etwas an diesem verschwommenen Diagramm auf der Cocktailserviette deprimierte mich. Ich konnte nicht glauben, daß das zu einem wichtigen Teil meines Lebens geworden war. Es sagte mir gar nichts. Ich lehnte mich zurück an die Plastiktrennwand zwischen den Nischen.

»Können wir das nicht mal für eine Weile vergessen?« sagte ich.

»Klar.« Stephen zerknüllte die Serviette, warf sie in die Luft und schlug sie mit der Hand auf den Boden. »Was ist los?« fragte er.

»Ich hab nachgedacht«, sagte ich. »Vielleicht ist das keine so gute Idee.«

»Was?«

»Das hier«, sagte ich. »Wir.«

»Oh«, sagte Stephen. »Warum?«

»Ich hab einfach das Gefühl, daß ich da allein durch muß. Ich meine, ich glaube, ich müßte diese Prüfung aus eigener Kraft bestehen, und dann können wir uns darüber klarwerden, ob wir uns noch weiter treffen wollen.«

»Aber du kannst die Prüfung nicht aus eigener Kraft bestehen. Du brauchst einen Tutor.«

»Ich werde mir einen anderen Tutor suchen«, sagte ich.

»Dafür ist es jetzt zu spät. Wir haben bloß noch eine Woche. Julie, du weißt doch, daß kein Mensch von dir erwartet, daß du die Prüfung ganz allein bestehst. Das ist keine große Sache. Das ist kein Wettkampf um die Ehrenplakette der Pfadfinderinnen.«

»Ich weiß«, sagte ich. »Ich kann es nicht genau erklären. Ich finde bloß, daß das hier nicht richtig ist.«

Stephen trank sein Bier aus. »Warum willst du nicht, daß ich dir helfe?« fragte er.

»Das hab ich dir doch gesagt«, sagte ich. »Weil ich glaube, daß es falsch ist.«

»Aber es ist nicht falsch. Es ist überhaupt nichts Falsches daran. Du willst mich nur los sein.«

Ich sagte nichts. Ich betrachtete die Katze. Einen Augenblick lang saßen wir so da. Ich hatte das Gefühl, einen furchtbaren Fehler zu machen, nur wußte ich nicht, was der Fehler war und ob er etwas mit Liebe oder mit Infinitesimalrechnung zu tun hatte. Ich hatte das Gefühl, daß ich bei beidem alles falsch machte.

Ich glaube, ich habe noch nie so schwer an etwas gearbeitet wie in der nächsten Woche an der Infinitesimalrechnung. Die Prüfung sollte am letzten Freitag des Kurses um ein Uhr stattfinden; am Vormittag hatten wir noch eine Repetitionssitzung. Ich hatte zwei Fragen. Stephen beantwortete sie.

Ich saß auf der Vordertreppe des Gebäudes der mathematischen Fakultät und ging noch einmal meine Notizen durch, als er herauskam. Er blieb neben mir stehen. »Komm«, sagte er. »Ich lade dich zum Essen ein.«

»Geht nicht«, sagte ich. »Ich muß noch lernen.«

Er beugte sich herunter und nahm mir den Spiralblock aus der Hand. »Wenn du es jetzt noch nicht kannst«, sagte er, »wirst du es nie können.«

Wir gingen über die Straße in die Bar mit der geschmeidigen weißen Katze. Das Essen war ganz gut. Wir redeten nicht über Infinitesimalrechnung.

Ich war fertig, bevor die Zeit um war, und meinte, das sei vielleicht ein gutes Zeichen. Ich wußte es nicht genau. Ich hatte kein Gefühl dafür, wie ich abgeschnitten hatte. Ich gab meine Blätter ab und fuhr mit der U-Bahn nach Hause. Ich duschte und begann zu packen, denn ich wollte über das Wochenende zum See hinausfahren, um meine Eltern zu besuchen. Gerade als ich zur Tür hinaus wollte, klingelte das Telefon. Ich überlegte, ob ich drangehen sollte. Die meisten Anrufe waren immer noch für Alyssa, und ich hatte den Anrufbeantworter eingeschaltet. Aber es ist schwer, ein Telefon einfach klingeln zu lassen.

Es war Stephen, der mir sagte, daß ich die Prüfung nicht bestanden und damit das Kursziel nicht erreicht hatte. Eine

Sekunde lang war ich richtig erschüttert, und dann wurde mir bewußt, wie absurd die ganze Sache war, wie absurd mein Gedanke gewesen war, ich könnte diese Prüfung bestehen, ein Diplom in Betriebswirtschaft machen, in New York leben. Einen Augenblick stand ich da und betrachtete Alyssas lächerliche Ansammlung von Kristall. Ich konnte nichts sagen.

»Julie?« sagte Stephen. »Bist du noch da?«

»Ja«, sagte ich.

»Hör zu«, sagte er. »Ich habe Foster die Situation erklärt.« Foster war der Vorsitzende des Fachbereichs und saß im Vorstand der Fakultät für Wirtschaftswissenschaften. Seine elfjährige Tochter hatte im Kurs neben mir gesessen. Sie hatte mir erzählt, daß sie die Infinitesimalrechnung zum Spaß lernte.

»Du hast die Situation erklärt?«

»Ich hab ihm bloß gesagt, daß du die Prüfung fast bestanden hättest – das stimmt ja auch – und daß du den Schein brauchst, um dein Studium anzufangen.«

»Was für ein Studium?« fragte ich.

»Betriebswirtschaft«, sagte Stephen.

»Oh«, sagte ich. »Ich hab's mir anders überlegt. Ich werde nicht Betriebswirtschaft studieren.«

»Was?« sagte Stephen. »Bist du verrückt?«

Ich fing an zu weinen, und so sagte ich nichts.

»Julie? Wovon redest du? Laß uns zum Essen ausgehen und darüber reden.«

»Ich kann nicht«, sagte ich. »Ich fahre zu meinen Eltern.«

»Hör zu«, sagte Stephen. »Hörst du mir zu?«

»Ich bin nicht taub, Stephen.«

»Ich gehe jetzt zum Prüfungsamt. Ich werde dich für den August-Kurs anmelden. Den gebe ich nicht mal, du kannst also unbesorgt sein. Wir brauchen jetzt nicht darüber zu reden. Aber überleg es dir.«

Ich sagte ihm, ich würde es mir überlegen; ich sagte ihm, ich würde ihn Sonntag, wenn ich wieder zurück wäre, anrufen. Ich legte auf. Ich stand in Alyssas Beiküche. Ich dachte: Wenn ich jemand wäre, der Sachen zerschlägt, würde ich ein Glas, oder vielleicht auch mehrere, zerschlagen. Ich dachte: Vielleicht sollte ich ein paar zerschlagen, auch wenn ich nicht so jemand bin. Das würde heilsam sein. Aber ich zerschlug nichts. Es lohnte die Mühe des Zusammenkehrens nicht – und damit hätte ich sofort danach angefangen.

Dann fing ich an, über Stephen nachzudenken. Ich wünschte mir, er hätte nicht angerufen. Sobald ich gegangen war, mußte er mit der Korrektur meiner Prüfungsarbeit angefangen haben. Und jetzt, genau in diesem Moment, ging er zum Prüfungsamt. Er war so nett. Das gab mir das Gefühl, schuldig und egoistisch und gemein zu sein.

Ich bestellte beim Steward zwei Gin-Tonics auf einmal, denn ich wollte zwei Drinks und befürchtete, daß er es bis zu unserer Landung in Syracuse nicht zweimal den Mittelgang hinunter schaffen würde. Sie schmeckten ausgezeichnet, und nach einer Weile sahen selbst die Felder dort unten vertrauenswürdig und harmlos aus, so als würden sie uns, sollten wir abstürzen, einfach auffangen.

Mein Vater wartete in seinem ausgemusterten Armee-

Jeep am Flughafen. Ich warf meinen Rucksack hinten hinein, setzte mich auf den Beifahrersitz, und dann fuhren wir los. Ich hatte das Gefühl, daß er ein bißchen zu schnell die von Bäumen gesäumte Straße hinunterfuhr; der Wind schien schrecklich schnell vorbeizurauschen. Die Sonne ging endlich unter, aber am ganzen Himmel hielt sich noch das Licht.

»Ich bin durch die Prüfung gefallen«, rief ich meinem Vater zu.

»O je, Schätzchen«, rief er zurück. »Kannst du sie nochmal machen?«

»Vielleicht. Das werde ich am Montag sehen.«

Wir fuhren schweigend ein Stück weiter und bogen dann in den Feldweg ab, der durch den Wald zum Bootshaus führt.

»Deine Mutter ist ein bißchen verärgert«, sagte mein Vater, ohne mich anzusehen.

»Warum? Was ist passiert?«

»Wir hatten einen kleinen Streit.«

Da meine Eltern sich nie in meiner Gegenwart stritten, dachte ich, daß sie sich nie stritten. »Um was ging es?« fragte ich.

Mein Vater seufzte und schaltete herunter. »Deine Mutter will sich fest niederlassen. Sie will, daß wir uns irgendwo eine Eigentumswohnung kaufen.« Er sprach das Wort »Eigentumswohnung« aus, als handle es sich um etwas, das Krebs erregt.

»Oh«, sagte ich.

»Mir gefällt unser Leben. Ich glaube, es ist gut für uns. Ich glaube, irgendwann sollten wir schon daran denken, an einem Ort zu bleiben. Aber warum jetzt? Sieh dir das an ...« Er zeigte auf das Land, das zum See, der eingerahmt von Bäumen und unbewegt wie ein Spiegel dalag, abfiel. »Vor einem Jahr wußten wir noch nicht mal, daß es das hier gibt«, sagte er. »Ich mag es, neue Sachen zu entdecken. Neue Sachen zu machen.«

Wir fuhren in die Scheune, wo er den Motor abstellte, aber keiner von uns machte Anstalten auszusteigen.

»Ich sag dir das nicht gern, Schätzchen«, sagte mein Vater. »Aber ich dachte, es ist besser, wenn du es weißt. Mama ist im Bett. Sie hat sich ziemlich aufgeregt.«

»Oh«, sagte ich. Mein armer Vater. Er saß in seinem Jeep und fühlte sich schlecht.

»Vielleicht solltest du raufgehen und mit ihr reden.« Zum ersten Mal sah er mich an. In der Scheune war noch gerade so viel Licht, daß ich seine Tränen sehen konnte. Sie rannen ihm nicht über die Wangen, sondern standen glitzernd in seinen Augen.

Die Elektrizität im Bootshaus beschränkte sich auf die Küche, so daß der Rest des Hauses dunkel war. Ich stieg die Wendeltreppe zum Schlafzimmer hinauf, die mein Vater gebaut hatte. Meine Mutter saß im Bett und hatte ihre Hände auf der Flickendecke aus den Stoffetzen der Kleider gefaltet, die sie für meine Schwester und mich genäht hat, als wir noch klein waren. Immer wenn ich diese Flickendecke sehe, tauchen vor meinem geistigen Auge ein paar dieser Kleider auf, obwohl sie alle gleich aussahen: winzige Peter-Pan-Kragen, die Vorderpartien gesmokt, die Röcke von der Taille abwärts gebauscht. Ich weiß nicht, was aus ihnen geworden ist. Ich wollte, ich hätte noch eins oder zwei davon, nur um sie mir anzusehen. Ich setzte mich auf die andere Seite des Bettes.

»Hallo«, sagte ich. Ich beugte mich vor und gab ihr einen Kuß. Sie lächelte mich an, denn sie sah, wie albern die ganze Situation war: Sie saß im Bett, und ich kam zu ihr – es war alles falsch, alles verkehrt.

»Hat Papa dir von unserer Meinungsverschiedenheit erzählt?« fragte sie.

Ich sagte ja.

Sie sah durch das Bullauge, das mein Vater in den Giebel hatte einsetzen lassen, aber es war zu dunkel, um irgend etwas zu erkennen. »Inzwischen tut es mir leid, daß ich so ein Theater gemacht habe«, sagte sie. »Es ist nur..., ich kann so nicht weitermachen. Nicht daß mir die Energie oder Wille dazu fehlte. Aber ich kann einfach nicht immer irgendwelche Sachen machen und sie dann zurücklassen. Findest du das falsch?«

»Nein«, sagte ich. »Natürlich nicht.«

Sie sah mich an. »Dein Vater hat euch geliebt, er hat euch vergöttert, aber er war sehr froh, als ihr auf dem College wart und er in Pension ging. Endlich konnten wir losfahren und irgendwas unternehmen und waren nicht mehr angebunden, und eine Zeitlang war das einfach großartig, aber jetzt hängt es mir zum Hals raus. Tut mir leid, aber es hängt mir einfach zum Hals raus.«

Ich dachte: Erzähl mir das nicht, erzähl mir nichts davon. Ich will nicht wissen, ob du unglücklich bist. Und dann kam ich mir zum zweiten Mal an diesem Tag gemein und egoistisch vor. Meine Mutter seufzte und sah wieder aus dem Fenster.

Ich stand auf. »Soll ich dir was von unten bringen?«

»Nein, danke.« Sie wandte sich vom Fenster ab und versuchte zu lächeln. »Wie war deine Prüfung? Die hab ich ganz vergessen.«

»Ganz gut«, sagte ich. »Ich hab bestanden.«

Einen Monat später bestand ich sie tatsächlich. Beim zweiten Mal war es fast einfach. Ich sah Stephen nicht sehr oft; er gab keinen Unterricht und tauchte daher nur selten im Fakultätsgebäude auf. Und wenn wir uns trafen, war die Atmosphäre verkrampft: Ohne die Infinitesimalrechnung hatten wir so wenig Gemeinsamkeiten, und obwohl wir so viele Stunden zusammen verbracht hatten, schienen wir einander nicht besonders gut zu kennen.

In derselben Woche sagten mir meine Eltern, daß sie sich trennen wollten, jedenfalls so lange, bis sie sich auf einen Lebensstil einigen konnten, der »für beide Seiten angenehm« war. Ich war überrascht und etwas beschämt, weil ich merkte, daß mich das mehr erleichterte als aufregte. Früher war ich immer so stolz auf sie und mein intaktes Elternhaus gewesen, aber irgendwann – und ich wußte nicht, wann das geschehen war – hatte das alles seine furchtbare Wichtigkeit verloren.

Sie schlossen die Arbeiten an dem Bootshaus ab und verkauften es an einen Filmstar. Am ersten Wochenende im September fuhr mein Vater nach Maine, um nach einem sehr heruntergekommenen, sehr großen Bauernhof zu suchen. Meine Mutter kam nach New York, um mich zu besuchen. Wir gingen in ein Restaurant und feierten meine bestandene Prüfung. Meine Mutter wartete, bis die Champagnerflasche leer war und wir koffeinfreien Filterkaffee tranken, bevor sie anfing, über die Trennung zu reden.

»Ich komme mir dabei sehr mutig vor«, sagte sie. »Ich komme mir auch dumm vor, aber trotzdem mutig. Und es ist schön, daß es so enden kann, ohne böse Worte. Wir haben wirklich Verständnis füreinander. Natürlich hilft es, daß es um ein ganz konkretes Problem geht und nicht um unsere Gefühle füreinander.«

»Aber macht es das nicht schwerer?«

»Was?«

»Daß eure Gefühle sich nicht verändert haben«, sagte ich. »Ich meine, ich hätte gedacht, wenn ihr euch hassen würdet, wäre es einfacher.«

Meine Mutter strich über das Tischtuch, so daß es kleine Falten warf, und glättete es dann wieder. Ihre Hände waren von kleinen Schnitten und Kratzern bedeckt, und mir fiel auf, daß sie noch immer ihren Trauring trug.

»Nein«, sagte sie. »Obwohl ich nicht weiß, warum. Ich schätze, mir ist es lieber zu denken, daß wir nicht gescheitert sind, sondern daß die Dinge sich verändert haben. Ich weiß nicht. Hört sich das für dich vernünftig an?«

»Ja«, sagte ich.

»Debbie versteht das überhaupt nicht. Sie macht sich Sorgen um mich. Sie will, daß ich nach Allentown ziehe.«

»Was willst du machen?« fragte ich.

Sie machte ihre Handtasche auf und zog einen Prospekt für Eigentumswohnungen an einem Golfplatz in South Carolina heraus. Er enthielt Bilder von Gebäuden, die sich am Rand der grünen Grasbahnen in den Wald schmiegten, und Grundrisse der verschiedenen Modelle.

»Nicht zwei davon sind gleich«, sagte meine Mutter. »Ich fahre nächste Woche runter, um sie mir anzusehen.«

»Sie sehen nett aus«, sagte ich.

»Das Beste daran ist, daß ich mir alles selbst aussuchen kann: den Teppichboden, die Vorhänge, den Fußbodenbelag, die Kunststoffurniere, die Kücheneinrichtung – sogar das Schrankpapier.«

»Das ist toll«, sagte ich. Einen Augenblick lang glaubte ich, meine Mutter würde gleich anfangen zu weinen, und darum sah ich mir den Prospekt an. Als ich aufblickte, schien sie sich gefangen zu haben.

»Und sie machen die ganze Arbeit«, sagte meine Mutter. »Alles. Sie füllen sogar die Eiswürfelbehälter, bevor man einzieht.«

Am Dienstag fuhr meine Mutter nach South Carolina, und am Mittwoch war die Einschreibung für das Herbstsemester. Beim Frühstück hatte ich ein paar panikerfüllte Augenblicke lang den Gedanken, einfach nicht hinzugehen und New York zu verlassen, solange ich noch konnte. Ich konnte runterfahren und meiner Mutter beim Umzug in ihre Eigentumswohnung helfen. Aber an jenem Morgen wurde mir klar, daß all dies sorgfältige Abwägen ein Ende haben würde, sobald ich hinauf zur Universität gefahren wäre und mich für Buchhaltung und Statistik und Menschenführung und alles mögliche andere eingeschrieben hätte.

Ganz so ist es natürlich dann nicht gewesen, aber schlecht war es nicht. Manchmal treffe ich mich irgendwann am späten Nachmittag mit Stephen, und dann gehen wir über die

Straße in unsere Bar. Jetzt wird es schon dunkel, wenn wir dort sitzen, aber es ist immer noch nett. Stephen fragt mich immer, ob ich Hilfe brauche. Ich sage nein. Nach der Tortur der Infinitesimalrechnung komme ich mit dem Betriebswirtschaftsstudium schon zurecht!

Freddies Haarschnitt

»Was magst du nicht an deinem Leben? Was möchtest du ändern?« Drew, Freddies Wohnungsgenosse, saß im Badezimmer und redete mit Joan, der Katze. Freddie ging hinein und setzte sich auf das Waschbecken. Drew saß auf der zugeklappten Toilette, und Joan kauerte im Katzenklo. Neuerdings hatte sie es sich angewöhnt, fast die ganze Zeit im Katzenklo zu verbringen und es nur noch zu verlassen, um zu fressen oder gelegentlich dem Verkehr auf der Avenue A zuzuschauen.

»Wir lieben dich, Joan«, fuhr Drew fort. Joan sah mißtrauisch zu ihnen auf und wischte mit dem Schwanz über die Katzenstreu. »Paß auf«, sagte Drew zu Freddie. »Das Waschbecken könnte abbrechen.«

Freddie setzte sich auf den Rand der Badewanne. »Sie sitzt schon den ganzen Abend da drin«, sagte Drew. »Ich verstehe das nicht. Ich versuch's gerade mit einer Gesprächstherapie.«

»Na komm schon, Joan«, erbot sich Freddie. »Sieh die Dinge doch mal positiv.«

»Du solltest lieber bald da raussteigen«, sagte Drew. »Wenn du meinst, daß ich diese Art von Benehmen hinnehme, hast du ein Rad ab.«

»Vielleicht hat sie wirklich ein Rad ab«, sagte Freddie. »Vielleicht ist sie zu lange nicht rausgekommen. Hüttenkoller.«

Drew stieß Joan mit seinem nackten Fuß an. Sie sprang,

Katzenstreu aufwirbelnd, aus der Kiste und rannte in den Flurschrank. Freddie begann, seine Zähne zu putzen.

»Was machst du heute abend?« sagte Drew. Drew arbeitete von zehn Uhr abends bis sechs Uhr morgens in einem Plattenladen, der vierundzwanzig Stunden geöffnet hatte. Er war zweimal überfallen worden. Einmal hatte die Kasse eine Kugel abgelenkt, die ihn, wie er behauptete, sonst getötet hätte. Tagsüber besuchte er die New Yorker Restaurant-Schule. Freddie sah ihn nur morgens gleich nach dem Aufstehen.

Freddie warf einen Blick in den Spiegel. Er machte ein wildentschlossenes Gesicht. »Ich überlege mir, ob ich mir ein Loch ins Ohr machen lasse.«

»Warum?«

»Warum nicht?« sagte Freddie. »Um cool auszusehen. Ich finde, so was sieht cool aus.«

»Meins hat sich entzündet«, sagte Drew. »Laß es lieber richtig machen.«

»Sonst gibt's ja nichts zu tun«, sagte Freddie. Er verteilte mit dem Mittelfinger etwas Zahnsalz auf seinen Schneidezähnen. Er hoffte, daß sie dadurch weiß schimmern würden.

Freddie arbeitete in einer Textilfirma, die sich auf die Produktion von Stoffen, die sonst nicht mehr hergestellt wurden, spezialisiert hatte. An diesem Nachmittag stand er bei den Aufzügen und sah, wie die Umschläge durch den Postausgangsschacht fielen. Sie fielen so schnell wie abgeschossene Vögel. In ein paar Minuten würde er den »Abwärts«-Knopf drücken und nach Hause gehen können.

Mrs. Grimes, die Bürovorsteherin, öffnete die Glastür

zur Eingangshalle und sagte: »Freddie, würden Sie bitte, bevor Sie gehen, in mein Büro kommen?« Mrs. Grimes' Vorname war Bernice, aber sie sprach ihn wie »Berenice« aus. Freddie hatte gehört, wie sie sich am Telefon meldete.

»Jetzt sofort?« sagte Freddie.

»In zwei Minuten«, sagte sie. »Was machen Sie hier draußen?«

»Jemand hat gesagt, da wäre ein Briefumschlag stecken-geblieben. Ich wollte mal nachsehen.«

Mrs. Grimes musterte mißbilligend den Postschacht. Dann musterte sie mißbilligend Freddies neue Cowboy-stiefel. Dann ging sie wieder in die Eingangshalle.

Mrs. Grimes' Büro befand sich in der 24. Etage, und als Freddie eintrat – er hatte die Wendeltreppe benutzt, die für leitende Angestellte reserviert war –, saß sie hinter ihrem Schreibtisch und drückte energisch auf die Tasten einer Rechenmaschine. Ihre langen Fingernägel hinderten sie daran, ihre ganze Wut auszutoben. »Setzen Sie sich«, sagte sie, ohne aufzusehen.

Auf dem einzigen Stuhl lag Mrs. Grimes' dackelförmige Handtasche. Freddie hatte Angst, sie woanders hinzu-stellen.

»Setzen Sie sich«, wiederholte Mrs. Grimes und diesmal sah sie auf.

Freddie nahm die Handtasche, setzte sich und nahm sie auf den Schoß. Dann stellte er sie auf den Boden.

»Wir sollten offen miteinander reden«, begann Mrs. Grimes, was Freddie sogleich verwirrte. »Stehlen Sie blaue Kugelschreiber?«

Freddie verwaltete das Büromateriallager für die 24. Etage. Er hatte einen Hefter und Klebstoff für zu Hause gestohlen, aber keine Kugelschreiber. »Nein«, sagte er.

»Ich frage nur, weil nach meinen Informationen mehrere Gros fehlen.«

Da Freddie nicht wußte, aus wievielen Einzelstücken ein Gros bestand, vermochte er nicht abzuschätzen, wie ernst die Situation war. »Ich hab keine genommen«, sagte er. »Ich brauche keine Kugelschreiber.«

»Sie könnten sie ja verkaufen«, schlug Mrs. Grimes vor.

Freddie zuckte die Schultern.

»Schließen Sie Ihr Zimmer immer ab, wenn Sie es verlassen?«

»Ja«, log Freddie.

»Dann fürchte ich, muß man die Schuld bei Ihnen suchen. Diesmal lasse ich es noch durchgehen, aber ich werde das Kommen und Gehen von Kugelschreibern in der 24. Etage in Zukunft scharf im Auge behalten. Und außerdem werde ich von nun an irgendwelche weiteren Verluste umgehend von Ihrem Gehalt abziehen.«

»Okay«, sagte Freddie. Er stand auf und stellte die Handtasche auf den Stuhl. Sie rollte auf die Seite, und ein Päckchen Zigaretten fiel auf den Boden. Freddie beugte sich hinunter und hob sie auf.

»Lassen Sie sie«, sagte Mrs. Grimes. »Fassen Sie sie nicht an.«

Ein Mädchen, das aussah, als wäre es ungefähr dreizehn, saß hinter einer Glastheke voller Ohrringe und Jointhalter und las *Interview*. Freddie besah sich die Ohrringe. Einige von ihnen sahen aus, als wären sie aus Bierdosenverschlüssen gemacht.

»Kann ich was für Sie tun?« fragte das Mädchen.

»Ich glaub schon«, sagte Freddie. Er setzte sich auf einen Hocker.

»Wir schließen um elf«, sagte das Mädchen, obwohl es erst kurz nach zehn war.

»Ich möchte mir ein Ohrloch stechen lassen«, sagte Freddie. »Bloß eins.«

»Sie müssen aber für zwei bezahlen. Wir haben einen Einheitspreis.«

»Okay«, sagte Freddie.

»Mit oder ohne Schmerz?« fragte das Mädchen.

»Soll das ein Witz sein?«

»Nein«, sagte das Mädchen. Sie nahm einen Apparat in die Hand, der wie die Prägezange aussah, mit der Freddies Mutter ihrem Briefpapier eine persönliche Note gab. »Manche Leute finden es gut, wenn es weh tut. Das macht das Erlebnis wirklicher. Es tut nicht so sehr weh.«

»Ich will es ohne Schmerzen«, sagte Freddie.

»Okay«, sagte das Mädchen. Sie ging nach hinten und kehrte mit einem Eiswürfel zurück. Er begann schon, in ihrer Handfläche zu schmelzen. »Welches Ohr?« fragte sie.

»Oh«, sagte Freddie. »Ich weiß nicht genau.«

»Sind Sie schwul?«

»Nein«, sagte Freddie.

»Dann also das rechte. Links bedeutet, daß Sie schwul sind.«

»Bestimmt?«

»Na klar«, sagte das Mädchen. »Hier. Halten Sie das an Ihr Ohrläppchen, bis es geschmolzen ist.«

Freddie hielt den Eiswürfel an sein rechtes Ohrläppchen. »Kann ich mir den Ohrring aussuchen?«

»Nein«, sagte das Mädchen. »Sie müssen einen 14-Karat-Goldstecker nehmen.«

»Ist der im Preis mit drin?«

»Nein. Die Stecker kosten 15 Dollar. Ich kann ihnen einen für 10 geben.«

»Also alles zusammen 14 Dollar?« fragte Freddie. Das schmelzende Eis machte seine Wange naß.

Das Mädchen nickte. »Ist es schon geschmolzen?«

Freddie hielt das dünne Scheibchen aus Eis hoch.

»Ein paar Minuten noch«, sagte sie. Sie öffnete eine Flasche mit medizinischem Alkohol und nahm aus einem Plastikbeutel einen Wattebausch. »Ich könnte Ihnen in ein Ohr zwei Löcher machen«, sagte sie. »Das sieht gut aus.«

»Kann ich ihn auch rausnehmen?« fragte Freddie.

»Erst nach sechs Wochen. Sonst wächst das Loch wieder zu.«

Das Eis glitt Freddie aus der Hand und fiel auf den Boden. Er wischte sich die nassen Finger an der Hose ab.

»Okay«, sagte das Mädchen. »Eins oder zwei?«

»Eins«, sagte Freddie.

Sie bedeutete ihm, sich vorzubeugen, und wischte sein Ohr mit dem Wattebausch ab. Dann betastete sie sein Ohrläppchen und sagte: »Können Sie das spüren?«

»Nein«, sagte Freddie. Das Mädchen hob den Ohrlochstecher hoch, legte seine Hand an Freddies Wange und hielt mit der anderen seinen Kopf fest. Freddie fühlte sich, als würde er getröstet. Er schloß die Augen und spürte, wie seine Wimpern über die Kehle des Mädchens strichen.

Freddies Ohrring fiel keinem auf – oder jedenfalls machte niemand eine Bemerkung darüber –, bis er nach Hause fuhr, weil seine Schwester ihren Abschluß an der Hebammenschule feierte. Es war Freddies Idee gewesen, die Umrisse eines Babies aus einem Tortenboden auszuschneiden und mit fleischfarbener Glasur zu überziehen. Er stand inmitten von Tortenbodenstücken und Pfützen von Lebensmittelfarbe. Das Baby wurde immer kleiner. Seine Mutter drückte aus einer Spraydose Weichkäserosetten auf Salzcracker. »Ich hab mich bemüht, das Ding in deinem Ohr zu übersehen«, sagte sie. »Ist das wirklich ein Ohrring?«

»Ja«, sagte Freddie.

»Was hat das zu bedeuten? Oder ist es besser, wenn ich das nicht weiß?«

»Es hat gar nichts zu bedeuten«, sagte Freddie. Er berührte den winzigen Stecker, der dadurch eine rosige Glasur erhielt.

»Zuerst trugen die Zigeuner Ohrringe«, sagte seine Mutter. »Dann die Katholiken. Dann ganz normale Mädchen. Und jetzt mein Sohn. Wo soll das noch enden?«

»Bei Haustieren«, sagte Freddie.

In der Abteilung für Ratenkäufe arbeitete ein Mädchen, das Freddie mochte. Er schickte ihr mit der Post nichtangeforderte Büromaterialien als anonyme Geschenke. Am Freitag nachmittag öffnete sie die Tür zum Büromateriallager und sagte: »Es geht das Gerücht, daß du der Mann mit dem Zeug bist.«

Freddie ordnete gerade Flaschen mit Korrekturflüssigkeit in ein Regal ein. »Zeug?« sagte er. »Meinst du Nachschub?«

»Sozusagen«, sagte sie. »Was man zum Leben so braucht.«

Sie machte die Tür zu und setzte sich auf einen Hocker.

Freddie verstand nicht. »Hmm?« sagte er.

Das Mädchen schraubte eine Flasche mit rosafarbener Korrekturflüssigkeit auf und fing an, sich seinen Daumennagel anzumalen. »Das ist das reinste Irrenhaus da draußen«, sagte sie. »Hast du was dagegen, wenn ich ein paar Minuten hierbleibe?«

»Nein«, sagte Freddie.

»Ich heiße Diane«, sagte das Mädchen.

»Ich weiß«, sagte Freddie.

»Was ich eben gemeint hab, war, ob du was zu rauchen hast.«

»Wer hat gesagt, daß ich was zu rauchen habe?«

»Ich dachte, das wäre allgemein bekannt. Ich dachte, daß die Leute immer in den Lagerraum gehen, wenn sie kiffen wollen.«

»Nicht in diesen hier«, sagte Freddie.

Diane musterte ihren rosa Nagel und stieg auf eine lindgrüne Korrekturflüssigkeit um.

»Ich würd's mal im Postraum versuchen«, sagte Freddie. »Wenn du so fickrig bist.«

»Ich bin nicht fickrig. Ich bin nur ein bißchen gestreßt.« Diane schraubte die Flasche wieder zu und wedelte ihre angemalten Fingernägel mit ausgestrecktem Arm hin und her. »Deine Cowboystiefel gefallen mir«, sagte sie. »Sie sind so spitz. Tun sie weh?«

»Nein«, log Freddie.

»Dann mußt du aber komische Füße haben.«

»Wie gefällt dir mein Ohrring?« fragte Freddie.

»Du hast einen Ohrring?«

Freddie strich das Haar über dem einen Ohr zurück. »Man kann ihn nicht sehen.«

»Bist du schwul?«

»Nein«, sagte Freddie. »Das ist doch das rechte Ohr.«

»Das bedeutet, daß man schwul ist.«

»Nein. Das bedeutet, daß man normal ist.«

»Wenn du willst, daß man ihn sehen kann, solltest du dir die Haare schneiden.«

»Meinst du?« fragte Freddie. »Wie kurz denn?«

»Ich weiß nicht.« Diane stand auf. »Ich könnte sie dir schneiden. Hast du eine Schere?«

»Klar«, sagte Freddie. »Weißt du denn auch, wie man das macht?«

»Ich hab das schon öfters gemacht. Ich schneide den Leuten gern die Haare. Bei meinem Freund hab ich das auch gemacht.« Sie öffnete den Büroschrank. »Wo ist die Schere?«

Bevor Freddie es ihr wieder ausreden konnte, hatte Diane schon eine Schere gefunden und schnippte damit wild in der Luft herum. »Setz dich auf den Hocker«, befahl sie. »Ich werde nur ein bißchen um die Ohren herum abschneiden.«

»Bist du auch ganz sicher, daß du das kannst?«

»Keine Sorge.«

Freddie setzte sich auf den Hocker. Diane fuhr mit ihren Fingern durch sein Haar. »Du hast komisches Haar«, sagte sie. »Es steht so komisch hoch.«

»Ich hab's heute morgen nicht gewaschen«, erklärte Freddie. »Wir hatten kein warmes Wasser.«

Diane begann zu schneiden. Sie gab Freddie die abgeschnittenen Haare. Jemand klopfte an die Tür.

»Scheiße«, sagte Diane. Sie versuchte, die Schere wieder in den Büroschrank zu werfen, aber sie landete auf dem Boden und klappte dabei auf.

Mrs. Grimes öffnete die Tür. Freddie sprang vom Hocker auf, und seine abgeschnittenen Strähnen schwebten zu Boden. Einen Augenblick lang verfolgten alle drei die Haare mit ihren Blicken.

»Entschuldigung«, sagte Diane. »Ich wollte gerade gehen.«

Mrs. Grimes sah Diane nach. »Wie ich sehe, haben Sie sich die Haare schneiden lassen, Freddie«, sagte sie.

»Sieht so aus«, sagte Freddie.

»Ich glaube, ich möchte, daß Sie in mein Büro kommen, bevor Sie heute nach Hause gehen.«

»Okay«, sagte Freddie.

Mrs. Grimes ging hinaus und machte die Tür hinter sich zu. Freddie hob die abgeschnittenen Haare auf und steckte sie in einen Briefumschlag für die interne Post. Er adressierte ihn an Diane.

Als Freddie nach Hause kam, schlug Drew Eiweiß mit einem Toupierkamm. Er sah Freddies Kopf und sagte: »Was ist passiert?«

»Alles«, sagte Freddie.

»Nein. Wirklich. Was ist mit deinem Haar passiert?«

»Es ist abgeschnitten worden. Jedenfalls zum Teil. Und ich bin rausgeschmissen worden.«

»Du bist rausgeschmissen worden? Warum?«

»Weil ich mir meine Haare hab schneiden lassen«, sagte Freddie.

»Sie können dich doch nicht wegen Häßlichkeit rausschmeißen, oder?«

»Vielen Dank«, sagte Freddie. »Das ist genau das, was ich jetzt hören wollte. Nein, ich hab mir im Lagerraum von so einem Mädchen die Haare schneiden lassen, und dabei ist die Bürovorsteherin reingekommen.«

»Und sie hat dich rausgeschmissen?«

»Ja«, sagte Freddie.

»Sie hat dich rausgeschmissen, weil du dir die Haare hast schneiden lassen?«

»Außerdem hatte sie mich im Verdacht, Kugelschreiber zu klauen.«

»Und? Hast du welche geklaut?«

»Nein«, sagte Freddie.

»Du brauchst einen Drink«, sagte Drew. Er steckte den Kamm in den Eischnee, um zu sehen, ob er umfiel. Der Kamm fiel nicht um. »Ich werde dir was zu trinken machen.« Drew mixte ein bißchen Wodka mit etwas Apfel-Preiselbeer-Saft und gab Freddie das Glas. Freddie trank es aus. »Was soll ich jetzt machen?« sagte er.

»Es wird schon werden«, sagte Drew. »Aber ich würde mir die Haare richtig schneiden lassen, bevor ich mich nach einem anderen Job umsehe.«

Als Drew zur Arbeit gegangen war, nahm Freddie eine Dusche und wusch sich die Haare. Sauber sahen sie auch nicht viel besser aus. Er versuchte sich gerade darüber klarzuwerden, ob er sie selbst in Ordnung bringen konnte, als das Telefon klingelte. Es schien immer dann zu klingeln, wenn Freddie nichts anhatte.

»Hallo«, sagte er.

»Hallo«, sagte seine Mutter. »Ich bin's.«

»Hallo«, sagte Freddie.

»Was ist los?«

»Nichts.«

»Oh«, sagte seine Mutter. »Ich wollte bloß hören, ob du den Scheck gekriegt hast.«

»Was für einen Scheck?« fragte Freddie.

»Den Scheck, den ich dir geschickt habe. Hast du ihn nicht gekriegt?«

»Nein«, sagte Freddie. »Noch nicht.«

»Na ja, ich dachte, du könntest vielleicht ein bißchen Extrageld gebrauchen. Es sind bloß fünfzehn Dollar.«

»Danke«, sagte Freddie.

»Was machst du gerade?«

»Nichts. Vielleicht gehe ich nachher noch raus und laß mir die Haare schneiden.«

»Ist es dafür nicht schon zu spät?«

»Manche Läden hier in der Gegend haben auch nachts geöffnet. Bis Mitternacht.«

»Was macht die Arbeit?«

»Geht so«, sagte Freddie.

»Monica hat heute ihre erste offizielle Entbindung gemacht.«

»Oh«, sagte Freddie. »Wie ist es gelaufen?«

»Gut, glaube ich. Sie hat gesagt, daß es ein bißchen schwierig war, weil die Frau darauf bestanden hat, es im Dunkeln zu kriegen. Ich finde das absurd: sein Kind im Dunkeln zu Hause im Bett zu kriegen.«

»Das ist jetzt die neue Sache«, sagte Freddie. »Es ist angeblich besser für das Baby.«

»Du bist in einem Kreißsaal zur Welt gekommen. Ich weiß nichts mehr davon. Das letzte, an was ich mich erinnern kann, ist, daß ich auf dem Sofa gelegen, die Minuten zwischen den Wehen gezählt und einen Kriegsfilm gesehen habe. Lauter Flugzeuge, die immer hin und her flogen, hin und her. Den Rest hab ich vergessen.«

Freddie fiel nichts ein, was er hätte sagen können. Er wollte sagen: »Sie haben mich rausgeschmissen«, aber das war alles zu kompliziert und schrecklich, um es einzugestehen. »Ich muß jetzt gehen«, sagte er.

»Ich ruf dich bald noch mal an«, sagte seine Mutter. »Ich hoffe, du kriegst einen schönen Haarschnitt. Freddie?«

»Was?«

»Es tut mir leid, was ich gesagt habe über deinen Ohrring. Ich meine, ich hätte das nicht sagen sollen. Ich finde es ganz in Ordnung, daß du einen Ohrring trägst. Wirklich. Ich hoffe, du hast dich nicht geärgert.«

»Nein«, sagte Freddie.

»Na gut, mein Schatz. Bis bald.«

»Bis bald«, sagte Freddie.

Als Freddie eintrat, waren in dem Friseursalon zwei Leute. Eine Frau saß auf einem der Stühle und sah sich im Spiegel zu, wie sie Kaffee aus einem Pappbecher trank. Es war, als sehe sie einen Fernsehfilm, in dem sie gleichzeitig auftrat. Ein Mann mit einem schwarz-weiß gestreiften Irokesenschnitt kehrte die abgeschnittenen Haare auf dem Boden zu einem Haufen zusammen. Freddie blieb in der Tür stehen.

Schließlich wandte sich die Frau von ihrem Spiegelbild ab und sagte: »Wollen Sie einen Haarschnitt oder so?«

»Ja«, sagte Freddie.

Sie stand auf und bedeutete Freddie, er solle ihren Platz einnehmen. Er setzte sich.

Die Frau nahm einen Kamm aus einem Glas mit einer blauen Flüssigkeit und stocherte damit in Freddies Haaren. »Sieht so aus, als wäre es gerade erst geschnitten worden«, sagte sie.

»Das war ein Versehen«, sagte Freddie. »Können Sie das in Ordnung bringen?«

»Klar«, sagte die Frau.

»Ich will es so geschnitten haben, wie es jetzt ist, nur ein bißchen kürzer.«

»Nein, das wollen Sie nicht«, sagte die Frau. »Wir werden das schon machen.«

»Wie denn?« fragte Freddie.

»Vertrauen Sie mir«, sagte die Frau. Sie zog eine Schublade auf und nahm eine Gartenschere heraus.

»Was ist das?« fragte Freddie.

»Das ist eine Effilierschere«, sagte die Frau. »Damit kriegt Ihr Haar viel mehr Struktur. Und steht besser.«

»Aha«, sagte Freddie.

Die Frau zauste Freddies Haar und ging mit der Schere darauf los, indem sie wahllos an den Büscheln herumschnitt. »Ich schneide es schräg ab«, sagte sie. »Dadurch kriegt es mehr Fülle.«

Fasziniert sah Freddie im Spiegel zu. Selbst der Mann mit der Stinktierfrisur legte den Besen hin und sah zu. Die Frau zauste mit einer und schnitt mit der anderen Hand, in einem Rhythmus, der trotz der Wut, die darin lag, etwas Beruhigendes hatte. Freddie hatte das Gefühl, ungeschützt und ohne Hut einem schrecklichen Sturm ausgeliefert zu sein.

Er weinte erst, als er zu Hause war. Er schaffte es, die Frau zu bezahlen – er gab ihr sogar ein Trinkgeld – und nach Hause zu gehen, und dabei hoffte er die ganze Zeit, daß sein Haar in seinem eigenen, vertrauten Spiegel besser aussehen würde.

Er ging in das dunkle Badezimmer und spürte, daß Joan im Katzenklo hockte. Freddie wußte, warum sie das machte. Eines Tages saß sie auf dem Fenstersims und sah dem Verkehr zu, während er Geschirr wusch. Er ließ einen Teller fallen, und als der zerschellte, hörte er Joan schreien, und als er aufsah, war das Fenstersims leer. Er rannte hinunter – zwei Etagen – und fand sie, benommen, aber lebendig, flach ausgestreckt auf dem Bürgersteig. Er trug sie nach oben, aber seitdem hockte sie immer in kleinen, engen Winkeln nah am Boden. Freddie weiß nicht, warum er sich deswegen schuldig fühlt. Technisch gesehen war es ein Unfall.

Als er das Badezimmerlicht anknipste und sich im Spiegel sah, fand er seine schlimmsten Befürchtungen bestätigt.

Sein stacheliges Haar sah entsetzlich und bedrohlich aus, und als er sich seinem Spiegelbild entgegenbeugte, kam es ihm so vor, als habe selbst jetzt nicht einmal er es verdient, so häßlich auszusehen.

Melissa & Henry - 10. September 1983

Bei der Hochzeit meiner kleinen Schwester Missie gab es Blumen am Ende jeder Kirchenbank, sechs Brautjungfern und sechs Brautjunker und einen Empfang in unserem Garten, in dem ein gelb-weiß gestreiftes Zelt aufgebaut und eine Tanzfläche über den Swimmingpool gelegt worden war. Carl, mein Freund, betrank sich derartig, daß er mich in die Garage jagte und mir, eingezwängt zwischen dem Audi und dem Kombi, sagte, daß er mich nie, niemals heiraten würde. Dann brach er mit einer verzweifelten und peinlichen Geste die Antenne des Audi ab und überreichte sie mir, als Entschuldigung, wie ein Geschenk.

Um von Carl wegzukommen, ging ich nach oben in Missies und mein altes Schlafzimmer. Eine Frau, die ich nicht erkannte, lag, umgeben von Missies Puppen aus allen möglichen Ländern, auf einem der Betten. Ich setzte mich auf das andere.

»Waren Sie eine der Brautjungfern?« fragte die Frau.

»Erste Brautjungfer«, sagte ich.

Ich sah mir mein Kleid an und beschloß, es auszuziehen. Die Sachen, die Missie auf der Reise tragen wollte, lagen ausgebreitet auf dem Bett, als sei sie in ihnen gestorben und vorsichtig herausgelöst worden. Ich überlegte mir, ob ich sie anziehen und selbst verschwinden sollte, entschied mich dann aber für Jeans und einen Rollkragenpullover mit einem Muster aus grünen Herzen. Die Frau sah mir beim Umziehen zu.

»Ich hab mich bloß ein bißchen hingelegt«, sagte sie. Sie setzte sich auf und strich ihren Rock glatt. Ich versuchte, mir darüber klar zu werden, ob ich sie kannte oder mich von der Gratulationscour her an sie erinnern konnte. Als die Reihe an Carl gewesen war, hatte er mir die Hand geküßt und geflüstert, daß ich zehnmillionenmal schöner sei als die Braut. Das war, bevor er sich betrank.

»Ich glaube, sie schneiden gerade den Kuchen an«, sagte ich. »Wenn Sie auch ein Stück wollen, sollten Sie sich beeilen.«

»Sie haben ihn schon vor einer Weile angeschnitten«, sagte die Frau. »Ich hab ein Stück gegessen. Wahrscheinlich hab ich mich deswegen so komisch gefühlt.«

Ich sah aus dem Fenster. Carl spielte im Vorgarten mit ein paar kleinen Kindern Fußball. Sein Smoking wurde dabei ganz zerknittert.

Meine Mutter kam herein. »Ach, hier bist du«, sagte sie zu mir. Sie sah die Frau an. »Geht es Ihnen ein bißchen besser, Jane?«

»Joan«, sagte die Frau. »Nicht viel.« Sie stellte sich vor den Spiegel und zupfte an ihrer Frisur herum, die ziemlich zerzaust aussah; dann ging sie, offenbar zufrieden, den Gang hinunter.

»Wer ist das?« fragte ich.

»Ich weiß es nicht genau«, sagte meine Mutter. »Helen, warum hast du dich umgezogen? Jetzt mußt du dir wieder die anderen Sachen anziehen. Der Fotograf will ein Bild machen, wie wir auf der Eingangstreppe stehen und den abfahrenden Gästen nachwinken.«

»Lieber sterben«, sagte ich.

»So geht es uns allen, Schätzchen«, sagte meine Mutter, »aber denk an Missie.«

»Das tue ich ja«, sagte ich.

Ich zog wieder mein Kleid an und ging hinaus zur Vordertreppe. Carl saß auf dem Fußball, den Bump, der Hund, mit den Zähnen unter ihm wegzuziehen versuchte. Bump mochte Carl. Der Fotograf stand unter einem Baum und betrachtete den Himmel durch seine Kamera.

»Na endlich«, sagte er zu mir. »Wo sind die anderen?«

»Ich weiß nicht«, sagte ich.

Ich setzte mich auf die oberste Stufe. Ich würde dieses Kleid nie mehr anziehen, und darum machte es nichts, wenn es schmutzig wurde. Wir hatten darüber gesprochen, ob wir vernünftige Kleider kaufen sollten, die wir auch später noch gebrauchen konnten, aber Missie war dagegen gewesen. Sie wollte ganz besondere Kleider.

Bump stieß mit der Schnauze den Fußball weg, und Carl fiel hin. Wenn ich nicht wütend auf ihn gewesen wäre, hätte ich ihn gefragt, ob er sich wehgetan hat, oder ihm sogar aufgeholfen, aber so saß ich nur da und sah ihm zu. Hinter mir trat mein Vater aus der Tür. Er hielt einen Bierkrug in der einen und eine Cocktail-Serviette in der anderen Hand. Wir hatten tausend dunkelrote, rosa und pfirsichfarbene Servietten mit der Prägung »Melissa & Henry – 10. September 1983« bestellt. Er legte mir die Serviette auf den Kopf und ließ seine Hand darauf ruhen. Ich wußte, daß das ein Vorwand war, damit er mich berühren konnte, aber das machte mir nichts aus. Der Fotograf stieg über Carl hinweg und sagte: »So bleiben.« Mein Vater hob den Bierkrug zum Gruß, und der Fotograf machte ein Foto. Carl setzte sich auf, um zuzusehen. Missie schob sich durch die Hecke und zerrte Hank förmlich hinter sich her. Wahrscheinlich hatten sie gerade im Hallenschwimmbad der Nachbarn einen Joint geraucht. Meine Mutter kam, und der Fotograf stellte uns auf: Missie und Hank auf dem Rasen, wobei Missies lange Schleppe sorgfältig ausgebreitet wurde, um das Stück verbrannten Rasen zu verdecken, meine Mutter und mein Vater auf der ersten Stufe, und ich auf der obersten Stufe, so daß zwischen ihren Schultern nur mein Kopf zu sehen war. Dann sagte er uns, wir sollten »Auf Wiedersehen«, rufen und winken, aber außer Carl war niemand da – alle anderen Gäste waren hinten im Garten –, und so winkten wir ihm zum Abschied, und der Fotograf machte ein Bild. Meine Eltern verschickten es als Weihnachtskarte.

Der Polterabend am Tag zuvor hatte im Rolling River Country Club stattgefunden. Mein Vater ist kein Golfspieler – an Samstagen arbeitet er immer –, aber Hanks Vater, und damit auch seine Familie, ist Mitglied im Club. Wir aßen im Mississippi-Saal (alle Räume sind nach Flüssen benannt). Frauen in schwarzen Kostümen mit weißen Schürzen servierten uns Obstsalat mit Kiwi, Hühnchen mit Spargel und Tortelloni. Sie sahen alle aus wie Mütter von Leuten, mit denen ich auf die High School gegangen war.

Es kam ein Nachfüllkrug mit Bier nach dem anderen, und jeder schien von einem Trinkspruch begleitet zu werden – einige waren sentimental, andere obszön. Hank stand auf seinem Stuhl, seine fleischigen Wangen waren gerötet, und Missie saß peinlich berührt neben ihm und riß Streichhölzer mit rosafarbenen Köpfen an. Die Szene hatte etwas Mittelalterliches.

Die älteren Leute gingen zuerst, und dann hingen die Hochzeitsgäste an der Bar herum, von der aus man den großen, erleuchteten Swimmingpool sehen konnte. Wir waren alle betrunken und warfen fischförmige Partykekse in die Luft und fingen sie mit dem Mund auf, Hank und sein Trauzeuge gingen in regelmäßigen Abständen hinaus und rannten um das Clubhaus, um wieder nüchtern zu werden, und jedesmal wenn sie zurückkamen schienen sie ein weiteres Kleidungsstück abgelegt zu haben, bis sie schließlich mit nackter Brust und schwitzend zurückkamen und wir alle gebeten wurden zu gehen.

Die Männer und ein paar mutigere Brautjungfern gingen in eine Bar namens ›Clutch‹, aber Missie wollte nach Hause, und ich war froh, sie begleiten zu können. Langsam fuhren wir auf der schmalen Straße, die über den Golfplatz führte. Die Bahnen erstreckten sich zu beiden Seiten wie lange, schmale Seen. Wir kamen an die Hauptstraße und fuhren an einer Bank vorbei, an deren Fassade abwechselnd Zeit und Temperatur angezeigt wurden. Es war zwei Uhr siebenundvierzig und sechzehn Grad. Missie sagte: »Ich kann gar nicht glauben, daß ich in dreizehn Stunden heirate.«

Neben der Bank war ein Schnellimbiß, und sobald ich das rosafarbene Reklameschild und den beleuchteten Innenraum sah, merkte ich, daß ich Hunger hatte. Ich hielt an, und Missie und ich setzten uns an die leere, geschwungene Theke. Missie nahm eine Tasse Tee, und ich bestellte mir Kaffee und einen Nußkrapfen. Eine Weile lang sagten wir gar nichts. Ich sah dem Mädchen im Hinterzimmer zu, wie es ein Röhrchen in die Krapfen einführte und sie mit Gelee füllte. Sie machte das sehr vorsichtig, als könnten die Krapfen etwas fühlen. Es war alles so friedlich wie es nur genau mitten in der Nacht sein kann.

Schließlich sagte Missie: »Wie fandest du das alles?« Sie tupfte die Krümel von meinem Krapfen mit ihrem angefeuchteten Mittelfinger auf.

»Meinst du das Essen?« sagte ich. »Oder die Probe in der Kirche?«

»Beides«, sagte Missie.

»Ich finde, es ist ein schöner Gottesdienst«, sagte ich. »Mir gefallen diese traditionellen Formeln. Wenn die Leute sich selbst was ausdenken, hört es sich immer so unecht an.«

»Ich weiß nicht, wie ich das finde«, sagte Missie.

»Wie du was findest?«

»Das alles«, sagte Missie. »Diese ganze Sache. Ich meine, nicht das Heiraten an sich. Nur wie man es macht. Ich habe Angst, wenn ich jetzt etwas auslasse, werde ich es später bereuen. Ich will nicht fünfunddreißig sein und weinen, weil ich keine Hochzeitstorte mit einer Braut und einem Bräutigam obendrauf hatte. Oder ein Gästebuch. Aber im Augenblick weiß ich es wirklich nicht.«

Obwohl ich eigentlich dachte, daß man die Dinge, die man tut, mehr bereut, als die Dinge, die man nicht tut, sagte ich: »Ich war mal auf einer Hochzeit, wo sie einen Karottenkuchen statt einer Hochzeitstorte hatten. Es war ein Witz. In der Glasur steckten Rosinen, und das Ganze sah ziemlich klumpig aus.«

Missie zog eine Leinenserviette aus ihrer Jackentasche

und faltete sie auf der Theke auf. Es waren zwei Riesengarnelen darin. »Die hab ich beim Essen in der Sushi-Bar mitgenommen«, sagte Missie. »Ich hatte das Gefühl, ich müßte sie aufheben, um sie meinen Kindern zu zeigen oder so. Oder um sie einzufrieren und an unserem ersten Hochzeitstag zu essen.« Die Garnelen wurden bereits braun und hart. Missie stieß eine mit dem Finger an. »So was Blödes«, sagte sie. »Laß uns gehen.«

Wir standen auf und gingen, und als ich den Wagen anließ, sah ich das Mädchen kommen und unsere Sachen abräumen. Sie warf nur einen flüchtigen Blick auf die Garnelen; sie warf sie einfach mit unseren Bechern und Krümeln und der Zitronenschale in den Abfalleimer. Ich hoffte, daß Missie es nicht gesehen hatte.

Carl und ich hatten vorgehabt, nach der Hochzeit über Nacht zu bleiben, aber das taten wir dann doch nicht. Als der letzte Gast gegangen war, fand ich ihn tief schlafend in dem Cougar, den wir am Tag zuvor gemietet hatten, um hinunter nach Jersey zu fahren. Ich war zum Wagen gegangen, der ein Stück weiter die Straße hinunter geparkt war, um mein ganz persönliches Geschenk für Missie zu holen: antike Ohrringe, die ich in Soho gekauft hatte. Ich hatte vergessen, sie ihr vor der Hochzeit zu geben, und jetzt würde das noch warten müssen – sie und Hank waren vor einer Stunde mit dem großen Wagen abgefahren. Sie wollten im ›Holiday Inn‹ am Flughafen von Newark übernachten und am nächsten Morgen nach St. John fliegen. Ich saß auf dem Beifahrersitz, sah mir die Ohrringe an und überlegte, ob ich sie behalten sollte, aber sie waren für Missie, und ich wollte, daß sie sie bekam. Oder besser: Ich wollte sie ihr schenken. In dem Sommer, als Missie anfing, mit Hank zu gehen, hatte ich etwas sehr Gemeines über ihn gesagt. Hank war der beste Stabhochspringer des Bundesstaates, und Missie nahm mich mit zu einem Leichtathletikwettkampf, damit ich ihn springen sehen konnte. Während die anderen Leichtathleten herumrannten und sich streckten und Sachen warfen, lag Hank mit nacktem Oberkörper auf den Schaumgummimatten in der Sonne. Als die Reihe an ihn kam, sprang er höher als alle anderen, aber später erzählte er mir, das sei alles nur Technik, und wenn man die einmal beherrsche, brauche man nicht mehr viel zu üben. Er kaute Tabak und spuckte ihn in der Gegend herum. Ich nannte ihn ein faules Schwein, und das war eine von diesen Bemerkungen, die hängenbleiben, auch wenn alle so tun, als hätten sie sie vergessen. Darum war es nett von Missie, mich zu fragen, ob ich Brautjungfer sein wollte, auch wenn sie zuerst unsere andere Schwester Cara gefragt hatte. Das war auch ganz vernünftig, denn Cara steht Missie altersmäßig näher als ich. Leider war sie für ein Semester nach Alaska gegangen und konnte nicht kommen. Sie schickte eine Postkarte mit einem Eskimopaar.

Als ich aufblickte, sah ich Mr. Chatto mit seiner Dänischen Dogge Sheba auf der Straße spazierengehen. Wir hatten den Wagen vor seinem Haus geparkt. Wir kannten ihn nicht besonders gut, und er war auch nicht zur Hochzeit eingeladen worden. Da alle Gäste nach Hause gefahren waren, stand der Cougar ganz allein im Dunkeln vor seinem Haus, und Mr. Chatto kam herüber und sah durch das offene Fenster in den Wagen. Dasselbe tat Sheba.

»Hallo«, sagte ich.

»Ah, guten Abend«, sagte Mr. Chatto. »Wie war die Hochzeit?«

»Schön«, sagte ich.

Auf dem Rücksitz wachte Carl auf und fuhr mit einem Ruck hoch. Er erschreckte Mr. Chatto und Sheba, die anfing zu bellen. »Wo sind wir?« fragte er. Er dachte, wir seien gefahren.

»Immer noch hier«, sagte ich. »Wir sind nicht gefahren.«

»Gute Nacht«, sagte Mr. Chatto.

»Was machen wir im Wagen?« fragte Carl.

»Nichts«, sagte ich. »Herumhängen.«

»Wieviel Uhr ist es?«

»Ich weiß nicht«, sagte ich. »Ungefähr zehn.«

Carl zog sein Hemd aus der Hose und steckte es wieder hinein. Er hatte seinen Kummerbund verloren und hob ihn vom Boden des Wagens auf. Er versuchte, auf den Vordersitz zu klettern, stieß sich aber den Kopf am Wagendach. »Au«, sagte er. Ich lachte.

Carl machte die Tür auf und stellte sich auf den Rasen in Mr. Chattos Vorgarten. »Es ist richtig schön hier draußen«, sagte er. »Es ist so still.«

Ich sagte nichts. Ich hielt die Perlenohrringe an meine Ohren und betrachtete mich im Rückspiegel. Eine von Missies blöden Freundinnen hatte sich als Hochzeitsgeschenk ausgedacht, uns für die Party zurechtzumachen. Sie hatte einen Zentner Make up auf meinem Gesicht verteilt, und jetzt war alles abgewischt oder verschmiert. Ich sah schrecklich aus.

Carl beugte sich durch das offene Fenster und ließ den

Kopf auf den Händen ruhen, so daß sein Haaransatz fast meine Schulter berührte. »Helen, was ich vorhin gesagt habe«, flüsterte er. »Das mit dem Heiraten. Es tut mir leid.«

»Ist schon gut«, sagte ich. Ich warf die Ohrringe über seinen Kopf auf Mr. Chattos Rasen. Das war nur, um Eindruck zu machen – ich merkte mir genau, wo sie gelandet waren.

»Ich hab nie gesagt, daß ich heiraten will.«

»Ich dachte, du willst.«

»Ich will nicht darüber sprechen.«

»Bist du betrunken?« fragte Carl. »Wenn ja, sollten wir nämlich nicht über so ernste Themen reden. Dann sollten wir damit warten.«

»Ich bin nicht betrunken«, sagte ich.

»Aber ich.« Er sah hinunter auf die Straße. Mr. Chatto schaltete seinen großen Fernseher im Wohnzimmer ein, und der ganze Raum begann zu glühen. »Du willst also nicht heiraten?« sagte Carl zu seinen Füßen.

»Ich dachte, wir wollten jetzt nicht darüber reden«, sagte ich.

»Wenn wir beide betrunken sind, habe ich gemeint. Aber du hast ja gesagt, daß du es nicht bist.«

»Ach so, du kannst darüber reden, wenn du betrunken bist, aber ich nicht.«

»Nein«, sagte Carl. Er streckte seinen Kopf wieder durch das Wagenfenster. »Ich habe gemeint, weil das hier ein ernsthaftes Gespräch ist, sollte einer von uns beiden nüchtern sein. Damit er später noch weiß, was wir gesagt haben. Wenn wir beide betrunken wären, sollten wir unsere Zeit nicht damit verschwenden.«

Ich war mir nicht sicher, was ich sagen sollte.

»Aber so ist es wirklich ideal«, fuhr Carl fort. »Ich bin immer ehrlicher, wenn ich betrunken bin.«

»Gut«, sagte ich. »Dann sei ehrlich.«

»In bezug auf was?«

»In bezug auf mich. Auf uns.«

»Vielleicht hab ich bloß Angst«, sagte Carl. »Vielleicht sollten wir heiraten. Ich meine, Missie und Hank ...«

Ich legte die Hand auf seinen Kopf, damit er still war. Er hatte seine Haare mit Frisiercreme zurückgekämmt, so daß seine Stirn glatt und frei und warm war, und ich legte meine Hand dorthin und drehte seinen Kopf so, daß ich sein Gesicht sehen konnte. »Holst du mir meine Ohrringe?«

»Was?«

»Ich hab sie aus dem Fenster geworfen. Missies Ohrringe.«

»Wo sind sie?«

»Einer liegt beim Briefkasten, der andere bei dem kleinen Zwerg. Bei der Figur da.«

Carl richtete sich auf, und ich dirigierte ihn. »Wärmer«, sagte ich, als er auf den Briefkasten zuging. »Heiß. Du brennst. Du brennst lichterloh.«

Als wir ins Haus gingen, um unser Zeug zu holen, fand ich meinen Vater schlafend auf dem Wohnzimmersofa. Der Fernseher lief, aber die Lautstärke war ganz klein gestellt. Es lief *Die phantastische Insel*. Ich stellte den Apparat ab.

»Heh«, sagte mein Vater. »Ich hab mir das angesehen.«

Ich machte keine Anstalten, den Fernseher wieder anzustellen, und er auch nicht. Ich räumte ein paar Hochzeitsgeschenke vom Zweiersofa auf den Boden und setzte mich. »Wo ist Mama«, fragte ich.

»Sie badet«, sagte mein Vater. »Wo ist der Prinz?« Aus irgendeinem Grund, den ich gar nicht unbedingt wissen will, nennt mein Vater Carl immer »den Prinzen«.

»Er vertritt sich die Beine«, sagte ich. »Um wieder nüchtern zu werden. Wir fahren heute nacht zurück.«

»Läßt er sich immer so vollaufen?«

»Nur auf Hochzeiten«, sagte ich. »Und auch Cocktailparties.«

»Ich hab deine Mutter auf einer Cocktailparty kennengelernt. Sie hat ein Cocktailkleid angehabt. Sie hat einen Cocktail getrunken. Ich war blau.«

»Ich hab Carl auf einer Studentenverbindungsparty kennengelernt«, sagte ich. »Er trug eine Toga und trank Bier aus einem Plastikbecher.«

»Ich würde mich jederzeit wieder für deine Mutter entscheiden«, sagte mein Vater.

Das Telefon klingelte. Ich ging in die Küche und nahm ab.

»Ach Gott«, sagte Missie. »Ich bin's.«

»Missie«, sagte ich. »Was ist los?«

»Ich habe das Sterilisationsgerät für meine Kontaktlinsen vergessen. Ohne das kann ich sie nicht rausnehmen. Könntest du es vorbeibringen?«

»Ich glaube schon«, sagte ich. »Wo ist es denn?«

»Ich bin mir nicht sicher. Vielleicht weiß es Mama. Ich dachte, ich hätte es eingepackt.«

»Wir bringen es auf dem Rückweg vorbei. Wir fahren bald. Auf welcher Etage seid ihr?«

»Ich hab keine Ahnung«, sagte Missie. »Ziemlich weit oben. Frag am Empfang.«

»Was machst du?« fragte ich. »Wie ist das Eheleben?«

»Ganz okay«, sagte Missie. »Aber mir brennen die Augen. Hank ist in der Sauna. Wir haben hier eine im Badezimmer. Er ist vorher noch nie in einer Sauna gewesen.«

»Ihr solltet zusammen in die Sauna gehen«, sagte ich. »Es ist eure Hochzeitsnacht.«

»Ich kann nicht, solange ich noch die Kontaktlinsen drin habe«, sagte Missie. »Sonst schmelzen sie oder so.«

»Willst du mit Mama sprechen?«

»Um Gottes willen, nein«, sagte Missie.

»Na gut«, sagte ich. »Wir sind so um Mitternacht da.«

»Danke«, sagte Missie. »Bis dann.«

Ich legte auf. Frisch gebadet kam meine Mutter in die Küche. Sie trug einen Bademantel und hatte ein Handtuch wie einen Turban um ihren Kopf gewickelt. Wenn ich das mache, löst sich der Turban jedesmal, wenn ich den Kopf bewege, auf. Meine Mutter kann Aerobic machen, und trotzdem bleibt das Handtuch, wo es ist. Sie ist sehr schön. In der Laienspielgruppe spielt sie immer Gräfinnen. Sie setzte sich an den Küchentisch und sah sich ihr Spiegelbild im dunklen Küchenfenster an.

»Ich sollte besser mal nachsehen, wo Carl ist«, sagte ich. »Er vertritt sich gerade die Beine. Wir fahren.«

»Oh«, sagte meine Mutter. Sie legte ihre Hände mit den Handflächen nach unten auf den Tisch und musterte ihre Nägel. Sie hatte sie für die Hochzeit maniküft und passend zu ihrem pfirsichfarbenen Kleid lackiert, aber der Nagellack war schon wieder entfernt. Ich bin sicher, daß sie es in der Badewanne gemacht hat, die Wattebäusche und den Nagellackentferner sorgfältig auf dem Tischchen aufgereiht, das man über die Wanne legen kann. Es ärgerte mich, daß sie ihn schon abgemacht hatte. Wenn ich mir zur Hochzeit meiner Tochter die Nägel pfirsichfarben lackiert hätte, hätte ich den Nagellack tagelang Stückchen für Stückchen abspringen lassen.

Auf dem Schild vor dem ›Holiday Inn‹ stand: *Herzlich willkommen, Eisbären.* Von Missie und Hank stand dort nichts. Ich parkte den Wagen. »Willst du mit reinkommen?« fragte ich Carl.

»Nein«, sagte er. »Für heute hab ich genug von Missie und Hank.«

»Na gut. Ich bin gleich wieder da.«

Ich ging in die Empfangshalle. Missies Sterilisationsapparat hatte ich in der Hand. Sie saß in der Halle auf einem Sofa und las *People.*

»Missie!« sagte ich. »Was machst du hier unten? Ich wollte es dir raufbringen.«

»Hankie schläft«, sagte Missie. »Es war ein schwerer Tag für ihn. Und die Sauna hat ihn ziemlich müde gemacht.«

»Oh«, sagte ich. Ich hatte mir vorgestellt, wie ich einen langen, stillen Flur hinunterschleichen, an die Tür der Hochzeitssuite klopfen, den Sterilisationsapparat davor auf den Boden legen und zurück zum Lift rennen würde. Ich hatte mir vorgestellt, wie Missie die Tür in ihrem Hochzeitskleid oder einem Negligé öffnen würde. Ich war nicht darauf vorbereitet, daß sie in Jeans und T-Shirt in der Empfangshalle sitzen würde. Ich hatte noch immer mein Brautjungfernkleid an, und ich kam mir so vor, als sei ich die einzige, die noch irgend etwas mit der Hochzeit zu tun hatte. »Willst du was trinken?« fragte ich Missie. »Es muß hier doch eine Bar geben.«

»Ich bin müde«, sagte Missie. »Wir müssen um halb sieben aufstehen.«

»Ich hab Lust, tanzen zu gehen«, sagte ich.

»Dann geh doch tanzen«, sagte Missie.

»Aber es ist deine Hochzeit«, sagte ich. »Willst du denn nicht irgendwas tun, das Spaß macht?«

»Helen«, sagte Missie, »ich will ins Bett, okay?« Sie drückte auf den Aufzugknopf. »Ich will meine Kontaktlinsen rausnehmen. Das ist das einzige, was ich will.«

Die Tür des Aufzugs öffnete sich, und Missie stieg ein. Mir fiel ein, daß ich ihr noch immer nicht die Perlenohrringe gegeben hatte. »Warte mal eben hier«, sagte ich. »Ich hab ein Geschenk für dich. Ich bin gleich wieder da.«

Ich lief hinaus zum Wagen, um die Ohrringe zu holen. Carl schlief oder tat so, als schlafe er.

In der Empfangshalle stand Missie immer noch im Aufzug und hielt die Tür mit ihrer Hand auf. Zum ersten Mal bemerkte ich ihren Ring.

»Hier«, sagte ich. Ich gab Missie die Ohrringe.

Sie wickelte sie aus dem Seidenpapier und betrachtete sie. »Danke«, sagte sie. »Sie sind wirklich schön.«

»Es sind antike«, sagte ich.

»Warum schenkst du sie mir?« fragte Missie. »Tue ich dir leid?«

»Nein«, sagte ich. »Ich freue mich für dich.«

»Ach«, sagte Missie. »Ich war mir nicht so sicher. Ich habe das Gefühl, daß ich allen leid tue.«

»Na ja, ist das nicht ein etwas enttäuschender Ausklang?« fragte ich. Der Rufknopf des Aufzugs begann zu summen, und Missie stieg aus. Die Türen schlossen sich. »Ich meine, tut es dir nicht leid, daß alles vorbei ist?«

»Nein«, sagte Missie. »Ich bin froh. Ich wollte, du würdest aufhören, Mitleid mit mir zu haben.«

»Ich hab kein Mitleid mit dir«, sagte ich. »Das hab ich dir gerade schon gesagt.«

»Helen?«

»Was?«

»Was hältst du von Hank? Findest du immer noch, daß er ein Blödmann ist?«

Ich wußte nicht, was ich sagen sollte. Ich drückte auf den Aufzugknopf, und die Türen öffneten sich. Er war gar nicht weg gewesen.

»Sag es mir«, sagte Missie. »Ich will es wissen.«

»Nein«, sagte ich. »Ich finde ihn nett.«

»Du findest ihn nett?«

»Na ja, du weißt schon«, sagte ich. »Er ist nicht so ganz mein Typ.«

»Er ist wie Carl«, sagte Missie.

»Nein, ist er nicht«, sagte ich. »Wenigstens finde ich das nicht.« Und das stimmte – es gab unzählige Dinge, in denen Carl überhaupt keine Ähnlichkeit mit Hank hatte. Hank trug weiße Socken und Turnschuhe, und unter seinen offenen Hemdkragen waren immer seine T-Shirts zu sehen. Er sah sich mit Missie *Fanny und Alexander* an, weil er dachte, das wäre Ingrid Bergmanns letzter Film, und ging nach der

Hälfte raus. Natürlich hat Hank auch andere, nette Seiten. Aber er ist eben nicht wie Carl.

»Ich mag Hank sehr«, sagte Missie. Die Tür des Aufzugs ging wieder zu, und Missie versuchte, sie aufzuhalten, schaffte es aber nicht. Die Tür schlug ihr einen der Ohrringe aus der Hand, und er fiel durch den Spalt in den Schacht. »O Gott«, sagte Missie. Sie fing an zu weinen.

»Missie«, sagte ich. »Was hast du denn?«

»Ich weiß nicht«, sagte Missie. Sie stützte sich mit den Armen gegen die Wand und verbarg ihr Gesicht darin. Ich klopfte ihr auf den Rücken. Ihr Haar war immer noch voller Haarspray von der Hochzeitsfrisur, und jedesmal wenn sie schluckte bewegte es sich in einem Stück, wie eine Perücke. Eine Frau in Pelzmantel und Pantoffeln kam mit einer Katze, die ein Geschirr trug, durch die Empfangshalle auf uns zu und blieb neben uns stehen. Die Katze hatte ein schmales, mit Glassteinen besetztes Halsband um.

»Ich geh lieber rauf«, sagte Missie. Sie hatte aufgehört zu weinen.

»Geht's dir auch bestimmt wieder gut?«

»Ich bin bloß müde«, sagte Missie. »Bitte sag Mama nichts, ja?«

»Natürlich nicht«, sagte ich.

Missie sah den zweiten Ohrring an. »Wenn sie den anderen nicht finden, lasse ich mir in ein Ohr ein zweites Loch machen«, sagte sie. »Dann kann ich ihn zu meinen Jadesteckern tragen.«

»Das sieht bestimmt gut aus«, sagte ich.

Die Tür des Aufzugs öffnete sich, und die Frau und die Katze und Missie stiegen ein. Die Frau hob die Katze hoch und drückte mit der kleinen Pfote auf den Knopf ihrer Etage.

Die Tür schloß sich, und ich blieb einen Moment in der Empfangshalle stehen. Ich dachte an den Nachmittag und daran, wie Missie zum Altar gegangen war. Ich ging vor, und Missie und mein Vater warteten, bis ich den freien Raum vor dem Hauptaltar erreicht hatte, bevor sie nachkamen. Ich drehte mich um und sah sie an. Sie schienen ewig zu brauchen, um an all den dem Himmel zugewandten, weinenden Gesichtern vorbeizugehen, und ich erinnerte mich, daß ich gedacht hatte, dies sei mehr eine Bergbesteigung als ein Gang zum Altar – man lernt jemanden kennen, bringt ihn dazu, daß er einen anruft, man küßt ihn, verliebt sich in ihn, schläft mit ihm, man verlobt sich, kauft in einem Geschäft für Hochzeitsmoden ein, sucht die Musikgruppe und den Lieferanten für das kalte Buffet aus, man nimmt ab, bis einem das Kleid paßt, packt die Hochzeitsgeschenke aus, läßt den Polterabend über sich ergehen und wacht am nächsten Morgen auf und weiß, daß man heute heiratet. All diese Dinge kamen mir vor wie kleine Felsvorsprünge an einem Berg, den Missie während des letzten Jahres erklettert hatte, und als ich sie näherkommen sah, wurde mir bewußt, daß ich nicht wollte, daß sie den Gipfel erreichte. Ich hatte Angst um mich dort oben, Angst, daß ich in diesem Wind, dieser Stille und dieser Liebe mein Gleichgewicht verlieren oder davongeweht werden würde. Selbst die Luft erschien mir unwirklich und seltsam kühl. Ich war froh, als alles vorbei war und wir mit dem Rücken zur Straße lachend vor der Kirche standen.

Als ich aus dem Hotel trat, flog ein Flugzeug so dicht vorbei, daß ich Gesichter in den winzigen, erleuchteten Fenstern sehen konnte. Carl hatte den Wagen vorgefahren und wartete mit laufendem Motor. Ich war froh, daß er aufgewacht war, denn ich war nicht in Stimmung, still nach Hause zu fahren. Ich konnte es kaum erwarten, auf die Autobahn zu kommen. Wir würden das Verdeck aufklappen, das Radio laut stellen und Gas geben.

Was machen die Leute den ganzen Tag?

»Rat mal, was mein Monogramm ist«, sagt Mark. Er sitzt am Verandatisch und ißt einen Becher Fruchtkringel: Erst die rosafarbenen, dann die gelben und schließlich die orangen Kringel. Der Becher wechselt ständig die Farbe.

Diane, die Babysitterin, sieht ihm zu, wie er einen Löffel gelbe Kringel in den Mund schiebt. Sie paßt nicht auf ihn, sondern auf seinen Stiefbruder Will auf, der in seinem hohen Kinderstuhl sitzt und fernsieht.

»Dein Monogramm?« fragt Diane. Sie hat das Gefühl, daß Mark schlauer ist als sie und daß seine Fragen eine knifflige Doppelbedeutung haben.

»Mein Monogramm. Du weißt schon – wie die Buchstaben auf einem Sweatshirt oder so. Meine Initialen.«

»Na ja«, sagt Diane. »M für Mark und V für Volkenburg. Was ist dein zweiter Vorname?«

»Theodore«, sagt Mark. »Von Papa. Kapierst du's jetzt?«

»Was?« bekennt Diane, die das Gefühl hat, begriffsstutzig zu sein.

»MTV«, sagt Mark: »M-T-V. Wie beim Kabelfernsehen.«

»Oh«, sagt Diane. Sie hält dem Baby einen Löffel voll Joghurt mit Pfirsich hin, den Helen, seine Mutter – Marks Stiefmutter –, morgens gemixt hat. Will läßt sich den kleinen, blattförmigen Löffel in den Mund schieben, macht jedoch keine Anstalten, den blaßorangen Brei hinunterzuschlucken. Er läuft an seinen Mundwinkeln herunter.

Mark sieht ihm zu und macht ihn mit gelben, halbgekauten Fruchtkringeln nach.

Helen ist Rechtsanwältin und hat eine Halbtagsstelle in der Stadt. Diane kommt um acht und geht, wenn Helen oder Ted, ihr Mann, nach Hause kommt. Ted, dessen Stelle als Professor für Kommunikationswissenschaften an der Drew-Universität vor kurzem gestrichen worden ist, sucht jetzt Arbeit in der »wirklichen Welt«: Fernsehen, Kabelfernsehen, Video-Produktion. Er hat kein Glück.

Im nierenförmigen Swimmingpool vor den Fenstern mit den Fliegengittern schwimmt Annette ihre dreißigste und letzte Bahn. Annette ist Marks Mutter, Teds erste Frau. Sie wohnt auf der anderen Seite des Blocks, und jeden Morgen, wenn sie Helens Wagen auf dem Weg zur Bushaltestelle vorbeifahren sieht, zieht sie ihren Jogginganzug über den Badeanzug, trabt durch die Gärten und springt in den Swimmingpool ihres Ex-Mannes. Formaljuristisch darf sie das nicht. Sie hat Mark den ganzen Juli und während des Schuljahrs jede zweite Woche, aber dreißig Bahnen – hoffentlich sind es bis zum Ende des Sommers fünfzig – tun keinem weh, besonders da sie ja schwimmt, wenn Helen und Ted nicht da sind. Sie benützen den Swimmingpool sowieso nicht. Diane und Mark haben versprochen, den Mund zu halten.

Annette steigt schnaufend aus dem Becken, trocknet sich mit einem Handtuch ab, das über Nacht draußen gelegen hat, wickelt es sich dann wie einen Rock um die Taille und öffnet die Verandatür.

»Wie viele?« fragt Mark.

»Drei Null«, sagt Annette. »Was ist das?« Mit einem Kopfnicken deutet sie auf Marks Schüssel. »Mittagessen?«

»Frühstück«, sagt Mark. »Fruchtkringel.«

»Kein Wunder, daß es dir hier gefällt«, sagt Annette. »Sie lassen dich diesen Mist essen.«

»Es ist mit Vitaminen angereichert«, sagt Mark. »Hier.« Er hält ihr die Packung hin.

Annette ignoriert sie, nimmt sich aber ein paar grüne Trauben aus der Obstschale. Sie scheint nicht zu bemerken, daß sie den Boden naß macht. Diane sieht ihr gebannt zu. Annette fasziniert sie. Sie wird noch nicht so recht aus ihr schlau.

»Wie geht's Gerber?« fragt Annette das Baby. Sie nennt es Gerber, weil sie findet, daß es wie das Baby der Gerbers aussieht. Aus ihrem Mund klingt es immer wie eine Beleidigung, aber insgeheim ist sie neidisch, weil Will so hübsch ist. Mark war ein ziemlich häßliches Baby.

»Gerber mag seinen Joghurt nicht«, sagt Diane.

»Lassen Sie mich mal probieren«, sagt Annette. Sie nimmt den Babylöffel aus dem mit kleinen Häschen verzierten Suppenteller und probiert die pürierten Pfirsiche. »Schmeckt gut«, sagt sie. »Wir sollten das schön aufessen.«

Diane hebt Will aus dem hohen Stuhl, bindet ihm das bekleckerte Lätzchen ab und setzt ihn auf den Boden. »Er muß neu gewickelt werden«, verkündet sie.

»Das ist Ihr Job«, sagt Annette. »Wenigstens werden Sie dafür bezahlt. Ich bin nie dafür bezahlt worden. Ich hab das aus Liebe getan. Für meinen kleinen Süßen.« Sie streckt die Hand aus und verwuschelt Marks Haar, das noch vom Schlaf zerzaust ist.

»Ich bin nicht dein kleiner Süßer«, sagt Mark. Er ißt den letzten orangen Fruchtkringel.

»Warst du aber«, sagt Annette.

»Nein«, sagt Mark, »war ich nicht.«

»O doch, das warst du, Schätzchen. Du hast mich immer angebettelt, daß ich dich meinen kleinen Süßen nennen soll. Du hast mich angebettelt – als du so klein warst wie Gerber.«

»Der kann nicht reden«, sagt Mark. »Also kann ich dich auch nicht angebettelt haben.« Er trinkt die süße, pastellfarbene Milch aus der Schüssel. Annette sieht ihm zu.

»Doch, du konntest reden«, sagt sie. »Du warst sehr aufgeweckt. Sehr weit.« Sie steht auf und öffnet den Kühlschrank.

»Wann kommt sie heute nach Hause?« fragt sie Diane.

»Sie kommt mit dem Bus um halb zwei.«

»Heißt das, sie kommt um halb zwei an, oder sie fährt um halb zwei los?« Annette nimmt einen Schluck aus einer Flasche Mineralwasser und stellt sie wieder in den Kühlschrank. Der Gedanke, daß sich ihre Spucke mit der Teds vermischt, ohne daß er es weiß, gefällt ihr. Er hat ihr beigebracht, wie man Mineralwasser aus der Flasche trinkt.

»Der Bus fährt um halb zwei los«, sagt Diane. Sie nimmt Will auf den Arm. »Er ist um zwanzig vor drei hier.«

»Gut«, sagt Annette. Sie macht den Kühlschrank zu. »Das heißt also, ich hab die Spitzenzeit am Swimmingpool.«

»Was ist die Spitzenzeit?« fragt Mark.

»Die beste Zeit zum Braunwerden«, sagt Annette. »Von der Sonne verwöhnt. Elf Uhr morgens bis zwei Uhr nachmittags.«

Die »Einstellungsberaterin« hat Ted von Anfang an nahegelegt, den Bart abzunehmen, aber er hat sich geweigert. Er mag seinen Bart. Er hat ihn schon sehr lange. Ursprünglich war er ganz schwarz, aber jetzt ist er von Silber durchzogen – Silber, nicht Weiß. Jedenfalls die Hälfte, die noch nicht abrasiert ist.

Es ist Mittag, und Ted ist in der Stadt, in der Wohnung eines Freundes, und nimmt sich den Bart ab. Er ist zwischen zwei »Sitzungen« hier. Bei der Jobsuche hat alles unvermutete Namen: »Sitzung« statt Einstellungsgespräch, »vernetzen« statt mit anderen verkehren. Barbara Brown, seine Beraterin, ist wunderbar mütterlich: Bei ihren »Strategiebesprechungen« jeden Morgen holt sie ihm Kaffee und gibt ihm Vierteldollar-Münzen, damit er sie nach jeder Sitzung »sofort« von einer Telefonzelle aus anrufen und sich »wieder zurückmelden« kann. Wenn er je einen Job findet, wird sie ihm fehlen. Ted betrachtet sein halb rasiertes Gesicht im Spiegel. Vielleicht sollte er jetzt aufhören und sich um einen Job bei einem Zirkus bewerben: halb Mann, halb Frau. Er versucht, mit einer Hälfte seines Gesichtes zu lächeln und mit der anderen finster zu blicken. Dann fährt er fort, sich zu rasieren. Mit langen, schwungvollen Handbewegungen zieht er den vorhin erst gekauften Rasierapparat über sein Gesicht und läßt die feuchten Haarlocken von der Klinge auf seine Arme und ins Waschbecken fallen. So unbedeckt sieht sein Mund ganz falsch aus.

Helen hat nie Angst, daß Will sich verletzen oder krank werden oder sterben könnte. Sie hat Angst, daß er sie vergißt; daß er – aus seinem Kinderbett, wenn er gerade geschlafen hat, aus seinem hohen Kinderstuhl, wenn er etwas ißt, oder von Dianes Arm aus – zu ihr aufsieht, und zwar nicht mit diesem wunderbaren Lächeln des Erkennens, das er seit neuestem aufsetzt, sondern mit einem blöden, leeren Blick. Manchmal, wenn sie nachmittags mit dem Bus nach Hause fährt, hat sie auch Schwierigkeiten, sich Will vorzustellen. Es bestürzt sie, daß sie sich seinen winzigen Körper nicht einprägen kann. Vielleicht liegt das daran, daß er sich so schnell verändert. Jeden Nachmittag sieht er ein bißchen anders aus.

Als sie heute nachmittag nach Hause kommt, sind alle im Swimmingpool. Will hat seine Schwimmflügel an, und Mark und Diane schieben ihn vor und zurück. Will lacht, aber als er Helen sieht, hebt er die Fäuste in die Luft, streckt die Finger und macht wieder Fäuste. Helen hebt ihn aus dem Swimmingpool und hält ihn auf dem Arm, obwohl er ganz naß ist.

Diane steigt heraus und gießt sich ein Glas Wasser über den Kopf. Helen sieht ihr zu, während sie ihr langes blondes Haar auskämmt.

»Warum machst du das?« fragt sie.

»Das war Mineralwasser«, sagt Diane. »Das spült das Chlor raus.«

»Oh«, sagt Helen.

»Darf ich auch?« fragt Mark.

»Klar«, sagt Helen.

Mark steigt aus dem Wasser und gießt sich sein Glas über den Kopf. Scharlachroter Saft läuft ihm über das Gesicht.

»Doch nicht mit Preiselbeersaft, du Dummian«, sagt Diane.

Mark leckt sich die Lippen und die Schultern ab und springt in den Swimmingpool. Das Wasser um ihn färbt sich rosa, wird aber schnell wieder klar.

»Hat Ted angerufen?« fragt Helen.

»Ja«, sagt Diane.

»Was hat er gesagt?«

»Er wird wahrscheinlich nicht zum Essen zu Hause sein. Rechnen Sie nicht mit ihm.«

Die Frau am Empfang erklärt Ted, wo die Herrentoilette ist, aber als er sie gefunden hat, kann er nicht hinein. An der Tür ist eins von diesen Schlössern, bei denen man eine bestimmte Nummer eintippen muß. Die Frau am Empfang hat ihm die Nummer nicht gesagt. Er steht lange auf dem Flur und fühlt sich verloren. Er muß wirklich dringend auf die Toilette, aber aus irgendeinem Grund hat er Angst, die Frau am Empfang nach der Nummer zu fragen. Schließlich kommt ein Mann und öffnet die Tür, während Ted die Verhaltensmaßregeln für den Fall eines Brandes liest. Ted schafft es, sie, kurz bevor sie ins Schloß fällt, festzuhalten.

Diane wartet in einer Bar auf Ted. Als sie ihre Affäre vor etwa einem Monat beendet haben, war Ted damit einverstanden, sich weiterhin einmal pro Woche allein mit ihr zu treffen. Sie reden nur miteinander. Er hält diese Treffen zwar für unnötig, aber er erscheint jedesmal. Ted überläßt Diane die Entscheidung über den Ort, weil er Angst hat, daß sie, wenn er einen vorschlägt, dort jemanden treffen könnten, den er kennt. Seit er seine energische Stellensuche in Angriff genommen hat, versucht er, Ordnung in sein Leben zu bringen. Insgeheim freut er sich auf den Herbst: Diane wird wieder aufs College gehen – und zwar schön weit entfernt, in Ohio –, er wird (hoffentlich) einen guten neuen Job haben, und seine Ex-Frau wird aufhören, in seinem Swimmingpool zu schwimmen.

Heute hat Diane eine Bar im East Village ausgesucht, von der sie nur die Adresse kennen. Es ist fünf nach fünf; Ted kommt fünf Minuten zu spät. Meistens kommt er fünfzehn oder zwanzig Minuten zu spät. Einmal kam er eine Stunde zu spät, und Diane wartete die ganze Zeit auf ihn und trank Bier. Als er schließlich kam, ging sie in die Damentoilette und übergab sich. Danach trank sie noch ein paar Gläschen Bier mit Ted.

Heute nachmittag trinkt sie einen Gin-Tonic und verfolgt das MTV-Programm im Kabelfernsehen. Über der Tür sind zwei Fernseher angebracht, und die Verdoppelung der ohnehin schon bizarren Bilder verleiht ihnen eine gewisse choreographische Schönheit. Ein Mann kommt herein und setzt sich ihr gegenüber an den Tisch. Es dauert einen Augenblick, bis sie merkt, daß es Ted ist.

»Was ist passiert?« sagt sie. »Du hast dich rasiert.«

Ted reibt sich über seine nackte Wange und zuckt die Schultern. »Wie sieht das aus?« fragt er.

Ted sieht jünger aus; er sieht aus wie ein Junge. Er sieht aus, als könnte alles, was sie sagt, ihn verletzen. »Warum hast du dich rasiert?« fragt Diane. »Ich dachte, es wäre dir egal.«

Ted zuckt nochmals die Schultern und bestellt sich ein mexikanisches Bier.

Diane würde gern seine Wange berühren, aber sie beherrscht sich. Sie überlegt sich, ob sie sich auf ihre Hände setzen soll, tut es dann aber doch nicht. Sie werfen beide einen Blick auf den Fernseher. Michael Jackson tanzt eine ausgestorbene Straße hinunter und läßt mit jedem Schritt eine der viereckigen Gehsteigplatten aufleuchten. Er wirft ihnen finstere Blicke zu und singt.

»Ist er nicht tierisch?« fragt Diane. »Ich finde ihn tierisch.«

Ted sieht sich Michael Jackson genauer an. Er findet, daß Michael Jackson nicht tierisch, sondern beängstigend aussieht, aber das sagt er Diane nicht. »Wann fängt das College wieder an?« sagt er.

»Anfang September«, sagt Diane. »In zwei Wochen.«

»Freust du dich schon?«

»Ich weiß nicht«, sagt Diane. »Ich glaube schon. Wärst du gern wieder auf dem College?«

»Du meinst, um zu unterrichten?«

»Ja.«

»Nein«, sagt Ted. »Ich finde, es ist Zeit für etwas Neues.«

»Mir geht's genauso«, sagt Diane.

Teds Bier wird gebracht, und er schenkt sich ein. Das Glas läuft über. »Eines würde ich gern wissen«, sagt er.

»Was?«

»Warum hast du dir diesen Sommer keinen richtigen Job gesucht. In einem Büro oder so. Warum wolltest du babysitten?«

Diane lächelt. »Es gibt keine richtigen Jobs«, sagt sie. »Du solltest das doch wissen. Außerdem ist das leichte Arbeit. Er kann gehen. Er kann sprechen.«

Ted nickt.

»Wie ist es heute gelaufen?« fragt Diane. »Hast du einen Job gekriegt?«

»Das verraten sie einem nicht«, sagt Ted. »Es gibt zweite Einstellungsgespräche. Es gibt dritte Einstellungsgespräche. Sie werden sich bei mir melden.«

»Du hast schlechte Laune.«

Ted gibt keine Antwort.

»Ich versuche, meine schlechte Laune zu transzendieren«, sagt Diane. »Den anderen zuliebe. Hast du mich je schlecht gelaunt erlebt?«

»Nein«, sagt Ted.

»Ich hab schon den ganzen Sommer schlechte Laune«, sagt Diane. »Jetzt bin ich auch schlecht gelaunt.« Sie lächelt. »Aber merkst du was? Ich möchte immer noch mit dir schlafen. Mehr als alles andere in der Welt möchte ich deine Wange berühren. Aber ich transzendiere das. Ich sitze auf meinen Händen.« Sie sieht ihre Hände an, die mit dem Eis, das noch in ihrem Glas ist, spielen. »Bildlich gesprochen.«

»Oh«, sagt Ted.

»Ich finde es wirklich süß, wie du mich aufheiterst«, sagt Diane. »Doch, finde ich wirklich. Ich bin dir dankbar dafür.«

Auch wenn sie ein bißchen hysterisch klingt, will Ted nicht, daß Diane aufhört zu reden. Er weiß nicht, was er ihr sagen soll. Aber Diane hört auf zu reden. Sie sieht Ted an.

»Ich muß gehen«, sagt Ted.

»Du bist doch gerade erst gekommen«, sagt Diane. »Trink wenigstens dein Bier aus.«

Ted trinkt sein Bier aus. Er stellt das Glas auf den Tisch

und steht auf. »Ich muß gehen«, wiederholt er. »Es tut mir leid.«

»Es tut dir leid?« fragt Diane.

»Ja«, sagt Ted.

»Das ist auch süß«, sagt Diane.

»Wenn du vor dem Abendessen noch was essen willst, nimm eine von denen hier«, sagt Helen und bietet Mark eine der Karotten an, die sie gerade schneidet.

»Ich hab keinen Hunger«, sagt Mark. »Ich will jetzt nichts essen.«

»Oh«, sagt Helen. »Ich dachte, du wärst vielleicht hungrig.«

»Bin ich aber nicht«, sagt Mark.

»Was hast du zu Mittag gegessen?« fragt Helen. Sie redet gern allein mit Mark. Das ist wie eine Probe für die Gespräche mit Will, wenn er größer ist. Es ist eine gute Übung. Wird Will so sein wie Mark? Vielleicht. Das wäre nicht schlecht. Mark ist süß. Zum Muttertag hat er ihr eine Karte geschenkt, eine richtige Muttertags-Karte. Ted hat Mark gesagt, er könne ja *Stief* vor *Mutter* schreiben, aber das wollte Mark nicht. Sie bewahrt die Karte in ihrer Schreibtischschublade auf. Es ist eine mit Rosen, und auf einer der Rosen ist ein Tautropfen aus Plastik.

»Ich hab eine tiefgekühlte Pizza gegessen«, sagt Mark. »Aber das war ungefähr um drei.«

»Wann bist du aufgestanden?«

»Ich weiß nicht«, sagt Mark. »Elf.«

Helen freut sich, weil Ted gerade angerufen und gesagt hat, er werde zum Essen da sein. Will sitzt auf dem Küchenboden und spielt mit den Schnappschlössern ihrer Aktenta-sche. In ein paar Minuten wird er auf den Arm wollen. Mark sitzt am Küchentisch und zählt das Geld, das er mit dem Austragen von Zeitungen verdient hat. Er benützt den Taschenrechner, den sie und Ted ihm zum Geburtstag geschenkt haben. Jedesmal wenn er einen Knopf drückt, ertönt ein nicht unangenehmer Piepston.

Annette hat ihre Sonnenbrille am Swimmingpool verges-sen. Jedenfalls glaubt sie, daß sie sie dort vergessen hat. Sie kann sie nirgends im Haus finden, und wenn Helen sie am Swimmingpool entdeckt, kommt sie in Teufels Küche. He-len wird wissen, daß es Annettes Sonnenbrille ist, weil eines der Gläser am Rand ihre Initialen – AEV – trägt. Wie idio-tisch, so was da stehen zu haben, denkt Annette. Ich hätte es wissen sollen. Sie wird Mark sagen müssen, daß er sie bis morgen verstecken soll. Annette wählt Teds Nummer, aber Helen nimmt ab. Typisch. Annette legt auf, aber dann wird ihr bewußt, daß sie das Recht hat, mit ihrem Sohn zu spre-chen, und daß Helen gar nicht darauf kommen wird, an ihrem Anruf etwas merkwürdig zu finden. Sie wählt die Nummer noch einmal. Wieder hebt Helen ab.

»Helen? Hier ist Annette. Wir sind gerade unterbrochen worden.« Das hätte sie nicht sagen sollen. Jetzt ist klar, daß sie aufgelegt hat.

»Hallo«, sagt Helen. »Wie geht's?«

»Gut«, sagt Annette. »Kann ich Mark sprechen?«

»Hier ist er«, sagt Helen.

»Hallo, Mark am Apparat«, sagt Mark, wie man es ihm beigebracht hat.

»Hallo, Mark am Apparat«, sagt Annette. »Hier ist Mama am Apparat. Hör zu. Sag jetzt nur ja oder nein, Mark. Und wiederhol nicht, was ich sage.«

»Okay«, sagt Mark.

»Nur ja oder nein«, sagt Annette.

»Ja«, sagt Mark.

»Ich glaube, ich hab meine Sonnenbrille am Swimmingpool vergessen. Ich möchte nicht, daß sie die ganze Nacht da herumliegt. Hast du sie gefunden?«

»Nein«, sagt Mark.

»Kannst du sie sehen? Sie liegt wahrscheinlich auf dem Picknicktisch. Oder unter dem Gartensessel. Der, auf dem ich immer liege.«

»Kann ich von hier aus nicht sehen«, sagt Mark.

»Nein«, korrigiert ihn Annette. »Nein, sollst du sagen. Nada. Negativ.«

»Was?« sagt Mark.

»Nichts. Schätzchen, könntest du rausgehen und mal nachsehen, ob sie da ist? Nicht jetzt gleich – warte noch ein paar Minuten. Wenn du sie findest, dann versteck sie einfach irgendwo bis morgen. Okay?«

»Okay«, sagt Mark. »Ja.«

»Ich hab dich lieb, Schätzchen«, sagt Annette. »Bis morgen.«

»Okay«, sagt Mark. »Ja.«

Helen und Mark und Ted spielen Klatschball im Garten. Da weder Helen noch Ted sich genau an die Spielregeln erinnern können, spielen sie eigentlich eher eine Abart von Klatschball: Sie werfen abwechselnd den Ball hoch in die

Luft, klatschen erst einmal, dann zweimal und so weiter in die Hände und versuchen dann, den Ball wieder aufzufangen. Will krabbelt herum und ist im Weg. Auf seinen dicken Knien sind Grasflecke. Nach einer Weile wird es zu dunkel zum Klatschballspielen, und so fangen Ted und Mark ein neues, wildes Spiel an, bei dem es hauptsächlich darum geht, herumzurennen, zu schreien und den anderen festzuhalten und zu Fall zu bringen. Helen nimmt Will mit ins Haus, um ihn zu baden. Sie füllt das Spülbecken in der Küche mit warmem, seifigem Wasser, zieht Will aus und läßt seinen makellosen Körper ins Wasser gleiten. Will liebt Wasser. Er verbringt den ganzen Tag im Swimmingpool, und jetzt sitzt er gurgelnd in seinem Bad und patscht begeistert auf das Wasser. Helen streicht immer wieder mit ihren plötzlich großen Händen über Will, und was sie tut, ist ebensosehr Streicheln wie Waschen, und währenddessen sieht sie durch das Fenster, wie Ted und Mark auf dem Rasen herumrollen. Das hier ist alles so vollkommen, denkt sie. Das hier ist vollkommen.

Ted liegt auf dem Sofa und liest eines von Wills Büchern. Er liest etwas von einem Schwein, das ein Haus baut. Eine Busladung niedlicher Kaninchen zieht in dem Haus ein. Sie werden dort glücklich sein. Will schläft, und Helen ist im Bett und liest. Mark liegt auf dem Wohnzimmerboden und sieht MTV-Kabelfernsehen. Ted setzt sich auf. Seine nackten Füße ruhen leicht auf Marks Rücken. »Was hast du heute gemacht?« fragt er.

»Nichts«, sagt Mark. »Gespielt.«

»Was hast du gespielt?«

»Spiele«, sagt Mark. Er sieht nicht auf. Er sieht auf den Fernseher. Dort essen Leute ein gewaltiges Festessen mit den Händen, während eine Katze mitten auf dem Tisch herumstolziert. Ted kann den Text des Liedes nicht verstehen. Er fängt an, Marks Rücken mit seinen Füßen zu massieren.

»Fühlt sich das gut an?« fragt er.

»Ein bißchen.«

»War Mama heute hier?«

»Ja«, sagt Mark.

»Kommt da nicht irgendwo auch ein Spielfilm?«

»Ich weiß nicht«, sagt Mark. »Wahrscheinlich.«

»Das hier ist komisch«, sagt Ted. »Gefällt dir das?«

»Nicht besonders«, sagt Mark. »Nicht mal die Mundbewegungen stimmen. Siehst du?«

Ted sieht genau hin. Der Sänger ist einen Takt hinter der Musik zurück. Offensichtlich bewegt er nur die Lippen zu einem Playback. »Erzähl mir mal was«, sagt Ted.

»Was denn?«

»Ich weiß nicht. Einfach irgendwas.«

Mark wendet den Blick vom Fenster ab und legt die Wange auf den Boden, so daß er Ted ansieht. Seine Augen sind geschlossen. »Mama hat ihre Sonnenbrille hiergelassen«, sagt Mark. »Ich hab sie gefunden. Ich hab sie in der Waschküche versteckt.«

»Oh«, sagt Ted. »Bist du müde?«

»Ein bißchen.«

»Ich auch«, sagt Ted. »Ich bin sehr müde.«

»Dann geh doch ins Bett«, sagt Mark.

»Das tue ich auch«, sagt Ted. »Ich werde ins Bett gehen. Aber nicht vor dir.«

»Ich kann mich selbst ins Bett bringen«, sagt Mark.

»Kannst du das?«

»Ja.«

Ted steht auf und schaltet den Fernseher aus. Das Bild fällt schnell in sich zusammen und verschwindet dann. Ted sieht eine Sekunde lang auf den leeren Bildschirm, als könnte das Bild wieder erscheinen. Er kann gar nicht glauben, daß es so leicht war, das loszuwerden. »Wo in der Waschküche?« fragt er.

»Was?« sagt Mark.

»Wo hast du Mamas Sonnenbrille versteckt? Wo in der Waschküche?«

Mark sieht zu Ted auf. Der Teppich hat ein Muster in eine seiner Wangen gedrückt. »Das ist ein Geheimnis«, sagt er.

Auf dem Weg zum Schlafzimmer sieht Ted noch einmal nach Will. Er steht neben dem Kinderbett und betrachtet den schlafenden Will. Ob Will träumt? Als Ted klein war, hatte er einen Hund, der im Schlaf wimmerte und zuckte, und Teds Mutter sagte immer, er tue das, weil er im Traum Kaninchen jage. Ted wußte nie, was er von dieser Theorie halten sollte. Wenn er wach war, jagte der Hund nie Kaninchen – wie konnte er also davon träumen? Lange steht er da, betrachtet den schlafenden Will und erwartet fast, daß er wimmert und zuckt.

Beim Zähneputzen sehnt sich Ted nach seinem Bart zurück. Er hätte noch ein bißchen länger durchhalten sollen. Am Nachmittag wußte er nicht, was er mit den Haaren tun sollte, die sich im Abfluß des Waschbeckens seines Freundes angesammelt hatten. Er hatte Angst, sie einfach runter-

zuspülen, und wollte auch nicht, daß sein Freund sie im Abfalleimer fand. Schließlich wickelte er sie sorgfältig in eine
Zeitung, die er mitnahm und verstohlen in einen Papierkorb warf, als sei darin etwas Gestohlenes oder Explosives.
Angesichts der Tatsache, daß er sich ernsthaft um einen Job
bemüht, aufgehört hat, sich mit Diane zu treffen, und sich
bewußt geworden ist, daß er Helen aus tiefstem Herzen
liebt, kann Ted nicht verstehen, warum ihm nicht wohler in
seiner Haut ist. Er muß noch immer etwas falsch machen.
Er betrachtet sein frischrasiertes Gesicht im Spiegel. Er hat
Schwierigkeiten, sich zu erkennen.

Im Schlafzimmer läßt Helen ihr Buch sinken und sieht
ihm beim Ausziehen zu. Sie lächelt, beugt sich vor. Wenn
Ted nur einfiele, was er falsch macht, würde er es ändern,
jetzt sofort, und alles wäre wieder in Ordnung. Er wünscht
sich, es würde Musik erklingen, damit er seine Lippen be-
wegen und Helen dies und alles andere erklären könnte.

Kopf oder Fuß

Jason, der Liebhaber meines Onkels, saß in der dunklen Küche und aß etwas, das dem Geräusch nach zu urteilen eine Schüssel Müsli sein mußte. Er hatte irgendeine Krankheit, durch die er alle paar Stunden Hunger bekam – es hatte etwas damit zu tun, daß nicht genug Zucker in seinem Blut war. Jede Nacht stand er um ungefähr drei Uhr auf und machte sich etwas zu essen. Da ich auf dem Sofa im Wohnzimmer schlief, konnte ich ihn hören.

Meine Eltern und ich waren von Oregon hinuntergefahren, um meinen Onkel Walter, der in Arizona lebte, zu besuchen. Er war der jüngere Bruder meines Vaters. Meine Schwester Jackie durfte zu Hause bleiben, weil sie gerade ihren High-School-Abschluß gemacht und einen Job im ›Lob-Steer Restaurant‹ hatte. Mich dagegen wollten meine Eltern unter keinen Umständen zu Hause bleiben lassen: Ich hatte gerade die neunte Klasse hinter mir und keinen Ferienjob.

Meine Eltern schliefen im Gästezimmer. Jason und Onkel Walter schliefen beide im großen Schlafzimmer. Als ich am ersten Morgen ins Badezimmer ging, sah ich Jason in seiner Jockey-Unterhose auf dem Rand des großen, ungemachten Bettes sitzen. Jason war sehr braungebrannt, aber es war eine merkwürdige Bräune: Sein Gesicht und die unteren drei Viertel seiner Arme waren viel dunkler als seine Brust. Es sah aus, als hätte er ein T-Shirt an.

Das Wohnzimmersofa war aus Leder und hatte überall

kleine Metallknöpfe. Es war fast unmöglich, darauf zu schlafen. Ich lag da und hörte Jason kauen. Das einzige andere Geräusch kam von der Klimaanlage, die sich ständig an- und abschaltete, um eine immer gleichbleibende, ideale Temperatur zu halten. Wenn sie sich abschaltete, konnte man die Insekten draußen hören. Auf der Wand des Eßzimmers erschien ein kleines Viereck aus Licht, das vom offenen Kühlschrank stammte. Jason räumte die Milch weg. Der Wasserhahn wurde kurz aufgedreht, und dann ging Jason durch das Wohnzimmer. Seine weiße Unterwäsche hob sich hell von seinem Körper ab. Ich tat so, als ob ich schlief.

Nach einer Weile schaltete sich die Klimaanlage aus, aber ich konnte keine Insekten hören. Zu irgendeinem Zeitpunkt – einem Zeitpunkt, der dem Morgen näher als dem Abend war – hörten sie auf zu zirpen, als wären sie in einer Gewerkschaft und würden nur für eine bestimmte Zeit bezahlt. Es war sehr still im Haus. Ich konnte Gemurmel und Bewegungen im großen Schlafzimmer hören, aber nicht sagen, ob die beiden miteinander schliefen oder sich nur im Bett umherwälzten, um eine bequeme Lage zu finden. Das ging ein paar Minuten lang so, und dann hörte es auf.

Wir waren für eine Woche zu Onkel Walter gefahren, und jeder Tag, jede Stunde war verplant. Immer wurde vormittags und nachmittags etwas unternommen. Dann kam die Cocktailstunde, danach das Abendessen und danach irgendein Kartenspiel – meistens ›Canasta‹, wobei die Partner immer wechselten: An manchen Abenden spielten Jason und Walter gegen meine Eltern, dann wieder die beiden

Brüder gegen Jason und meine Mutter. Ich spielte nie mit. Ich sah Fernsehen oder fuhr mit Jasons Moped durch die ausgestorbenen Straßen von Gretna Green. So hieß die Wohnanlage, in der Onkel Walters Haus lag. Die Häuser in Gretna Green wurden »Villa« genannt, und alle hießen anders – einige waren nach Edelsteinen benannt, andere nach Farben und wieder andere nach Tieren. Onkel Walter und Jason lebten in der Villa Indigo.

Der Morgen begann auf der Terrasse, wo wir frühstückten und »Pläne für den Tag« machten. Die Erwachsenen nahmen sich dafür viel Zeit, damit weniger vom Tag übrigblieb. Auch alle anderen Bewohner der Villas frühstückten auf ihren Terrassen. Die Terrassen waren durch Rasen und Steingärten und Kiefern voneinander getrennt, aber es gab nicht viel Privatsphäre: Jeder konnte jeden unter den gleichförmig gestreiften Sonnenschirmen sitzen sehen, aber jeder tat so, als könne er das nicht. Die meisten waren alte Leute, Pensionäre. Kinder waren nur als Gäste erlaubt. Alle sahen mich an, als sei ich eine Mißgeburt.

Am Mittwochmorgen war Onkel Walter drinnen und machte Kaffee mit der neuen Kaffeemaschine, die meine Eltern ihm mitgebracht hatten. Meine Mutter hatte mir gesagt, daß man, wenn man irgendwo zum Übernachten eingeladen ist, etwas mitbringen sollte – ein Geschenk für die Hausfrau. Oder den Hausmann, hatte sie hinzugefügt. Sie half Onkel Walter beim Frühstückmachen. Jason lag auf einem Liegestuhl in der Sonne und versuchte, sich gleichmäßiger bräunen zu lassen. Mein Vater las das *Wall Street Journal*. Er stand jeden Morgen früh auf, fuhr in die Stadt und kaufte es sich, um »auf dem laufenden« zu sein. Meine

Mutter bestand darauf, daß er es gleich nach dem Lesen in den Müll warf, damit er den Rest des Tages nicht abgelenkt war.

Jason hatte die Augen geschlossen, redete aber. Er zählte die Sachen auf, die wir an dem Tag unternehmen konnten. Ich saß auf dem Rand eines großen Blumenkübels mit Kriechgewächsen und zerbrochenen Plastiken, die Leonard, der frühere Freund meines Onkels, irgendwo ausgegraben hatte. Leonard war Archäologe. Früher unterrichtete er Paläontologie an der Universität von Nord-Arizona, aber er bekam keine ordentliche Professur, und so ging er dann mit einer Ölgesellschaft nach Südamerika. Sein Job bestand darin, darauf zu achten, daß die Ingenieure nicht an heiligen Orten bohrten. Am Tag zuvor hatte ich zwischen den Ranken eine winzige Eidechse mit einer roten Kehle gesehen, und jetzt versuchte ich, sie wiederzufinden. Ich wollte sie fangen und nach Oregon mitnehmen.

Jason hielt in seiner Aufzählung inne, und mein Vater sagt: »Mh-mmh.« Das sagt er immer, wenn er Zeitung liest und man mit ihm redet.

»Wir könnten uns das Dinosaurier-Museum ansehen«, sagte Jason.

»Was ist das?« sagte ich.

Jason setzte sich auf und sah mich an. Ich glaube, das war das erste, was ich zu ihm sagte. Bis dahin hatte ich ihn nicht beachtet.

»Tja, ich bin noch nie da gewesen«, sagte er. Obwohl es noch früh am Morgen war, standen auf seiner braunen Stirn schon viele Schweißperlen. »Sie haben da rekonstruierte Dinosaurier und Fußabdrücke und so.«

»Laßt uns da hinfahren«, sagte ich. »Ich mag Dinosaurier.«

»Mh-mmmh«, sagte mein Vater.

Meine Mutter trat durch die Glasschiebetür. Sie trug eine Platte mit Rühreiern. Hinter ihr kam Onkel Walter mit dem Kaffee.

»Heute vormittag fahren wir zum Dinosaurier-Museum«, sagte Jason.

»Bitte, nicht dieses Loch«, sagte Onkel Walter.

»Aber Evan möchte gerne«, sagte Jason. »Es wird Zeit, daß wir etwas unternehmen, was ihm Spaß macht.«

Alle sahen mich an. »Es ist nicht so wichtig«, sagte ich.

»Aber nein«, sagte Onkel Walter. »Eigentlich ist es faszinierend. Aber bei mir weckt es eben unangenehme Erinnerungen.«

Schließlich blieben Onkel Walter und mein Vater zu Hause, um über ihre Finanzen zu sprechen. Meine Großmutter hat ihr Geld beiden gemeinsam hinterlassen, und sie streiten sich immer darüber, wie sie es investieren sollen. Jason fuhr mit meiner Mutter und mir hinaus zum Dinosaurier-Museum. Ich glaube, meine Mutter kam bloß mit, weil sie mich nicht mit Jason allein lassen wollte. Sie traut Onkel Walters Freunden nicht, aber das läßt sie sich nicht anmerken. Mein Vater findet es sehr wichtig, daß wir alle Onkel Walter ganz normal behandeln. Einmal hat er Jackie geschlagen, weil sie Onkel Walter einen Schwulen genannt hat. Das war das einzige Mal, daß er einen von uns geschlagen hat.

Das Dinosaurier-Museum sah aus wie ein Flugzeughangar mitten in der Wüste. Drinnen waren Gräben gezogen, in deren Wänden Knochen steckten. Einige der Skelette wurden noch immer ausgegraben. Der Sand fühlte sich seltsam feucht an. Meine Mutter zog ihre Sandalen aus und nahm sie in die Hand; Jason sah sich kurz um, ging dann hinaus, zog sich sein Hemd aus und setzte sich rauchend auf die Kühlerhaube des Wagens. Am Andenkenstand kaufte ich mir einen kleinen Beutel mit Splittern von Dinosaurierknochen. Meine Mutter kaufte eine 3-D-Panoramapostkarte. Wenn man sie schräg hielt, stand da ein Dinosaurier, der ein Tier mit den Zähnen gepackt hielt. Wenn man sie ein bißchen kippte, verschwand das Tier. Verschluckt.

Auf dem Heimweg hielten wir an einem Supermarkt, um ein paar Lebensmittel einzukaufen. Weder Jason noch meine Mutter schienen den Einkaufswagen schieben zu wollen, also nahm ich ihn. In der Frischgemüse-Abteilung nahm Jason Wassermelonen und schüttelte sie neben seinem Ohr. Ein paar Meter weiter schlug meine Mutter die Hüllblätter der Maiskolben zurück, um sich die Körner besser ansehen zu können. Es schien, als würden alle die Lebensmittel befingern. Das machte mich nervös, denn einmal, als ich noch klein war, machte ich im Lebensmittelladen eine Schachtel Schokoladenkekse auf und fing an, einen zu essen, und der Geschäftsführer kam angerannt und schrie mich an. Das einzige Gute an der Sache war, daß meine Mutter die Schokoladenkekse kaufen mußte, aber jedesmal, wenn ich einen aß, wurde mir schlecht.

Ein Mann in Bermuda-Shorts und einer gelben Strickweste sprach Jason an. Meine Mutter kehrte mit sechs offenbar annehmbaren Maiskolben zurück. Sie warf sie in den Einkaufswagen. »Wer ist das?« fragte sie mich und meinte den Mann, mit dem Jason sprach.

»Ich weiß nicht«, sagte ich. Der Mann machte mitten in der Abteilung für Frischgemüse einen Übungs-Golfschlag. Jason sah ihm zu. Jason war Golflehrer im Country Club. Früher hatte er an den Golfturnieren teilgenommen, die am Wochenende nachmittags im Fernsehen übertragen werden, aber dann damit aufgehört. Jetzt gab er Golfstunden im Country Club. Onkel Walter war einer seiner Schüler gewesen. So hatten sie sich kennengelernt.

»Das ist schwer zu sagen«, sagte Jason. »Ich an Ihrer Stelle würde versuchen, etwas offener zu stehen.« Er legte eine Beutelmelone in unseren Einkaufswagen.

»Hallo«, sagte der Mann zu uns.

»Mr. Baird, das ist meine Frau, Anne«, sagte Jason.

Mr. Baird schüttelte meiner Mutter die Hand. »Wie kommt es, daß wir Sie noch nie im Club gesehen haben?«

»O . . .« sagte meine Mutter.

»Anne kann Golf nicht ausstehen«, sagte Jason.

»Und wie sieht's mit dir aus?« Der Mann sah mich an. »Magst du Golf?«

»Klar«, sagte ich.

»Na, dann müssen wir mal mit dir über den Golfplatz gehen. Kannst du deinen Vater schlagen?«

»Noch nicht«, sagte ich.

»Wird nicht mehr lange dauern«, sagte Mr. Baird. Er klopfte Jason auf die Schulter. »Nett, Sie getroffen zu haben, Jason. War mir ein Vergnügen, Sie kennenzulernen, Mrs. Jerome.«

Er ging den Gang hinunter und verschwand in der Brotabteilung. Meine Mutter und ich sahen Jason an. Obwohl es in der Frischgemüse-Abteilung kalt war, schwitzte er. Ein paar Sekunden lang sagte keiner etwas. Dann sagte meine Mutter: »Evan, sieh doch mal, ob du ein paar mexikanische Pfannkuchen findest. Und noch ein paar Flaschen Zitronenlimonade, wenn du willst.«

Als wir in der Villa Indigo ankamen, spielten mein Vater und Onkel Walter Cribbage. Jason küßte Onkel Walter auf seine Halbglatze. Mein Vater sah das, stand auf und küßte meine Mutter. Ich gab niemandem einen Kuß.

Am Donnerstag fuhren meine Mutter und ich nach Flagstaff, um neue Schulkleidung zu kaufen. Wenn wir in Portland in ein Einkaufszentrum gehen, trennen wir uns und verabreden uns zu einer bestimmten Zeit an einem bestimmten Ort, aber hier war es anders: In diesem Einkaufszentrum kannten wir uns nicht aus, und da es um Kleidung ging, die ich zur Schule anziehen und meine Mutter bezahlen würde, durfte sie mir beim Aussuchen helfen. Also kauften wir zusammen ein, was wir schon eine ganze Weile nicht mehr getan hatten. Es war peinlich. Sie zog Sachen aus den Regalen, die ich gar nicht beachtet hatte, und als ich anfing, mir die »Aktuelle Mode für junge Männer« anzusehen, ging sie in die Abteilung für Herrenausstattung. Schließlich kauften wir Unterwäsche und ein paar orange und gelbe Socken, von denen meine Mutter sagte, sie seien »lustig«.

Dann gingen wir in das Schuhgeschäft. Schuhe anprobieren kann ich nicht ausstehen. Mir wäre es am liebsten, wenn die Verkäufer einem einfach den Karton geben und einen die Schuhe selbst anprobieren lassen würden. Die Tatsache, daß ein anderer einem dabei hilft – und besonders, daß er dabei die Füße des Kunden berührt –, hat etwas, das mir peinlich ist. Es ist, als ob die Verkäuferin eine Dienerin oder so was wäre. Und in diesem Fall war die Verkäuferin ein Mädchen in etwa meinem Alter, und ich merkte, daß sie mich komisch fand, weil ich mit meiner Mutter einkaufen ging. Meine Mutter saß auf dem Stuhl neben mir und hatte ihre Handtasche auf dem Schoß. Sie trug Turnschuhe, an deren Fersen kleine Hasenschwänzchen von ihren Socken herabhingen.

»Stehen Sie mal auf«, sagte das Mädchen.

Ich stand auf.

»Wie fühlen sie sich an?« fragte meine Mutter.

»Ganz gut«, sagte ich.

»Mach mal ein paar Schritte«, befahl meine Mutter.

Ich ging den Gang zwischen den Auslagen hinunter und hatte dabei das Gefühl, daß alle mich beobachteten. Dann ging ich wieder zurück und setzte mich. Ich beugte mich hinunter und machte die Schuhe auf.

»Na, was meinst du?« fragte meine Mutter.

Das Mädchen stand da und zupfte an seinen Fingernägeln. »Die sehen sehr gut aus«, sagte es.

Ich wollte nur da raus. »Sie gefallen mir«, sagte ich. Wir kauften die Schuhe.

Auf dem Heimweg hielten wir in der Wüste an einer Tankstelle mit Bar. »Bevor ich die Villa Indigo betrete, brauche ich einen Drink«, sagte meine Mutter.

»Was meinst du damit?« fragte ich.

»Nichts«, sagte sie. »Macht es dir Spaß?«

»Jetzt?«

»Nein. Diese Reise. Bei Onkel Walter.«

»Ich glaube schon«, sagte ich.

»Magst du Jason?«

»Lieber als Leonard.«

»Leonard war seltsam«, sagte meine Mutter. »Mit Leonard bin ich nie warm geworden.«

Wir stiegen aus und gingen in die Bar. Sie war dunkel und leer. Eine dicke Frau saß hinter der Theke und machte irgend etwas aus Pappmaché. Es sah aus wie eine von diesen Statuen der heiligen Jungfrau, die die Leute in ihren Vorgärten aufstellen. »Hallo«, sagte sie. »Was darf's sein?«

Meine Mutter bestellte sich ein Bier, und ich bestellte mir einen Preiselbeersaft. Den hatten sie nicht, also bestellte ich eine Cola. Die Frau holte das Bier für meine Mutter aus einer dieser Kühltaschen, die man ins Football-Stadion mitnimmt. Das machte einen sehr unprofessionellen Eindruck. Dann spritzte sie mit einem von diesen Duschdingern Cola in ein Glas. Meine Mutter und ich setzten uns an einen Tisch in der Sonne, aber es war nicht warm, sondern kalt. Über uns tropfte die Klimaanlage.

Meine Mutter trank ihr Bier aus der grünen Flasche mit dem langen Hals. »Was meinst du, was deine Schwester jetzt gerade macht?« fragte sie.

»Wieviel Uhr ist es?«

»Vier.«

»Wahrscheinlich macht sie sich gerade fertig für die Arbeit. Sie wird wohl gerade unter der Dusche stehen.«

Meine Mutter nickte. »Vielleicht rufen wir sie heute abend an.«

Ich lachte, denn meine Mutter rief sie jeden Abend an. Sie wollte von Jackie immer wissen, was die Geräusche im Hintergrund zu bedeuten hätten. »Für mich hört sich das wie eine Party an«, sagte sie immer wieder.

Meine Cola war abgestanden. Sie schmeckte auch komisch. Ich sah der Frau hinter der Theke zu. Sie bohrte mit einem Rührstäbchen in ihrer Statue. Wahrscheinlich setzt sie Augen ein, dachte ich.

»Hättest du Lust, dir den Versteinerten Wald anzusehen?« fragte meine Mutter.

»Noch ein Nationalpark?« Auf dem Weg zu Onkel Walter hatten wir am Grand Canyon haltgemacht und waren auf Maultieren hinunter zum Fluß geritten. Auf halbem Weg wurde meine Mutter hysterisch, fiel von ihrem Maultier und wollte nicht mehr aufsteigen. Ein Hubschrauber mußte in den Canyon fliegen und sie holen. Es war schrecklich, sie so zu sehen.

»Der hier ist ganz flach«, sagte sie. »Und es gibt keine Maultiere.«

»Wann?« sagte ich.

»Wir würden am Samstag hin- und am Montag wieder zu Walter zurückfahren. Und Dienstag wieder nach Hause fahren.«

Die Barfrau brachte uns eine zweite Runde Drinks. Wir hatten sie nicht bestellt. Mein Colaglas war noch voll. Meine Mutter trank ihre Flasche Bier aus und betrachtete die neue. »O je«, sagte sie. »Wahrscheinlich sehen wir aus, als könnten wir das brauchen.«

Am nächsten Abend um halb sieben, als meine Eltern gerade aufbrachen, um ihren Hochzeitstag mit einem Essen in Flagstaff zu feiern, gingen die automatischen Rasensprenger an. Sie wurden jeden Abend eingeschaltet. Jason erklärte, daß die Wassertropfen die Sonnenstrahlen bündeln und das Gras verbrennen würden, wenn der Rasen tagsüber gesprengt würde. Meine Eltern gingen durch die wirbelnden Wasserstrahlen, stiegen in den Wagen und fuhren weg.

Jason und Onkel Walter machten das Abendessen für mich – Steaks – auf ihrem neuen elektrischen Grill. Ich glaube, sie dachten, Steaks seien ein gutes, männliches Essen. Anstelle von Holzkohle lagen bei ihrem Grill kleine Lavasteine in der Grillschale. Sie erinnerten mich an meine Dinosaurierknochensplitter.

Die Steaks gab es nur in Doppelpackungen, und darum grillte Onkel Walter vier. Das vierte Steak machte mir Kopfzerbrechen. Für wen war es bestimmt? Würden wir es unter uns aufteilen? Kam noch jemand zum Essen?

»Du bist ja ganz schön still«, sagte Onkel Walter. Einen Augenblick lang hoffte ich, daß er mit den Steaks redete – sie zischten nicht –, und darum gab ich keine Antwort.

Dann sah Onkel Walter zu mir hinüber. »Hat dir die Katze die Zunge gestohlen?« fragte er.

»Was für eine Katze?« sagte ich.

»Die Katze eben«, sagte er. »Die sprichwörtliche Katze. Die große Himmelskatze.«

»Nein«, sagte ich.

»Dann sag doch mal was.«

»Ich rede nicht auf Kommando«, sagte ich.

Onkel Walter lächelte auf seine Steaks hinab und stach

mit seiner Grillgabel leicht hinein. »Bist du eigentlich in der ersten High-School-Klasse?« fragte er.

»Nein, in der zweiten«, sagte ich.

»Und wie findest du es, in der zweiten Klasse zu sein?«

Meine Eidechse erschien unter einem tiefroten Blatt, sah sich nach allen Seiten um und prüfte den Abend.

»Das ist nichts, was man mag oder nicht mag«, sagte ich. »Man ist es einfach.«

»Ah«, sagte Onkel Walter. »Dann bist du also Fatalist?«

Ich gab keine Antwort. Ich streckte langsam meine Hand nach der Eidechse aus, auch wenn ich zu weit entfernt war, um sie berühren zu können. Sie blinzelte mich an, bewegte sich aber nicht. Ich glaube, sie erkannte mich. Im Abendlicht sah mein Arm weiß und körperlos aus.

Jason schob die Terrassentür auf, und die Musik von der Stereoanlage wurde plötzlich lauter. Die Eidechse verschwand blitzartig wieder unter den Blättern.

»Ich brauche einen Küchenhelfer«, sagte Jason. »Komm mal mit, Evan.«

Ich folgte Jason in die Küche. Auf dem Tisch lagen ein Holzbrett und darauf eine Tomate, eine Avocado und ein Apfel. Jason gab mir ein Messer. »Die müssen kleingeschnitten werden«, sagte er.

Ich nahm die Avocado in die Hand. »Soll ich die schälen?« fragte ich. »Oder was?«

Jason nahm die Avocado und schnitt sie in zwei Hälften. In der einen Hälfte war der Kern, in der anderen Hälfte war nichts. Dann zog er die warzige Haut in zwei gekrümmten Stücken ab und gab mir die nackten Hälften zurück. »Und jetzt kleinschneiden.«

Ich fing an, das Zeug in Stückchen zu schneiden. Jason holte drei gebackene Kartoffeln aus dem Ofen. An der Art, wie er sie auf die Arbeitsplatte warf, merkte ich, daß sie heiß waren. Er schlitzte die Schale auf und schabte das weiße Innere mit einer Gabel in eine Schüssel.

»Was machen Sie da?« fragte ich.

»Gebackene Kartoffeln«, sagte er. Er schnitt Butterstückchen in die Schüssel.

»Aber warum nehmen Sie die Kartoffel aus der Schale?«

»Weil das gefüllte Kartoffeln werden. Man nimmt das Innere heraus und vermischt es mit anderen Sachen, und dann tut man es wieder in die Schale. Magst du Käse?«

»Ja«, sagte ich.

»Magst du Schnittlauch?«

»Ich weiß nicht«, sagte ich. »Hab ich noch nie probiert.«

»Du hast noch nie Schnittlauch probiert?«

»Meine Mutter kocht normales Essen«, sagte ich. »Sie läßt die Kartoffeln in der Schale.«

»Das paßt«, sagte Jason.

Nach dem Abendessen fuhren wir zur Übungswiese. Jason kaufte zwei große Eimer mit Bällen, und wir gingen mit ihm nach oben zur zweiten Ebene. Ich setzte mich auf eine Bank und sah Jason und meinem Onkel zu, wie sie einen Ball nach dem anderen in die von Flutlichtscheinwerfern erleuchtete Nacht schlugen. Manchmal verschwanden die Bälle im Bogen in der Dunkelheit und tauchten dann beim Fallen wieder auf.

Onkel Walter war nicht besonders gut. Ein paarmal erwischte er den Ball mit der Schlägerspitze, und dann kullerte er über den Rand und fiel auf das Gras direkt unter uns.

Wenn das passierte, schaute er sich um, um zu sehen, ob jemand das bemerkt hatte, und blinzelte mir zu.

»Willst du auch ein paar Bälle schlagen?« fragte er mich und hielt mir seinen Schläger hin.

»Klar«, sagte ich. Im letzten Herbst war ich in der Golfmannschaft gewesen, aber dieses Frühjahr spielte ich Baseball. Ich finde, Golf ist ein elitärer Sport. Baseball ist demokratischer.

Ich legte den Ball auf das T und machte einen Probeschwung, weil mein Vater, von dem ich Golf gelernt habe, gesagt hat, daß man immer einen Probeschwung machen soll. Immer. Mein erster Schlag war ziemlich gut. Der Ball flog nicht allzu weit, aber gerade, und sprang noch ein paarmal, bevor ich ihn in den Schatten aus den Augen verlor. Ich schlug noch einen.

Jason, der am nächsten Abschlag stand, legte seinen Schläger hin und sah mir zu. »Du hast einen sehr schönen natürlichen Schwung«, sagte er.

Seine Aufmerksamkeit störte mich, und mein nächster Schlag ging fast vorbei. Der Ball rollte vom T. Ich hob ihn auf und legte ihn wieder auf das T.

»Warte«, sagte Jason. Er kam herüber und stellte sich hinter mich. »Du schwingst mit viel zu viel Kraft.« Er beugte sich über mich, so daß er mich von hinten umarmte, legte seine großen, gebräunten Hände um meine und faßte den Schlägergriff. »Und jetzt ganz entspannt«, sagte er, und seine Stimme war direkt neben meiner Wange.

Ich versuchte, mich zu entspannen, aber es gelang mir nicht. Mir war plötzlich sehr heiß.

»Okay«, sagte Jason, »und jetzt schön locker. Laß den

linken Arm gerade.« Er hob seine Arme und mit ihnen den Schläger. Dann schwangen wir durch, und er hielt den Schläger in der Luft an, so daß er in die Nacht hinaus zeigte. Er ließ den Schläger los und strich mit seiner Hand vom Handgelenk bis zur Schulter über meinen linken Arm. »Gerade«, sagte er. »Immer schön gerade.« Dann trat er zurück und sagte zu mir, ich solle einen Schwung alleine versuchen.

Das tat ich.

»Sieht gut aus«, sagte Jason.

»Schlag du doch den Rest«, sagte mein Onkel. »Ich geh runter und trink ein Bier.«

Jason ging wieder zu seinem Abschlag und übte weiter. Ich legte einen neuen Ball auf das T und schlug ihn, und dann noch einen und noch einen, bis ich einen Rhythmus gefunden hatte und einen Ball nach dem anderen schlug, und überall um mich herum schnitten Schläger durch die Nacht und erfüllten den Himmel mit winzigen weißen Meteoriten.

Als wir wieder in der Villa Indigo ankamen, waren die Rasensprenger abgestellt, aber in den Bäumen machten die Insekten ihre seltsamen Geräusche. Jason und ich gingen schwimmen, während mein Onkel sich vor den Fernseher setzte. Jason trug eine Badehose wie die Schwimmer bei den Olympischen Spielen: Sie waren rot-weiß-blau gemustert und hatten dieselbe Form wie Unterhosen. Wir gingen durch die Terrassentür hinaus und über den nassen Rasen zum Swimmingpool, der verlassen dalag und hellblau schimmerte. Jason sprang hinein und schwamm ein paar

Bahnen. Ich übte Sprünge vom Sprungbrett in den tiefen Teil des Beckens und paßte dabei auf, daß ich ihm nicht in die Quere kam. Nach etwa zehn Bahnen begann er, am tiefen Ende Wasser zu treten, und sah zu mir hinauf. Ich hüpfte auf dem Sprungbrett.

»Hast du Lust auf ein Spiel?« sagte er.

»Was für ein Spiel?«

Jason schwamm zum Rand und kletterte aus dem Bekken. »Kopf oder Fuß«, sagte er. »Wir spielen um Geld.«

»Und wie geht das?«

»Weißt du eigentlich gar nichts?« sagte Jason. »Was macht ihr eigentlich die ganze Zeit in Ohio?«

»Oregon«, sagte ich. »Nicht viel.«

»Das glaube ich auch. Das Spiel ist ganz einfach. Einer springt vom Sprungbrett – er springt hoch in die Luft –, und wenn er am höchsten Punkt ist, ruft der andere entweder ›Kopf‹ oder ›Fuß‹, und bei ›Kopf‹ muß er einen Kopfsprung machen und bei ›Fuß‹ einen Fußsprung. Wenn du einen Fehler machst, schuldest du dem anderen einen Vierteldollar. Okay?«

»Okay«, sagte ich. »Sie zuerst.«

Ich ging vom Sprungbrett, und Jason stieg hinauf. »Je höher du springst, desto mehr Zeit hast du, dich zu drehen«, sagte er.

»Los«, sagte ich. »Ich bin soweit.«

Jason machte drei Schritte und sprang, und ich rief: »Kopf.« Er machte einen Kopfsprung.

Grinsend kletterte er aus dem Becken. »Okay«; sagte er. »Du bist dran.«

Ich sprang vom Brett und hörte Jason rufen: »Fuß«, aber

ich stürzte bereits kopfüber hinab. Ich versuchte, mich wieder zu drehen, aber es war immer noch ein Kopfsprung.

»Du schuldest mir einen Vierteldollar«, sagte Jason, als ich auftauchte. Er stand hüpfend auf dem Sprungbrett. Ich schwamm zum Rand. »Also los«, sagte er.

Ich wartete, bis er kerzengerade, mit den Füßen zuerst, auf die Wasseroberfläche zufiel, bevor ich rief: »Kopf«, aber irgendwie machte Jason einen Salto vorwärts und tauchte mit einem Kopfsprung ins Becken.

Wir spielten etwa eine Viertelstunde lang, bis ich Jason zwei Dollar und fünfundzwanzig Cents schuldete und mein Körper durch das flache oder schräge Aufprallen auf dem Wasser mit roten Flecken übersät war. Plötzlich ging die Unterwasserbeleuchtung aus.

»Es muß zehn Uhr sein«, sagte Jason. »Zeit für die Senioren, zu Bett zu gehen.«

Das schwarze Wasser sah kalt und unheimlich aus. Ich stieg aus dem Becken und setzte mich auf einen Stuhl. Wir hatten keine Handtücher mitgenommen, und ich zitterte. Jason blieb im Swimmingpool.

»Im Wasser ist es wärmer«, sagte er.

Ich sagte nichts. Jetzt, da die Beleuchtung des Beckens ausgeschaltet war, wirkten die Sterne am Himmel heller. Ich legte meinen Kopf zurück und betrachtete sie.

Etwas landete klatschend neben mir auf dem Beton. Es war Jasons Badehose. Ich konnte ihn im Swimmingpool hören. Er schwamm langsam unter Wasser, kam hoch, um Luft zu holen, und tauchte dann wieder unter. Ich wußte, daß er irgendwann aus dem Wasser steigen und nackt sein würde, und so ging ich über den Rasen zur Villa Indigo. Ich konnte sehen, daß Onkel Walter drinnen auf dem Sofa lag und fernsah.

Später in der Nacht wachte ich auf und hörte Geräusche aus der Küche. Ich nahm an, daß das Jason war, aber dann hörte ich jemanden reden und merkte, daß es meine Eltern waren, die von ihrem Hochzeitsessen wieder zurück waren.

Ich stand vom Sofa auf und ging in die Küche. Meine Mutter lehnte an der Anrichte und trank ein Glas Mineralwasser. Mein Vater saß auf einem der Barhocker und rauchte eine Zigarette. Als ich hereinkam, machte er sie aus. Er darf eigentlich nicht mehr rauchen. Letztes Jahr haben wir in unserer Familie ausgemacht, was wir tun würden, wenn er aufhört zu rauchen: Meine Mutter würde fünfzehn Pfund abnehmen, meine Schwester würde den Leistungskurs in Naturwissenschaften belegen (und mit Erfolg abschließen), und von mir würde erwartet werden, daß ich Prinzessin Leia, unseren Hund, jeden Tag bürstete, ohne daß man es mir extra sagen mußte.

»Unser kleines Baby«, sagte meine Mutter. »Haben wir dich geweckt?«

»Ja«, sagte ich.

»Das ist seit Monaten meine erste«, sagte mein Vater. »Ehrlich. Die lag hier herum.«

»Ich hab ihm erlaubt, eine zu rauchen«, sagte meine Mutter. »Als Geschenk zum Hochzeitstag.«

»Wie war das Essen?« fragte ich.

»Ganz gut«, sagte meine Mutter. »Aber das Restaurant hat sich nicht gedreht. Der Motor war kaputt.«

»Komisch«, sagte mein Vater. »Ich hätte schwören können, daß es sich gedreht hat.«

»Du warst bloß betrunken«, sagte meine Mutter.

»Aber nein«, sagte mein Vater. »Die Sterne haben mich geblendet.« Er beugte sich vor und gab meiner Mutter einen Kuß.

Sie trank ihr Mineralwasser aus, spülte ihr Glas aus und stellte es ins Spülbecken. »Ich gehe ins Bett«, sagte sie. »Gute Nacht.«

Mein Vater und ich sagten Gute Nacht, und meine Mutter ging den Flur hinunter. Mein Vater nahm seine Zigarette in die Hand. »Sie hat nicht mal besonders gut geschmeckt«, sagte er. Er sah sie an, hielt sie dann an seine Nase und roch daran. »Ich glaube, sie war schon ganz vertrocknet. Mein Pech.«

Ich nahm ihm die Kippe aus der Hand und warf sie weg. Als ich mich umdrehte, stand er an der Terrassentür und sah hinaus auf die dunklen Bäume. Es war windig.

»Hast du es dir überlegt?« fragte er.

»Was?«

»Das mit dem Ausflug.«

»Was für ein Ausflug?«

Mein Vater wandte sich von der Terrasse ab. »Hat Mama dir das nicht erzählt? Onkel Walter hat gesagt, du könntest hier bleiben, wenn Mama und ich zum Versteinerten Wald fahren. Wenn du willst. Wenn nicht, kannst du mitkommen.«

»Oh«, sagte ich.

»Ich glaube, Onkel Walter würde dich ganz gern mal für sich allein haben. Ich glaube, er fühlt sich dir nicht mehr sehr nahe. Und er ist traurig, daß Jackie nicht mitgekommen ist.«

»Ach«, sagte ich. »Ich weiß nicht.«

»Ist es wegen Jason?«

»Nein«, sagte ich.

»Das könnte ich nämlich verstehen.«

»Nein«, sagte ich, »das ist es nicht. Ich mag Jason. Ich weiß bloß nicht, ob ich hierbleiben will . . .«

»Na ja, es ist ja keine große Sache. Bloß zwei Tage.« Mein Vater hob die Hand und schaltete das Licht aus. Es war eine Hängeleuchte mit zwei Birnen und einem Ventilator, und die Flügel drehten sich noch ein bißchen in der Dunkelheit, mit jeder Umdrehung etwas langsamer. Mein Vater legte seine Hände auf meine Schultern und ging, mich halb führend, halb schiebend, mit mir zum Sofa. »Es ist spät«, sagte er. »Bis morgen.«

Ich legte mich aufs Sofa. Ich konnte nicht einschlafen, denn ich wußte, daß Jason bald kommen würde, um, wie jede Nacht, etwas zu essen. Das und die Frage, was ich tun sollte, hielt mich wach. Aus irgendeinem Grund kam es mir doch vor wie eine große Sache: mitfahren oder bleiben. Ich hatte noch meine Mutter vor Augen, wie sie sich, so weit wie möglich vom Abgrund entfernt, an die Felswand des Grand Canyon drückte und weinte, während ihr Maultier schrie und am Himmel über uns der Hubschrauber brummte. Es schien auf eine Wahl zwischen dem und Jason, der langsam und nackt im dunklen Wasser herumschwamm, hinauszulaufen. Ich wollte weder beim einen noch beim anderen dabeisein.

Die Sache war die: Als ich vom Sprungbrett sprang,

konnte ich Jason rufen hören, aber mein Kopf konnte nichts damit anfangen. Ich konnte geradezu spüren, wie ich dort, über dem schrecklich hellblauen Wasser, hing, aber ich konnte meinen Körper nicht dazu bringen, sich zu drehen, obwohl ich in einem gefährlichen Winkel und viel zu schnell fiel.

Archäologie

Donnerstag

Sie sitzen bei ›McDonald's‹ und sprechen über ihre Zukunft. Der Mann ißt einen Pfannkuchen und trinkt dazu einen Kaffee; die Frau ißt eine Apfeltasche und trinkt eine Diät-Limo. »Ich glaube, es ist am besten, wenn ich Dienstag nach dem Abendessen gehe«, sagt der Mann. Die Frau sagt nichts. »Wir werden zusammen essen, und dann werde ich gehen«, sagt er. Die Frau steht auf und bestellt sich noch eine Diät-Limo. Ein junger Mann nimmt ihre Bestellung entgegen und macht auf seinem Block einen Kreis an den richtigen Stellen. Er hat blondes, lockiges Haar, er nennt sie »Ma'am«, und sie sieht es seinen Händen an, daß er noch nie mit einer Frau geschlafen hat. Seine Hände sind klein und weiß – sie sehen fast aus wie die einer Frau –, und sie sieht es ihnen an, daß sie noch nie einen anderen Menschen berührt, wirklich berührt, intim berührt haben. Die Frau ist von Händen fasziniert. Als sie zehn war, hat ihr Vater ihre Mutter wegen einer Pianistin verlassen. Sie hat ihren Vater gehaßt, und sie hat die Pianistin gehaßt – sie hieß Victoria –, bis sie siebzehn war und zum ersten Mal ein Foto der Pianistin zu sehen bekam. Die Pianistin stand vor einem offenen Kamin, und ihr Arm ruhte auf dem Kaminsims, und ihre Hand hing über die Kante und hob sich gegen das Feuer ab. Es war nur eine ihrer Hände – die andere war nicht auf dem Foto, oder wenn sie doch darauf war, kann sie sich nicht erinnern, wo –, aber es war die schönste Hand, die sie je gesehen hatte, und während sie sie betrachtete – diese unglaublich langen, schlanken, vom Feuerschein eingerahmten Finger –, verstand sie, warum ihr Vater die Pianistin liebte, warum er ihre Mutter verlassen hatte; und je länger sie sich das Foto ansah, desto mehr begann auch sie die Pianistin zu lieben. Ihre eigenen Hände sind sehr klein, aber das stört sie nur, wenn sie und der Mann – der, der sie am Dienstag nach dem Abendessen verlassen will und der jetzt einen Pfannkuchen ißt – miteinander schlafen. Wenn sie miteinander schlafen, wird ihr bewußt, wie klein ihre Hände, die seinen Rücken oder seine Oberschenkel streicheln, sind. Wenn sie miteinander schlafen, wünscht sie sich, daß sie Hände hätte wie die Pianistin, damit sie mehr auf einmal von dem Mann berühren könnte. Der Junge gibt ihr ihre Diät-Limo, und ihre Hand berührt seine Hand, die den Pappbecher hält – seine ist unter ihrer, ihre berührt seine –, aber er zieht seine Hand schnell weg und verschüttet etwas von der Diät-Limo auf die silbrige Theke, wo die Tropfen abperlen wie Quecksilber, und sie geht zurück zu dem kleinen Tisch, an dem der Mann noch immer sitzt, auch wenn er vorhat, sie zu verlassen.

Freitag

Auf dem Heimweg von der Arbeit hält sie an der Leihbücherei. Eigentlich müßte sie am Getränkeladen halten und Wein für das große Abendessen kaufen, das der Mann kocht – der Mann ist jetzt zu Hause und kocht das große Essen –, aber da er die Absicht geäußert hat, sie am Dienstag nach dem Abendessen zu verlassen, sind ihr seine Bitten gleichgültig geworden. Soll er den Wein doch selbst kaufen.

Außerdem muß man im Getränkeladen bezahlen, und davor hat sie Angst. Wenn der Mann sie verläßt – Dienstag, nach dem Abendessen –, wird sie all ihre Einkäufe selbst erledigen müssen. Das ist mit das Schlimmste daran, daß er sie verläßt. Die Sache hat viele schlechte Seiten, aber dies ist es, was sie im Augenblick am meisten beunruhigt. Vielleicht wird sie verhungern, wenn der Mann sie verläßt. Auf dem College wäre sie fast verhungert, weil sie nicht in der Öffentlichkeit, in der Cafeteria, essen konnte. Es ist ihr zuwider, in der Öffentlichkeit zu essen – das hat irgend etwas mit der Art zu tun, wie ihr Mund sich bewegt, und mit der Farbe des Essens an ihren Lippen und damit, daß alle Leute zusehen. Als sie fünfundachtzig Pfund wog – das erste Semester war ungefähr zu einem Drittel herum –, ließ ihre Mutter sie vom College abgehen. Zu Hause, wo sie dann wieder allein essen konnte, hatte sie ihr altes Gewicht bald wieder erreicht. Beim Betreten der Leihbücherei hat sie keine Ahnung, warum sie hierher gekommen ist, wonach sie sucht. Sie liest selten – vielleicht mal eine Zeitschrift –, aber sie hat kein Buch mehr gelesen, seit sie vor zwei Jahren vom College abgegangen ist. Sehr methodisch fängt sie an, sich jedes Buch in der Bücherei anzusehen, seinen Rücken zu berühren und ganz leise den Titel zu flüstern. Als sie mit dem ersten Regal fertig ist, fällt ihr Blick auf ein Buch, das am Ausleihtisch auf einem kleinen Ständer steht. Das Buch heißt *Woher wir kommen – Die Antwort der Archäologie*, und auf dem Umschlag ist das Foto eines Mannes in einem weißen Safarianzug, der einen schmutzigen Schädel in der Hand hält und lächelt. Neben dem Buch ist ein kleines Schild – wahrscheinlich hat es eine der Bibliothekarinnen geschrieben –, auf dem steht *Nimm mich mit*. Die Bibliothekarin bemerkt, daß sie sich das Buch ansieht, und sagt: Kann ich Ihnen helfen? Sie weiß nicht recht, was sie sagen soll. Sie würde das Buch über Archäologie gern mit nach Hause nehmen, aber es könnte sein, daß sie ihren Büchereiausweis nicht dabeihat oder daß er abgelaufen ist, oder vielleicht ist dieses Buch über Archäologie für jemanden reserviert – vielleicht gibt es hier in der Stadt einen archäologischen Club, von dem sie nichts weiß, und das Buch ist für die Mitglieder bestimmt. Aber auf dem Schild steht *Nimm mich mit*, also muß es wohl in Ordnung sein, und so fragt sie die Bibliothekarin, ob sie das Buch über Archäologie ausleihen kann, und die Bibliothekarin sagt ja, aber die Ausleihfrist bei diesem Buch beträgt zwei Wochen, und sie gibt der Bibliothekarin ihren Bibliotheksausweis – er war, wie sie gehofft hat, in ihrer Brieftasche und ist noch nicht abgelaufen –, und die Bibliothekarin steckt ihn in die Maschine, und mit ihnen beiden geschieht etwas, sie kann wirklich nicht sagen was – es geschieht so plötzlich –, und die Bibliothekarin gibt ihr das Buch und dann ihren Ausweis und sagt: Viel Spaß! Viel Spaß!, und sie geht mit dem Buch hinaus, und es ist dunkel, und wenn sie zu Hause ankommt, wird der Mann sie fragen, wo der Wein ist, und sie wird lügen und sagen, daß der Getränkeladen geschlossen ist, weil der Besitzer gerade gestorben ist, und bis der Mann herausfindet, daß sie ihn angelogen hat, wird er sie verlassen haben.

Samstag

Sie sind in einer Bar, und er hält sie hoch, hoch über die Menge, und sie schwankt in der Dunkelheit, weil der Mann, der sie hält, unter ihr schwankt, und dabei preßt er seine Lippen auf ihren Mund; und unten, am Billardtisch, haben drei Männer einen Streit, und einer von ihnen nimmt eine Billardkugel – es ist die dunkelrote – und hebt sie hoch über den Kopf und droht, sie nach den anderen Männern zu werfen, und die Musikbox spielt sehr laut – so laut, daß sie nicht einmal die Flüche hören kann, die sich die streitenden Männer zubrüllen – das Lied, das Blondie singt und das mit *I'm not the kind of girl* anfängt, und der Mann, der sehr betrunken ist, setzt sie langsam ab und küßt sie immer noch, und seine Lippen sind feucht von Bier, und er schiebt seine Zunge weit in ihren Mund, und der Mann, der die Billardkugel hoch über seinen Kopf hält – rings um ihn her tanzen Leute –, will die Billardkugel auf den Tisch knallen, aber anstatt sie auf die Platte zu schmettern, läßt er sie in das Eckloch fallen und betrachtet dann mit einem dummen Gesichtsausdruck seine leere Hand, und sie sieht, daß der Streit vorüber ist, und das Lied in der Musikbox – das, das Blondie singt – wird lauter, weil es gleich zu Ende ist, und die Zunge des Mannes gleitet aus ihrem Mund, und sie ahnt schon, wie sich der Boden anfühlen wird, wenn ihre Füße ihn endlich berühren, und das werden sie jeden Moment tun.

Dienstag

Als sie nach Hause fährt, denkt sie: Warum nach Hause fahren und mit dem Mann zu Abend essen, wenn er danach ja doch geht? Sie versucht, einen guten Grund zu finden, warum sie mit dem Mann zu Abend essen sollte, aber ihr fällt keiner ein. Sie geht zur Leihbücherei, um das Buch über Archäologie zurückzugeben. Es hat die ganze Zeit in ihrem Wagen gelegen, und sie weiß jetzt, daß sie es nie lesen wird – sie hat das Interesse an den kleinen Fotos von Knochen und Töpfen und Häusern, die man sorgfältig freigelegt und ausgegraben hat, verloren. Sie geht in die Leihbücherei und schiebt das Buch durch den Rückgabeschlitz und wartet, um zu hören, wie es auf den Stapel der Bücher in der Kiste fällt. Es fällt schnell und macht ein leises, dumpfes Geräusch. Die Bibliothekarin sieht sie an und lächelt. Es ist eine andere Bibliothekarin, aber das Lächeln ist dasselbe. Sie verläßt die Bücherei und steigt in den Wagen, und sobald sie sich in den Verkehr eingefädelt hat – inzwischen wird es schon dunkel, die Straßenlaternen sind an, und sie schaltet die Scheinwerfer ein –, sobald sie auf der Straße fährt, wird ihr bewußt, daß ihr das Buch über Archäologie fehlt, und sie wünscht sich, sie hätte es nicht so schnell zurückgegeben. Sie wird langsamer und überlegt, ob sie umkehren und es wieder zurückholen soll, weiß aber nicht, wie man das macht: Das Buch liegt im Rückgabekasten, wahrscheinlich immer noch ganz obenauf, aber es steht nicht auf dem Regal oder dem kleinen Ständer, an dem *Nimm mich mit* steht, und sie nimmt an, daß sie die Bibliothekarin – die, die sie heute abend angelächelt hat – fragen könnte, denn die könnte bestimmt in den Kasten greifen und das Buch über Archäologie für sie herausholen. Ein Wagen hupt. Sie fährt zu langsam, und darum tritt sie aufs Gaspedal und vergißt das Buch. Sie sieht hinaus. Endlich schmilzt der Schnee, im

Gras rings um die Bäume haben sich große Pfützen gebildet, als würden die Bäume den Schnee aufsaugen, um sich auf den Frühling vorzubereiten, und der Anblick der Bäume erinnert sie – sie weiß nicht warum, vielleicht ist es der Geruch, denn sie hat das Fenster ein wenig geöffnet – an ihren letzten Job, den Job, den sie vor ihrem jetzigen gehabt hat. Damals hat sie in einem Schlachthof außerhalb von Kansas City gearbeitet. Der Job bestand darin, die eintätowierten Nummern der Rinder aufzuschreiben, die an ihr vorbei in den Schlachthof gingen. Ein Mann, der Lesje hieß, stand in der engen Box, durch die die Rinder getrieben wurden, und rief ihr die Nummern zu, und sie mußte sie auf dem kleinen Klemmbrett, das man ihr gegeben hatte, aufschreiben. Eigentlich sollten sie zweihundert pro Stunde schaffen, aber meistens brachten sie es nur auf hundert. Einmal schafften sie hundertachtzig, aber das war Jungvieh, für Kalbfleisch, und die gingen viel schneller. Nach ein paar Tagen fand sie heraus, daß sie die letzte Frau war, die die Rinder sahen – nach ihr kamen nur noch Männer –, und das machte sie traurig, so als müßte sie als die letzte Frau, die die Tiere sahen, einen guten letzten Eindruck auf sie machen. Sie fing an, bei jedem Tier die Hand auszustrecken und es zu streicheln – nur ein kleines Schulterklopfen –, und sie versuchte auch, jedem in die Augen zu sehen, aber die Rinder waren verängstigt und hatten einen unsteten Blick, und es war schwierig, einen Kontakt herzustellen. Aus irgendeinem Grund wollte sie sie beruhigen, und so streckte sie die Hand aus und berührte sie, aber dadurch wurde sie langsamer und fing an, manchmal falsche Zahlen aufzuschreiben – was nichts machte, denn niemand warf jemals auch nur einen Blick auf die lange Liste mit Zahlen, die sie jeden Tag aufstellte –, und einmal hätte sie fast ihre Hand in dem Gitter eingeklemmt, das krachend herabsauste und jedes Tier vom nächsten trennte. Also gab sie den Versuch auf, sie zu berühren, und ein paar Tage später kündigte sie. Sie fährt auf den Parkplatz und steigt aus. Als sie zu den Fenstern ihrer Wohnung hinaufsieht, sind sie dunkel, und sie ist froh, denn das bedeutet, daß der Mann weg ist – er ist tatsächlich gegangen –, und sein Wagen ist auch weg, und sie steht eine ganze Weile da und sieht hinauf zu den dunklen Fenstern, denn jetzt, wo der Mann weg ist, will sie nicht in die Wohnung gehen, und sie will auch nicht wieder in den Wagen steigen und irgendwohin fahren – die Bücherei ist jetzt sowieso geschlossen, und sie wird es nie schaffen, das Buch über Archäologie wiederzubekommen –, und so steht sie einfach da, sieht hinauf zu den Fenstern und denkt eigentlich an gar nichts, aber sie fühlt sich so, wie sie sich gefühlt hat, als sie klein war und einen Stein umgedreht hat, um etwas darunter zu finden, und dann doch nichts gefunden hat – nur die kühle, harte Wölbung des Steins und seinen Abdruck in der braunen Erde, nichts, und sie wußte auch gar nicht, was sie finden wollte, aber es war nichts da, und mit diesem Gefühl steht sie lange auf dem Parkplatz.

Szenen aus ›Schwanensee‹

»Wie heißt das nochmal?« fragt meine Großmutter und deutet mit dem Kopf auf den Wok meines Freundes.

»Ein Wok«, sage ich.

»Ein Wok«, wiederholt meine Großmutter. Aus ihrem Mund hört sich dieses Wort komisch an. Ich kann mich nicht erinnern, daß sie je ein Fremdwort gebraucht hat. Sie sitzt am Küchentisch und raucht eine ›Players‹. Sie hat eine Anzeige dafür im *Time Magazine* gelesen und wollte sie probieren, und so bin ich nach der Arbeit mit ihr zum Supermarkt gefahren, und dort hat sie sich ein Päckchen gekauft, außerdem einen Kirschkuchen. Der war für mich.

Neal, mein Liebhaber, rührt im Wok und dünstet Pilze. Meine Großmutter denkt, daß er mein Freund ist. Ich schneide Tomaten und Äpfel. Solange meine Eltern auf einer Kreuzfahrt um die Welt sind, wohnen wir bei meiner Großmutter. Es ist eine romantische Kreuzfahrt – das Schiff läuft alle »Hauptstädte der Liebe« an. Meine Mutter hat sie gewonnen. Neal und ich machen Pilzcurry. Neal trägt kein Hemd und hat Schweißperlen auf der Brust. Er schwitzt immer, wenn er kocht. Er kocht mit Leidenschaft.

»Ich würde euch gerne helfen«, sagt meine Großmutter. »Sagt es mir, wenn ich euch helfen kann.«

»Machen wir«, sagt Neal.

»Ich glaube, ich habe noch nie einen Wok gesehen«, sagt meine Großmutter.

»So was haben jetzt alle«, sagt Neal. »Woks sind toll.«

Es läutet, die Haustür geht auf und jemand ruft: »Juu-huu!«

»Wer ist das?« sage ich.

»Wer ist was?« sagt meine Großmutter. Sie ist ein bißchen schwerhörig.

Ich gehe ins Wohnzimmer, um nachzusehen. In der Diele steht eine Frau in einem Jogginganzug. »Wer sind Sie?« sagt sie.

»Paul«, sage ich.

»Wo ist Mrs. Andrews?« fragt sie.

»In der Küche«, sage ich. »Ich bin ihr Enkel.«

»Oh«, sagt sie. »Ich dachte, sie wären so eine Art Verrückter. Mit diesem Messer und so.« Sie deutet mit dem Kopf auf meine Hand. Ich habe noch immer das Messer in der Hand.

»Wer sind Sie?« frage ich.

»Wer ist da?« ruft meine Großmutter aus der Küche.

Die Frau ruft meiner Großmutter ihren Namen zu. Er hört sich an wie Gloria Marsupial. Dann flüstert sie mir zu: »Ich komme von ›Essen auf Rädern‹. Ich bringe Mrs. Andrews jeden Dienstagabend etwas zu essen. Ihre Mutter geht dienstags zum Bowling.«

»Oh«, sage ich.

Mrs. Marsupial geht an mir vorbei in die Küche. Ich folge ihr. »Da sind sie ja«, sagt sie zu meiner Großmutter. »Ich hab schon gedacht, er hätte Sie umgebracht.«

»Unsinn«, sagt meine Großmutter. »Was machen Sie hier? Sie kommen doch nur dienstags.«

»Heute ist Dienstag«, sagt Mrs. Marsupial. Sie klappt den Backofen auf. »Wir müssen das hier aufwärmen.«

»Das brauche ich heute abend nicht«, sagt meine Großmutter. »Die kochen für mich.«

Mrs. Marsupial mustert geringschätzig den Wok, die Pilze und Neal.

»Was haben Sie denn da?« fragt Neal.

Mrs. Marsupial nimmt eine Aluschale aus der Papiertüte, die sie in der Hand hält. Die Schale hat einen Deckel aus Pappe. »Falschen Hasen«, sagt sie. »Und grüne Bohnen. Und einen leckeren Pudding.«

»Was für einen Pudding?« fragt meine Großmutter.

»Reispudding«, sagt Mrs. Marsupial.

»Nein danke«, sagt meine Großmutter.

»Was kochen Sie?« fragt Mrs. Marsupial Neal.

»Pilzcurry«, sagt Neal. »Wir sind Lakto-Vegetarier.«

»Davon bin ich überzeugt«, antwortet Mrs. Marsupial. Sie wendet sich meiner Großmutter zu. »Also, wollen Sie es?«

»Ich kann es ja morgen essen«, sagt meine Großmutter. »Wenn ich es bis dahin nicht gegessen habe.«

»Dann stell ich es in den Kühlschrank.« Mrs. Marsupial macht die Kühlschranktür auf und runzelt die Stirn, als sie das Bier sieht, das Neal und ich hineingestellt haben. Sie schiebt ein Sechserpack »Dos Equis« beiseite, um Platz für die Aluschale zu schaffen. »Ich stelle es hierhin«, sagt sie in den Kühlschrank, »und morgen abend brauchen Sie es nur bei 150 Grad in den Ofen zu schieben und aufzuwärmen, dann schmeckt es so gut wie gerade erst gekocht.« Sie macht den Kühlschrank zu und sieht meine Großmutter an. »Sind Sie sicher, daß alles in Ordnung ist?« fragt sie.

»Was für ein Busch ist das da draußen?« sagt meine Großmutter. Sie zeigt aus dem Fenster.

»Das ist kein Busch, meine Liebe«, sagt Mrs. Marsupial. »Das ist die Wäscheleine.«

»Ich weiß, daß das die Wäscheleine ist«, sagt meine Großmutter. »Ich meine dahinter. Der mit den weißen Blüten.«

»Das ist Flieder«, sage ich.

»Flieder? Bist du sicher?«

»Das ist Flieder«, bestätigt Neal. »Man kann es riechen, wenn man die Wäsche aufhängt.« Er macht das Fenster auf und streckt seinen Kopf hinaus. »Man kann es von hier riechen«, sagt er. »Es ist schön.«

»Wollen Sie, daß ich Ihren Blutdruck messe?« fragt Mrs. Marsupial meine Großmutter. »Ich hab das Meßgerät im Lieferwagen.«

»Nein«, sagt meine Großmutter. »Mein Blutdruck ist in Ordnung. Was nicht in Ordnung ist, ist mein Gedächtnis.«

Ich gebe die geschnittenen Tomaten und Äpfel in den Wok und lege den kuppelförmigen Deckel auf. Dann strecke ich meinen Kopf neben den von Neal aus dem Fenster. Es wird dunkel. Alles verschwindet – der Flieder, die Wäscheleine, das zusammenklappbare Weinspalier.

»Ich will mich beim Nächsten nicht verspäten«, sagt Mrs. Marsupial. »Ich glaube, ich werde mich mal wieder auf den Weg machen.«

Keiner sagt etwas. Neal hat meine Hand genommen; draußen vor dem Küchenfenster, wo meine Großmutter und Mrs. Marsupial es nicht sehen können, halten wir Händchen. Der Geruch von Curry vermischt sich mit dem Duft des Flieders und macht mich ganz benommen. Ich habe das Gefühl, als würde ich mich über den Balkon einer

Villa am Mittelmeer und nicht eineinhalb Meter über dem
tropfenden Wasserhahn aus einem Fenster im Haus meiner
Großmutter in Cheshire, Connecticut, lehnen.

Nach dem Essen erzählt meine Großmutter Neal und mir
Geschichten vom »Aufwachsen auf dem Bauernhof«. Eigentlich ist sie gar nicht auf dem Bauernhof aufgewachsen –
sie war bloß einen Sommer lang bei einer Freundin auf dem
Bauernhof zu Besuch –, aber diese Zeit ist ihr besonders gut
in Erinnerung geblieben und läßt sich gut erzählen. Ich
habe diese Geschichten schon oft gehört, aber Neal nicht.
Erschöpft vom Kochen, liegt er zu meinen Füßen auf dem
Boden. Meine Großmutter sitzt auf dem kleinen Sofa, und
ich sitze ihr gegenüber auf der Couch und streiche mit meinem nackten Fuß über Neals nackten Rücken, eine Bewegung, die der Couchtisch verdeckt. Jedenfalls glaube ich das.
      »Es gab ein Plumpsklo mit einem langen Brett und drei
Löchern – einem kleinen, einem mittelgroßen und einem
großen.«
      »Wie die drei Bären«, sagt Neal. Seine Augen sind ge-
schlossen.
      »Wie wer?« sagt meine Großmutter. Sie mag es nicht,
wenn man sie unterbricht.
      »Die drei Bären«, wiederholt Neal. »Aschenputtel und
die drei Bären.«
      »Schneewittchen«, berichtige ich ihn.
      »Rotkäppchen«, murmelt Neal.
      »Ich weiß nicht, wovon ihr redet«, sagt meine Großmut-
ter. »Jedenfalls, wir aßen immer draußen, an einem großen
Brettertisch unter einem großen Baum. War das eine Eiche?

Nein, es war ein Maulbeerbaum. Das weiß ich noch, weil bei Wind immer Maulbeeren herunterfielen. Man aß Kartoffelbrei, und plötzlich lag eine Maulbeere darin. Sie sahen aus wie schwarze Himbeeren. Zwischen den Gängen rannten wir hinunter zur Scheune und wieder zurück – wir rannten den Hügel hinunter zur Scheune, schlugen dagegen und rannten wieder zurück, den Hügel hinauf. Man war immer wieder hungrig, wenn man oben angekommen war.« Sie hält inne. »Wir sollten Licht machen«, sagt sie. »Wir sollten nicht im Dunkeln sitzen.«

Keiner sagt etwas. Keiner macht Licht, denn Licht zerstört die Art und Weise, wie Worte von einem zum anderen gehen. Plötzlich sagt meine Großmutter: »Wie oft war ich verheiratet?«

»Einmal«, sage ich. »Nur einmal.«

»Bist du sicher?«

»Soviel ich weiß.«

»Vielleicht hatten Sie Affären«, schlägt Neal vor.

»Oh, ich bin sicher, daß ich Affären hatte«, sagt meine Großmutter. »Obwohl ich euch nicht sagen könnte, mit wem. Ich kann mich überhaupt nicht mehr an die Gesichter erinnern. Es wird alles so verschwommen. Manchmal weiß ich nicht mal mehr genau, wer ihr seid.«

»Ich bin Paul«, sage ich. »Dein geliebter Enkel.«

»Ich bin Neal«, sagt Neal. »Pauls Freund.«

»Ich weiß«, sagt meine Großmutter. »Jetzt weiß ich es. Aber heute nacht werde ich aufwachen und keine Ahnung haben. Ich werde nicht einmal wissen, wo ich bin. Oder welches Jahr wir haben.«

»Aber das ist ja auch alles gar nicht wichtig«, sage ich.

»Was?« fragt meine Großmutter.

»Wen kümmert es schon, welches Jahr wir haben?« sage ich. Ich stelle meine beiden Füße leicht auf Neals Rücken. Sein Rücken bewegt sich, als ob er schliefe. Ich überlege, wie ich erklären soll, daß das alles ja nicht wichtig ist: Namen oder Alter oder Orte. Aber bevor ich das meiner Großmutter klarmachen oder auch nur versuchen kann, es ihr zu erklären, kommt mir ein neuer Gedanke: Eines Tages werde ich Neal vergessen, genau wie meine Großmutter ihre große Liebe vergessen hat. Und dann denke ich: Ist Neal meine große Liebe? Oder kommt sie erst noch, um dann auch vergessen zu werden?

Nachdem meine Großmutter um neun Uhr ins Bett gegangen ist, waschen Neal und ich das Geschirr noch einmal ab. Sie wäscht gern ab, wenn wir gekocht haben, aber sie macht es nicht mehr besonders gründlich. An ihren rosafarbenen Glastellern kleben immer noch kleine Essensreste. Neal spült, und ich trockne ab. Ich benutze ein Geschirrtuch von der Weltausstellung 1964. Auf dem Tuch umarmt eine Geisha einen Eskimo, der wiederum eine Indianersquaw umarmt, die einen Mann in einem Kilt umarmt. Meine Großmutter ist mit meiner Schwester und mir zur Weltausstellung gefahren, aber ich kann mich nicht erinnern, daß sie dieses Geschirrtuch gekauft hat.

»Ich glaube, ich werde wieder in die Wohnung ziehen«, sagt Neal.

»Warum?« frage ich.

»Ich fühle mich komisch hier. Ich fühle mich nicht wohl.«

»Aber ich dachte, du wolltest im Sommer raus aus der Stadt.«

»Wollte ich auch. Will ich auch. Aber das hier bringt's nicht.« Neal macht mit seiner nassen, schaumigen Hand eine Geste, die die Küche meiner Großmutter umschließt: Die Usambaraveilchen auf der Fensterbank, den summenden Kühlschrank, die Keksdosen voller Teegebäck. Ich stelle den Teller, den ich abtrockne, in den mit Schlitzen versehenen Geschirrständer. Er funkelt, und es sieht so aus, als stehe er von allein.

»Bist du wütend?« fragt Neal.

»Ich weiß nicht«, sage ich. »Traurig. Aber nicht wütend.«

»Da ist noch etwas«, sagt Neal. Er spült den Seifenschaum mit dem Spritzding durch den Abfluß.

»Was?«

»Wenn wir miteinander schlafen, hab ich das Gefühl, sie könnte hereinkommen. Ich hab das Gefühl, daß ich was Falsches tue.«

»Sie schläft die ganze Nacht«, sage ich. »Sie denkt, du schläfst auf der Veranda. Außerdem ist sie senil.«

»Ich weiß«, sagt Neal, »aber trotzdem hab ich das Gefühl, daß ich was Falsches tue. Ich kann mich einfach nicht entspannen.«

Ich setze mich an den Küchentisch und zünde mir eine von den ›Players‹ meiner Großmutter an. Neal wäscht sich die Hände, trocknet sie ab und faltet sorgfältig das Weltausstellungs-Geschirrtuch. Er kommt her, legt seine Finger sacht um meine Kehle und würgt mich zärtlich. Neals saubere Hände riechen nach der englischen Lavendelseife, die meine Großmutter in dem Seifenspender neben der Spüle hat. Neals Hände riechen wie die Hände meiner Großmutter.

Ich atme aus und betrachte unser Spiegelbild im Fenster. Ich rauche nur etwa eine Zigarette im Monat, und dann überkommt mich jedesmal ein herrliches Schwindelgefühl, aus dem schnell Übelkeit wird.

»Es ist keine große Sache«, sagt Neal. »Es ist bloß einfach nicht cool hier.«

Ich überlege, ob ich etwas antworten soll, aber ich kann nicht. Ich schließe die Augen und spüre, wie ich schwebe. Hin und wieder eine Zigarette ist eine herrliche Sache.

Meine Mutter schickt mir eine Postkarte aus Piräus. Das steht auf der Karte:

Lieber Paul,

Piräus ist eine wunderbare Stadt, wenn man bedenkt, daß ich noch nie von ihr gehört habe. Ich weiß nicht genau, warum sie eine Hauptstadt der Liebe ist, außer daß der Film ›Sonntags nie‹ hier gedreht worden ist. Hast Du ihn mal gesehen? Hoffe, es geht Dir gut. Kümmerst Du Dich auch gut um Großmutter?

Alles Liebe, Mama

Etwa eine Woche später zieht Neal aus, eine Balletttruppe kommt in die Stadt, und meine Großmutter möchte hingehen. Im Fernsehen wird Werbung dafür gemacht – sie zeigen Szenen aus *Schwanensee*, während unten auf dem Bildschirm eine Telefonnummer, unter der man Karten reservieren kann, erscheint und verschwindet. Die

Füße des Schwans verschwimmen in der aufblinkenden Nummer.

Meine Großmutter behauptet, sie habe noch nie ein Ballett gesehen. Ich weiß nicht, ob ich ihr glauben soll oder nicht. Jedesmal, wenn die Werbung kommt, stellt sie den Apparat lauter und ruft mich, damit ich komme und es mir ansehe. Ich verstehe ihre plötzliche Begeisterung für das Ballett nicht. Filme sieht sie sich schon längst nicht mehr an, weil die alle »blanker Unsinn« sind. Außerdem schläft sie, ganz gleich, wo sie ist, um neun Uhr ein.

Trotzdem kaufe ich zum achtundachtzigsten Geburtstag meiner Großmutter drei Karten für *Schwanensee*. Neal kommt zu ihrem Geburtstagsfestessen und bringt eine Eistorte mit. Wir essen mit Thunfischsalat gefüllte Tomaten, weil meine Großmutter sich das gewünscht hat. Sie muß irgendwo eine Reklame dafür gesehen haben. Ich habe versucht, die Tomaten so gezackt aufzuschneiden, wie sie es mir beschrieben hat, aber es ist mir nicht gelungen: Sie sehen aus, als hätte man auf sie eingehackt – wie etwas, das man in einem Punk-Restaurant serviert bekommt. Aber sie schmecken ganz gut.

»Mit Neal hier ist es ganz wie in alten Zeiten«, sagt meine Großmutter.

»Ich bin doch erst seit einer Woche weg«, sagt Neal.

»Mir kommt es länger vor«, sagt meine Großmutter. »Wie Jahre. Wir haben uns einsam gefühlt ohne Sie. Nicht wahr, Paul?«

Ich antworte ihr nicht. Ich gebe nie zu, daß ich einsam bin.

Nach dem Essen waschen Neal und ich ab, weil meine

Großmutter das Geburtstagskind ist und nicht helfen darf. Neal erzählt ihr die Geschichte von *Schwanensee*. »Die Anführerin der Schwäne verwandelt sich in ein Mädchen und verliebt sich in den Prinzen, aber dann wird sie wieder in einen Schwan verwandelt.«

»Warum?« fragt meine Großmutter.

»Ich weiß nicht«, sagt Neal. »Weil der Morgen anbricht oder so. Sie müssen sich trennen. Aber am nächsten Abend geht der Prinz wieder zum See, und weil sie sich wirklich lieben, verwandelt sie sich wieder in ein Mädchen. Ich glaube, das war alles. In groben Zügen.«

»Klingt lachhaft«, sagt meine Großmutter.

»Ich dachte, du wolltest *Schwanensee* unbedingt sehen«, sage ich.

»Will ich auch«, sagt meine Großmutter. »Es hört sich bloß albern an.« Sie sieht aus dem Fenster. »Was für ein Busch ist das da draußen?« Sie zeigt auf den Flieder.

»Ein Flieder«, sage ich.

»Das ist ein Flieder?« sagt sie. »Ich dachte, Flieder hätte kleine, lila Blüten.«

»Hat er auch«, sage ich. »Aber das da ist ein weißer Flieder. Die Blüten wachsen in Dolden.«

»Das ist kein Flieder«, sagt meine Großmutter. »Ich weiß noch, wie Flieder aussieht.«

»Doch, es ist ein Flieder«, sagt Neal. »Vielleicht verwechseln Sie es mit Glyzinien. Oder mit Liguster.«

»Von hier aus kann ich ihn nicht gut sehen«, sagt meine Großmutter. »Ich werde rausgehen und ihn mir ansehen.« Sie steht auf und geht in den Flur. Die Hintertür wird geöffnet und fällt wieder ins Schloß.

»Ich glaube, wenn sie mich das noch einmal fragt«, sage ich, »werde ich verrückt.«

»Ich finde das süß«, sagt Neal. »Ich finde deine Großmutter toll.«

»Ich weiß«, sage ich. »Das ist sie ja auch.«

Neal stellt den Rest der schmelzenden Eistorte wieder ins Gefrierfach und steht dann da, an der offenen Kühlschranktür, und zupft an den rosa Zuckerrosen. »Ich wollte, deine Großmutter wüßte, daß wir uns lieben«, sagt er.

Ich lache. »Ich glaube nicht, daß sie das wissen will«, sage ich. Ich setze mich an den Küchentisch.

»Warum sagst du das?« sagt Neal. »Ich finde, du solltest es ihr sagen. Es würde mich nicht wundern, wenn sie schon dahintergekommen wäre.«

»Was meinst du damit?« sage ich.

»Wie meinst du das: Was meinst du damit?« sagt Neal.

»Sie weiß es nicht«, sage ich. »Keiner weiß es.«

»Ich weiß, daß keiner es weiß.« Neal macht den Kühlschrank zu und setzt sich neben mich. »Das ist ja das Problem.«

Ich sehe aus dem Fenster. Meine Großmutter geht langsam durch den Garten. Sie ist eine alte Dame, und ich liebe sie, und ich liebe auch Neal, aber ich sehe bei all dem kein Problem. »Ich sehe bei all dem kein Problem«, sage ich.

»Nicht?« sagt Neal. »Wirklich nicht?«

Ich schüttele den Kopf. Neal zuckt die Schultern und steht auf. Er macht den Kühlschrank auf und steht als Silhouette im Gegenlicht des offenen Kühlschranks da. Er sucht nach nichts Besonderem. Draußen streckt meine Großmutter den Arm und zieht einen Fliederzweig zu sich hinunter, weil sie vergessen hat, was Flieder ist.

Neal ärgert sich sehr über mich und verläßt während der Pause das Ballett. Meine Großmutter schläft ein, als Prinz Siegfried und Odette wieder zusammenfinden. Sie hat die Hände im Schoß gefaltet. Sie trägt zwei verschiedene weiße Handschuhe – einer ist auf dem Handrücken mit winzigen Perlen besetzt, der andere nicht.

Ich sehe dem Tanz gelangweilt zu. Das Ballett ist eine gewaltige Lüge. Niemand – meine Großmutter nicht, Neal nicht, ich nicht –, niemand im wirklichen Leben bewegt sich je so schön.

Hausaufgaben

Letzten Donnerstag saß Keds, mein Hund, vor dem Supermarkt, als er von irgendeinem jungen Burschen mit einem Einkaufswagen über den Haufen gefahren wurde. Zuerst dachten wir, er hätte sich bloß ein Bein gebrochen, aber dann merkten wir, daß er innere Blutungen hatte. Jedesmal, wenn er die Schnauze aufmachte, lief Blut heraus wie dumpfe rote Worte in einem schlechten, stummen Traum.

Jeden Abend, bevor sie zur Arbeit geht, wäscht meine Schwester sich an der Spüle in der Küche die Haare mit Bier und Mayonnaise und Eiern. Manchmal sitze ich am Tisch und sehe zu, wie die Mixtur in Tröpfchen über ihren weißen Rücken läuft. Gleichzeitig bringt sie auf dem Herd einen Topf mit Wasser zum Kochen; wenn sie mit dem Haar fertig ist, nimmt sie ein Gesichtsdampfbad. Sie möchte so gern schön sein.

Ich versuche, komplizierte Rechenaufgaben zu lösen, die ich mir selbst gestellt habe. Das einzige, was mir fehlt, seit ich letzten Freitag aufgehört habe, zur Schule zu gehen, sind die Hausaufgaben. Wie groß ist n? Wird es eine ganze Zahl sein? Nie ist es eine ganze Zahl. Es ist immer ein Bruch.

»Gibst du mir mal ein Handtuch?« fragt meine Schwester. Sie wendet mir ihr Gesicht zu und hält ihr hochgenommenes Haar mit den Händen fest. Der Duschschlauch gleitet wieder in das Loch neben dem Wasserhahn.

Ich gebe ihr ein Geschirrtuch. »Nein«, sagte sie. »Ein Badetuch. Sei nicht blöd.«

Im Badezimmer wässert meine Mutter ihre Topfpflanzen. Sie hat sie in die Badewanne gestellt und die Dusche aufgedreht. Sie sitzt auf dem Klodeckel und sieht zu. Im Badezimmer riecht es nach draußen.

Ich gebe meiner Schwester das Handtuch und sehe zu, wie sie es sich um den Kopf wickelt. Sie nimmt den Deckel von dem Topf mit kochendem Wasser und wirft Zitronenscheiben hinein. Dann beugt sie sich hinunter und hält ihr Gesicht in den Dampf.

Das ist die Aufgabe, die ich mir gestellt habe:

$$\frac{245\,(n+17)}{34} = 396\,(n-45)$$
$$n =$$

Am Mittwoch stehe ich vor der Tür zur Turnhalle der High School. Drinnen stehen Schüler in einer Reihe und machen Gymnastik. Es schneit, und es ist früh dunkel geworden, und ich kann zusehen, ohne entdeckt zu werden.

»Also«, sagt mein Vater, als ich nach Hause komme. Er steht in der Garage und probiert das automatische Tor aus. Jedesmal, wenn ein Flugzeug über das Haus fliegt, geht das Tor auf oder zu, und mein Vater versucht jetzt, das in Ordnung zu bringen. »Hast du dir das mit der Schule überlegt?« fragt er mich.

Ich schließe mein Fahrrad an einen Pfahl. Das macht meinen Vater wütend, denn er hält nichts davon, in seinem eigenen Haus etwas abzuschließen. Er tut so, als würde er es nicht bemerken. Ich wische mit dem Mittelfinger die dünnen Schneestreifen von den Schutzblechen. Es ist schwierig, im Schnee Fahrrad zu fahren. Heute nachmittag bin ich auf dem Heimweg von der High School hingefallen und lag unter dem Fahrrad auf der verschneiten Straße. Es fühlte sich warm an.

»Wir werden einen anderen Hund kaufen.«

»Das ist es nicht«, sage ich. Ich wollte, es würde keiner mehr von Hunden reden. Ich kann nicht sagen, wie traurig ich über die Sache mit Keds bin im Vergleich zu dem, wie traurig ich ganz allgemein bin. Wenn ich das nicht trenne, habe ich das Gefühl, als würde ich Keds verraten.

»Was ist es denn dann?« sagt mein Vater.

»Es ist nichts«, sage ich.

Mein Vater nickt. Das kann er sehr gut: Ein Thema anschneiden und es dann fallenlassen. Es wird vieles fallengelassen. Er drückt auf den Bedienungsknopf. Die Tür gleitet in ihren geschmierten Führungen hinunter und fällt zu. Es ist dunkel in der Garage. Mein Vater drückt nochmals auf den Knopf, und die Tür öffnet sich, und wir sehen beide hinaus in den Schnee, der auf die Einfahrt fällt, so als könnte sich die Welt in diesen paar Sekunden verändert haben.

Meine Mutter hat vergessen, mich zum Essen zu rufen, und als ich sie deswegen zur Rede stelle, sagt sie, daß sie mich wohl gerufen hat, aber daß ich geschlafen habe. Sie stellt das Geschirr in die Geschirrspülmaschine. Meine Schwester steht an der Anrichte, hört uns zu und trennt Eiweiß und Eigelb für ihr Shampoo.

»Was kann ich dir machen?« fragt meine Mutter. »Möchtest du ein Brot mit Falschem Hasen?«

»Nein«, sage ich. Ich öffne den Kühlschrank und sehe

mir seinen beleuchteten Inhalt an. »Könnte ich ein paar Eier haben?«

»Na gut«, sagt meine Mutter. Sie kommt und stellt sich neben mich und legt ihre Hand auf meine, die auf dem Türgriff liegt. Im Kühlschrank sind keine Eier. »Oh«, sagt meine Mutter, und dann: »Julie?«

»Was ist?« fragt meine Schwester.

»Hast du die letzten Eier genommen?«

»Ich glaube schon«, sagt meine Schwester. »Ich weiß nicht.«

»Vergiß es«, sage ich. »Dann esse ich eben keine Eier.«

»Nein«, sagt meine Mutter. »Julie braucht sie nicht für ihr Shampoo. Dafür habe ich sie nicht gekauft.«

»Ich brauche sie wohl«, sagt meine Schwester. »Die Eier gehören zum Rezept. Ohne Eier wirkt es nicht. Ich brauche die Proteine.«

»Ich will keine Eier«, sage ich. »Ich will gar nichts.« Ich gehe in mein Zimmer.

Meine Mutter kommt herein, stellt sich ans Fenster und sieht hinaus. Aus den Schneeflocken ist Regen geworden. »Du bist nicht der einzige, der traurig darüber ist«, sagt sie.

»Worüber?« sage ich. Ich sitze auf meinem ungemachten Bett. Wenn ich mein Zimmer aufräume, macht meine Mutter mein Bett – so haben wir es ausgemacht. Heute morgen habe ich mein Zimmer nicht aufgeräumt.

»Über Keds«, sagt sie. »Ich bin auch traurig. Aber deswegen gehe ich trotzdem zur Schule.«

»Du gehst nicht in die Schule«, sage ich.

»Du weißt schon, was ich meine«, sagt meine Mutter.

Sie dreht sich um, sieht sich in meinem Zimmer um und fängt an, Sachen aufzuheben.

»Laß das«, sage ich. »Hör auf.«

Meine Mutter läßt die schmutzigen Kleidungsstücke mit einer übertriebenen Geste der Geschlagenheit fallen. Fast – fast – wirft sie sie auf den Boden. Die Art, wie sie ihre Hände hält, unterstreicht noch deren Leere. »Wenn du schon nicht zur Schule gehst«, sagt sie, »kannst du wenigstens dein Zimmer aufräumen.«

In Textaufgaben segelt ein Boot einen Fluß hinunter, während am Ufer ein Jeep fährt. Wer wird zuerst in der Hauptstadt sein? Wenn ein Flugzeug mit einer bestimmten Geschwindigkeit von Boulder nach Oklahoma City und dann mit einer anderen Geschwindigkeit von Oklahoma City nach Detroit fliegt, wieviele Tassen Kaffee kann die Stewardess dann servieren, wenn man berücksichtigt, daß sie während der ersten und letzten zehn Minuten des Fluges nicht servieren kann? Wie oft kann ein Mann mit dem Aufzug zur Spitze des Empire State Buildings fahren, während seine Frau die Treppe nimmt, wenn man berücksichtigt, daß die Frau mit jedem Stockwerk eine Stufe langsamer wird? Und wer befindet sich in Bewegung, wenn der Mann in die Luft springt, während der Aufzug abwärts fährt – der Mann, die Frau, der Aufzug, oder der Schnee, der draußen fällt?

Am nächsten Montag stehe ich auf und mache mich fertig für die Schule. Am Frühstückstisch merke ich, daß meine Mutter Angst hat, auf meine Vorbereitungen einzugehen, weil sie fürchtet, es könnte nicht wahr sein. Die ganze letzte

Woche bin ich nicht vor zehn Uhr aufgestanden. Meine Mutter macht mir Arme Ritter. Ich sitze am Tisch und schreibe meine Entschuldigung. Ich bin achtzehn und volljährig, und darum darf ich meine Entschuldigungen selbst schreiben. In meinem Brief steht folgendes:

Sehr geehrter Mr. Kelly [das ist mein Klassenlehrer]!
   Bitte entschuldigen Sie mein Fehlen vom 17. bis 24. Februar. Ich war traurig und fühlte mich nicht in der Lage, am Unterricht teilzunehmen.
                                      Mit freundlichen Grüßen
                                             Michael Pechetti

Meine Entschuldigung hat genau denselben Wortlaut wie die meiner Mutter, nur daß sie immer geschrieben hat: »Michael hatte eine Halsentzündung und ist zu Hause geblieben«, oder »Michael hatte eine schwere Erkältung und ist zu Hause geblieben«. Die Erkältungen, die mich davon abhielten, zur Schule zu gehen, waren immer schwere Erkältungen.

Meine Mutter sieht zu, wie ich die Entschuldigung schreibe, fragt aber nicht, ob sie sie lesen darf. Als ich zur Toilette gehe, lasse ich sie auf dem Küchentisch liegen, und als ich zurückkomme, weiß ich, daß sie sie gelesen hat. Sie spült die Schüssel aus, in die sie die Armen Ritter getaucht hat. Früher hätte sie Keds die Schüssel auslecken lassen. Er mochte Eier.

In Spanisch sehen wir einen Film über Flamencotänzer. Die Leinwand ließ sich nicht herunterziehen, und so wird der Film auf die Tafel projiziert, die grün und mit schlierigen Kreidewolken bedeckt ist. Es sieht ein bißchen so aus, als wären die Frauen krank und tanzten im Himmel. Plötzlich summt das kleine Wandtelefon.

Mrs. Smitts, die Lehrerin, nimmt den Hörer ab und kommt dann zu mir. Sie legt mir die Hand auf die Schulter und neigt ihr Gesicht ganz nah an meines. Es ist dunkel im Raum. »Miguel«, flüstert Mrs. Smitts, »*tienes que ir a la oficina de* Beratungslehrerin.«

»Was?« sage ich.

Sie beugt sich noch weiter hinunter, und ihr Haar verdeckt die Tänzerinnen. Trotz des Klickens der Kastagnetten und des Klassenzimmers voller Schüler hat dieser Augenblick etwas Intimes. »*Tienes que ir a la oficina de* Beratungslehrerin«, wiederholt sie langsam. Und dann: »Du sollst ins Büro der Beratungslehrerin gehen. Jetzt. *Vaya.*«

Mrs. Dietrich, meine Beratungslehrerin, hat ursprünglich Geschichte unterrichtet, aber sie war dem nicht mehr gewachsen und wurde in die Beratung versetzt. Auf ihrem makellos aufgeräumten Tisch liegt ein Terminkalender, auf dem in der Mitte von jedem Tagesfeld, einschließlich Samstag und Sonntag, »Mittagspause« geschrieben steht. Die einzigen anderen Dinge auf ihrem Tisch sind ein leerer Fotowürfel und meine Entschuldigung für Mr. Kelly. Ich setze mich, und sie zeigt mir den Brief, als hätte ich ihn noch nie gelesen. Ich lese ihn noch einmal.

»Haben Sie das geschrieben?« fragt sie.

Ich nicke bestätigend. Ich merke, daß Mrs. Dietrich bei

diesem Gespräch besonders nervös ist. Unsere Gespräche sind immer mit Spannung aufgeladen. Bei dem letzten, als ich mich für die Kurse im zweiten Semester entschied, fing sie an, hysterisch zu lachen, als ich sagte, ich wolle Hauswirtschaft für Jungen nehmen. Jetzt hält sie mich jedesmal, wenn wir uns auf dem Flur begegnen, an und fragt mich, wie es mir mit Hauswirtschaft für Jungen geht. Es ist der einzige meiner Kurse, an den sie sich erinnert.

Ich gebe ihr die Entschuldigung zurück und sage: »Das habe ich heute morgen geschrieben«, als ob das irgendwas erklären würde.

»Heute morgen?«

»Beim Frühstück«, sage ich.

»Finden Sie, daß das eine akzeptable Entschuldigung ist?« fragt Mrs. Dietrich. »Dafür, daß Sie mehr als eine Woche gefehlt haben?«

»Ich bin sicher, daß sie es nicht ist«, sage ich.

»Warum haben Sie das dann geschrieben?«

Weil es die Wahrheit ist, will ich sagen. Und das stimmt auch. Aber irgendwie weiß ich, daß es mich noch trauriger machen wird, das auszusprechen. Es könnte sein, daß ich anfange zu weinen. »Ich habe Hausaufgaben gemacht«, sage ich.

»Das ist gut«, sagte Mrs. Dietrich, »aber das ist nicht der springende Punkt. Der springende Punkt ist, daß Sie, um den Schulabschluß machen zu können, hundertachtzig Tage am Unterricht teilgenommen oder ausreichende Entschuldigungen für die versäumten Tage haben müssen. Das ist der springende Punkt. Wollen Sie den Schulabschluß machen?«

»Ja«, sage ich.

»Natürlich wollen Sie das«, sagt Mrs. Dietrich.

Sie knüllt meine Entschuldigung zusammen und versucht, sie in den Papierkorb zu werfen, trifft aber nicht. Einen Augenblick lang sehen wir beide die auf dem Boden liegende Entschuldigung an, und dann stehe ich auf und werfe sie in den Papierkorb. Das einzige, was sonst noch da liegt, ist eine Bananenschale. Ich kann mir vorstellen, wie sie in ihrem winzigen Büro sitzt und eine Banane ißt. Auch das macht mich traurig.

»Setzen Sie sich«, sagt Mrs. Dietrich. Ich setze mich. »Ich habe gehört, daß Ihr Hund gestorben ist. Wollen Sie darüber sprechen?«

»Nein«, sage ich.

»Sind Sie deswegen so traurig?« sagt sie. »Oder hat das einen anderen Grund?«

Beinah erwähne ich die Bananenschale in ihrem Papierkorb, tue es dann aber doch nicht. »Nein«, sage ich. »Es ist nur die Sache mit meinem Hund.«

Mrs. Dietrich denkt einen Augenblick nach. Ich merke, daß es ihr peinlich ist, über einen toten Hund zu reden. Es wäre ihr angenehmer, wenn es um einen Elternteil oder einen Bruder oder eine Schwester ginge.

»Ich möchte nicht darüber reden«, wiederhole ich.

Sie zieht die Schreibtischschublade auf und nimmt einen Block mit Laufzetteln heraus. Sie fängt an, einen für mich auszufüllen. Sie hat eine schöne Handschrift. Ich stelle mir vor, wie sie als Kind gelernt hat, schön zu schreiben, und dann erwachsen geworden ist, um Beratungslehrerin zu werden, und das macht mich traurig.

»Mr. Neuman ist bereit, die Sache auf sich beruhen zu lassen«, sagt sie. Mr. Neuman ist der Direktor. »Natürlich werden Sie nachholen müssen, was Sie versäumt haben. Können Sie das?«

»Ja«, sage ich.

Mrs. Dietrich reißt den Laufzettel vom Block und gibt ihn mir. Unsere Hände berühren sich. »Sie werden darüber hinwegkommen«, sagt sie. »Glauben Sie mir.«

Meine Schwester arbeitet bis Mitternacht im »Photomatik«. Das ist ein kleines Häuschen mitten auf dem Parkplatz vor dem Supermarkt. Die Leute fahren mit ihrem Auto heran, lassen ihren Film da und holen am nächsten Tag die Fotos ab. Meine Schwester trägt eine Uniform, in der sie aussieht wie eine Bedienung in einem Schnellrestaurant. Manchmal nachts, wenn ich es zu Hause nicht aushalte, gehe ich in die Stadt und setze mich zu ihr in das Häuschen.

In dem Häuschen steht eine Maschine, die wie eine Druckerpresse aussieht, nur daß auf einem Fließband Schnappschüsse liegen, die in einen Eimer fallen und dann verschwinden. Die Maschine vermittelt einem die Illusion, daß die Filme an Ort und Stelle entwickelt werden. Das ist ein Schwindel. Dieselben fünfzig Fotos laufen immer und immer wieder durch, und meine Schwester sagt, daß niemand es merkt, weil in der ganzen Stadt alle dieselben Fotos machen. Sie macht die Umschläge auf und sieht sie sich an.

Bevor ich zu dem Häuschen gehe, kaufe ich mir im Supermarkt Zigaretten. Er hat rund um die Uhr geöffnet, und spätabends gefällt es mir dort besonders gut. Der Supermarkt ist groß und hell und leer. Die Kassiererin sitzt auf ihrer Theke und läßt die Beine baumeln. Das Endlosband mit der Hintergrundmusik spielt *If Ever I Would Leave You*. Bevor ich die Zigaretten kaufe, gehe ich durch die Gänge. Alles sieht lecker aus, und die Sachen, die nicht zum Essen sind, sehen auf ihre Art auch gut aus. Die Wasch- und Putzmittel-Abteilung ist farbenfroh und riecht sauber.

Als ich zu dem Häuschen komme, hört meine Schwester Radio und lackiert sich die Nägel. Es ist fast Zeit zu schließen.

»Ich hab gehört, daß du heute in der Schule warst«, sagt sie.

»Ja.«

»Wie war's?« fragt sie. Sie mustert ihre Fingernägel, die beängstigend lang sind.

»Es war ganz okay«, sage ich. »In Hauswirtschaftskunde haben wir Würstchen mit Pfeffersoße gemacht.«

»Dann bist du jetzt darüber hinweg?«

Ich sehe mir die Bilder auf dem Fließband an. Ich kann die Reihenfolge praktisch auswendig: Schulabschluß, Schulabschluß, Geburtstag, Berge, Baby, Baby, neues Auto, Braut, Braut und Bräutigam, Haus... »Ich glaube schon«, sage ich.

»Gut«, sagt meine Schwester. »Es fing an, mir auf die Nerven zu gehen.« Sie steckt den kleinen Pinsel wieder in die Flasche und schraubt sie zu. Sie zeigt mir ihre Nägel. Sie haben einen seltsamen braunen Farbton. »Zimt«, sagt sie. »Das ist eine Erdfarbe.« Sie sieht hinaus auf den Parkplatz. Ein Junge sammelt die leeren Einkaufswagen ein und stellt einen langen, silbernen Zug zusammen, den er zurück zum Supermarkt schiebt. An der Art, wie er seinen Mund bewegt, sehe ich, daß er singt.

»Da drüben haben wir Keds gefunden«, sagt meine Schwester und zeigt auf den Container für Altkleider.

Wenn ich Zigaretten kaufen ging, kam Keds immer mit. Bevor er gestorben ist, habe ich nachts hier herumgehangen. Damals war ich auch traurig. Das ist etwas, was keiner versteht. Ich habe ihn Keds genannt, weil er ganz weiß, mit großen schwarzen Pfoten war und weil er aussah, als hätte er knöchelhohe Turnschuhe an. Meine Mutter wollte ihn »Stiefelchen« nennen. »Stiefelchen« ist ein Katzenname. Es ist ein blöder Name für einen Hund.

»Gut, daß du nicht dabei warst, als wir ihn gefunden haben«, sagt meine Schwester. »Du wärst ausgerastet.«

Ich höre gar nicht richtig zu. Das ist alles Unsinn. Ich arbeite an einer neuen Aufgabe: Ermittle den Wert für n, so daß n plus alles andere in deinem Leben bewirkt, daß du dich gut fühlst. Wie groß ist n? Finde n.

Gelegenheitsjobs

Keith, mein Geliebter, und Violet, seine Tochter, standen mit Taschenlampen vor mir im Schneetreiben und sangen *I'm Dreaming of a White Christmas*. Sie spielten ein Spiel, das sie »Weihnachtssondervorstellung« nannten – ein Spiel, das sie offenbar jedes Jahr, wenn der erste Schnee fiel, nach Einbruch der Dunkelheit spielten; ein Spiel, bei dem sie mich nicht zum Mitmachen einluden. Ich wurde gebeten zuzusehen: Ich bildete das nur aus einer einzigen Frau bestehende Publikum.

Violet tat so, als sei sie Marie Osmond; Keith war Perry Como – er hatte die Wahl zwischen Perry Como und Andy Williams. Sie hatten sie untergehakt, schlenderten in einem kleinen Kreis durch den Schnee und sangen. Ich war sowohl die Kamera als auch das Publikum. Alle paar Augenblicke sah Violet mich an und lächelte, aber ich merkte, daß sie nicht mir zulächelte: Violet lächelte in die Wohnzimmer Amerikas hinein.

An diesem Morgen waren Keith und ich von einem Geschrei im Garten geweckt worden. Ich stand auf und sah aus dem Fenster. Unter der Wäscheleine stampfte Violet mit den Füßen auf und ruderte mit den Armen.

»Was ist da los?« fragte Keith.

»Es ist Violet«, sagte ich. »Sie führt sich auf wie verrückt.«

»Das ist ja nichts Neues«, sagte Keith.

»Sie tanzt oder so«, sagte ich. »Sieh mal. Es schneit.«

Keith setzte sich im Bett auf und wickelte sich in die Decke. »Ich kann nichts sehen«, sagte er. »Ist sie angezogen?«

»Ja«, sagte ich.

»Dann ist alles in Ordnung«, sagte er. Er legte sich wieder hin.

Ich klopfte an das Fenster. Violet hörte auf zu tanzen und sah mich an. Mit einer rosigen, unbehandschuhten Hand machte sie mir Zeichen, ich solle auch mitmachen. »Ich gehe runter«, sagte ich. »Es ist halb acht.«

Ich ging hinaus, stand in meinem Bademantel auf den Stufen zur Hintertür und sah Violet zu, wie sie zwischen den winzigen, zögernden Schneeflocken umhertanzte.

»Was machst du da?« fragte ich.

»Das ist ein Schneetanz«, antwortete sie. Sie sah nicht auf zu mir.

Ich stand da und schaute zu ihr. Sie hatte ein bißchen Ähnlichkeit mit einem wütenden Vogel, der aufstampft und mit den Flügeln schlägt.

»Wenn wir alle das machen, wird es ganz feste schneien, und dann brauchen wir heute nicht in die Schule«, erklärte Violet. »Dann ist schneefrei.«

»Es hat ja gerade erst angefangen«, sagte ich. Es beunruhigte mich, daß eine Zweitklässlerin schon so gewieft war, wenn es darum ging, die Schule ausfallen zu lassen.

»Komm runter«, sagte Violet. »Tanz mit.«

Ich ging wieder hinein und sah Violet durch die Doppeltür zu. Ich machte nicht mit bei ihrem Tanz. Ich bin nicht so. Ich kann mich nicht zwingen, mich an sinnlosen Aktivitäten zu beteiligen, und das ist auch der Grund, warum ich

Kinder nicht besonders mag. Zuviel von dem, was sie tun, erscheint mir – wie Violets seltsamer Tanz – zwecklos.

Als nächstes sang Violet »Stille Nacht, heilige Nacht«. Keith saß mit laufender Nase neben mir auf den Stufen und leuchtete mit der Taschenlampe wie mit einem Scheinwerfer in Violets Gesicht. Sie hielt ihre Lampe wie ein Mikrofon und erfand beim Singen ihren eigenen, grauenhaften Text. Eigentlich war er sogar recht witzig, aber ich hütete mich zu lachen. Violet sang das Lied zu Ende und sagte: »Tja, das war also unsere Show dieses Jahr. Ich möchte mich ganz besonders bei unseren Gaststars Perry Como, Britt Ekland und den Osmond Family Singers bedanken. Ihnen allen fröhliche Weihnachten und Gottes Segen.«

Ein Wagen fuhr in die Einfahrt. Seine Scheinwerfer beleuchteten die fallenden Schneeflocken. Judith, Keiths frühere Frau, stieg aus und kam auf uns zu. Violet ließ ihre Taschenlampe in den Schnee fallen. Sie sah dort hübsch aus.

Keith leuchtete Judith mit seiner Taschenlampe an. Sie hob ihre behandschuhte Hand an die Augen und blinzelte, als könnte sie uns nicht richtig sehen. Judith trug einen Mantel, den ich neulich bei ›Bradlees‹ vom Ständer genommen und meiner Freundin Marilee gezeigt hatte. Er hatte einen falschen, kränklich wirkenden Pelzbesatz am Kragen und einen ausgefransten Saum. »Wer kauft wohl so einen Mantel?« hatte ich Marilee gefragt. Als ich Judith sah, hatte ich Lust, reinzugehen und Marilee anzurufen, aber ich würde sie ja ohnehin am nächsten Tag bei der Arbeit sehen. Wir haben zusammen ein Reisebüro.

Judith ist Anthropologin und hat immer entsetzliche

Sachen an. Violet toleriert mich, weil ich einen guten Geschmack habe und ihr ab und zu etwas Nettes zum Anziehen kaufe, wie zum Beispiel die schwarzen Hosen mit dem Reithosenschnitt.

»Es schneit«, verkündete Judith. Sie hob die Taschenlampe auf, die Violet fallengelassen hatte, und leuchtete den Garten damit ab. Violet stand unter dem Wäscheständer aus Aluminium, der ein bißchen wie ein toter Baum aussah.

»Habe ich das große Finale verpaßt?« fragte Judith. »Es ist sieben Uhr.« Sie leuchtete mit der Taschenlampe senkrecht hinauf in die Nacht, und ich konnte in einer dünnen, hellen Säule die Schneeflocken fallen sehen, Flocke für Flocke für Flocke.

Violet war nach oben gegangen, um ihren Avocadokern zu suchen. Seit ich eines abends in einem Anfall schlechter Laune verkündet hatte, daß mich der Teufel holen sollte, wenn ich den Kern gießen würde, hatte sie ihn an den Wochenenden immer demonstrativ zu Judith mitgenommen und wieder hergebracht. Heute morgen hatte ich ihn unter ihrem Bett versteckt, so daß sie eine Weile brauchen würde, bis sie ihn gefunden hatte. Wenn sie älter oder schlauer wäre, würde sie mich beschuldigen, ihn versteckt zu haben, aber so wie die Dinge lagen, würde sie das nicht tun. Ich wußte, daß sie das nicht tun würde.

Judith und ich saßen am Küchentisch. Keith schaufelte die Einfahrt frei. Wenn Judith da ist, übernimmt er solche Arbeiten gern, denn als sie noch verheiratet waren, hat er das nie gemacht.

»Also, was gibt's Neues diese Woche?« fragte mich Judith. Das fragt sie mich jede Woche.

»Mittwoch abend sind wir zu Violets Konzert gegangen. Violet hat in ›Der Bauer im kleinen Tal‹ die Maus gespielt.«

»›Der Bauer im kleinen Tal‹!« sagte Judith. »Mein Gott, ja, daran kann ich mich noch erinnern. Was für ein blödes Lied. Meinst du, irgendeiner von ihnen wußte, um was es in dem Lied, das sie gesungen haben, geht?«

Ich war mir nicht sicher, was Judith meinte, und so zuckte ich einfach die Schultern. »Der Ärger mit diesen Vorstadtschulen ist, daß sie in einer Zeitschleife hängen. Diese ganze Gegend hängt in einer Zeitschleife. Ich verstehe nicht, wie du es hier draußen aushältst. Mich hat es verrückt gemacht. Ich meine, ich verstehe schon, daß es für jemanden wie Keith, für jemanden in seiner Situation, gut sein kann, aber ich kapiere nicht, wie du das aushältst.«

»Ich habe meine Arbeit«, sagte ich.

»Ach, komm«, sagte Judith. »Machen wir uns doch nichts vor.«

Keith kam herein, stampfte mit seinen schneeverkrusteten Schuhen auf den Boden und rieb sich die Hände: das perfekte Bild des rührigen Ehemanns.

»Sitze ich fest?« fragte Judith. »Oder hast du mich freigeschaufelt?«

»Alles frei«, sagte Keith. Er zog seinen Mantel aus und goß Rotwein aus einem Krug in Gläser. Keiner hatte etwas von Wein gesagt – er war bloß nervös. Keith trinkt nicht mehr, aber er meint, es sei wichtig für ihn, anderen etwas zu trinken zu geben. Er ist jetzt ständig dabei, jemandem einen Drink zu machen.

Judith zündete sich eine Zigarette an und sagte: »Ich habe den Zuschuß.« Es war viel über diesen Zuschuß geredet worden: Judith redete davon, Keith redete davon, und sogar Violet redete davon. Es ging um Belize und eine Ausgrabung, die nächsten Sommer dort gemacht werden sollte, und darum, ob Judith Violet mitnehmen sollte. Ich hielt mich da heraus. Ich übte, meinen Namen mit einem roten Filzstift auf einer Serviette rückwärts zu schreiben. Rückwärts schrieb ich ein bißchen wie Violet.

»Herzlichen Glückwunsch«, sagte Keith. Er stellte ein Glas Wein vor Judith und eins auf meine Serviette. Die Buchstaben meines Namens zerflossen. Es entstand eine peinliche Stille, die ich genoß und zu der ich beitrug: Ich sagte nichts.

»Die genauen Daten stehen noch nicht fest«, sagte Judith. »Aber ich würde Violet gerne mitnehmen. Ich meine, ich finde, das ist eine Gelegenheit, die wir nicht einfach vorübergehen lassen sollten.«

Judith behauptet immer, daß sie Violet öfter sehen möchte. Violet geht hier draußen zur Schule und ist an den Wochenenden bei Judith in der Stadt. Judith ist andauernd dabei, sich Schulen in der Stadt »anzusehen«, auf die Violet gehen könnte, und sie redet andauernd davon, daß sie Violet nach Belize mitnehmen möchte. Letzten Endes wird Violet doch nicht mitkommen. Darauf möchte ich wetten.

»Das finde ich auch«, sagte Keith.

»Ich kann ihn nicht finden«, rief Violet die Treppe hinunter.

»Sieh unter deinem Bett nach«, rief ich zurück. »Ich glaube, ich habe ihn heute morgen dort gesehen.« Stolz auf diesen kleinen Sieg, lächelte ich Judith an: Ich hatte Violets Avocadokern gefunden.

Etwa um diese Zeit vor zwei Jahren habe ich Keith bei ›Bloomingdale's‹ kennengelernt. Er war einer von diesen Kerlen, die versuchen, einen mit Parfum einzusprühen – einer von diesen nervtötend schönen Männern mit schmalen Hüften und vollen Lippen. Ich hielt ihm mein Handgelenk hin, aber statt dessen sprühte Keith meinen Hals an, beugte sich zu mir und legte einen Finger auf die feuchte, duftende Stelle. All diese schrecklichen Spiegel reflektierten ihn, und ich weiß noch, daß ich so plötzlich so verliebt war, daß ich Schwierigkeiten hatte, ihn wirklich zu sehen. Er schien ewig so dazustehen, mit seinem Finger auf meinem warmen Hals. Ich kaufte kein Parfum, aber ich ging am nächsten Tag wieder hin. Am dritten Tag kündigte er, aber da hatte er schon meine Telefonnummer.

Das passierte, unmittelbar nachdem ein Stück, das er geschrieben hatte, abgesetzt worden war. Es war in einer kleinen Theaterklitsche weitab vom Broadway aufgeführt worden – vier Tage lang. Die Premiere war am Donnerstag, und die letzte Aufführung war die Nachmittagsvorstellung am Sonntag. Im Schlafzimmer haben wir eine Pflanze, die ihm die Schauspieler nach der letzten Vorführung geschenkt haben. Er ist sehr stolz darauf und läßt nicht zu, daß ich sie gieße. Es ist eine von diesen Pflanzen, die nur einmal im Jahr, zu Ostern, blühen: flammenartige orange Blüten, die sich ein paar Tage halten und dann abfallen und aufgesaugt werden müssen, weil sie giftig sind. Wenn die Katze sie frißt, stirbt sie.

Als Judith und Violet weg waren, gingen Keith und ich zum Essen. Das machen wir jeden Freitagabend. Früher sind wir immer in die ›Willow River Tavern‹ gegangen, aber in letzter Zeit gehen wir lieber zu ›Howard Johnson‹, und zwar wegen des Geldes; seit Keith mit den Gelegenheitsjobs aufgehört hat, ist es für uns finanziell eng geworden. Angeblich schreibt er gerade ein Stück über eine Geiselnahme in einem Kaufhaus, aber ich habe noch keine Zeile davon gelesen. Sein erstes Stück habe ich nie gesehen, und auch das läßt er mich nicht lesen.

Ursprünglich hatte Keith vorgeschlagen, zu ›Howard Johnson‹ zu gehen, weil Freitag Fischtag ist und man für 5,95 Dollar so viele fritierte Muscheln essen kann, wie man will. Aber keiner von uns hat für fritierten Fisch wirklich etwas übrig, und so haben wir aufgehört, so zu tun, als gingen wir wegen der Spezialitäten des Tages hin. Ich bestellte mir einen Cheeseburger mit gebratenem Speck, und Keith entschied sich für Boeuf Stroganoff. Unsere Bedienung war eine von meinen Kundinnen; ich hatte ihr Reisen nach Fidschi und Griechenland verkauft. Ich erzählte das Keith.

»Wenn Judith Violet diesen Sommer mitnimmt, könnten wir vielleicht auch irgendwohin fahren«, sagte er.

»Wohin?« fragte ich.

»Ich weiß nicht«, sagte Keith. »Irgendwohin. Wir haben all diese Freiflüge, die dir zustehen, noch nie ausgenutzt. Wir könnten wirklich ein bißchen herumreisen.«

Das war nur Gerede. Wir werden nicht verreisen. Keith verläßt das Haus nur Dienstags morgens, wenn er an der Wopford Junior High School Unterricht in Kreativem

Schreiben gibt. Manchmal glaube ich, daß er diese Phobie hat, die Hausfrauen befällt.

»Na ja, laß uns mal abwarten, bevor wir irgendwelche Pläne machen«, sagte ich.

»Es war nur so ein Gedanke«, sagte Keith. »Würde ein Bier dazu nicht gut schmecken?«

»Nein«, sagte ich. »Nicht nach dem Wein.« Einen Augenblick später sagte ich: »Und ich wollte, du würdest das nicht tun.«

»Was denn?«

»Mich zum Trinken ermuntern. Wenn ich was zu trinken haben möchte, bestelle ich mir was.«

»Oh«, sagte Keith. »Tut mir leid. Das gehört zur Therapie. Es gibt viele Leute, die sich nicht trauen, in Gegenwart von Alkoholikern etwas zu trinken.«

»Also, für mich brauchst du das nicht zu tun, Keith. Ich finde das abartig.«

»Tut mir leid«, sagte Keith. »Ich wußte nicht, daß es dich stört.« Er nahm seine Gabel und kratzte ein Muster aus vier Linien in die Soße auf seinem Teller und kreuzte es dann mit vier weiteren.

Unsere Jet-Set-Bedienung kam an unseren Tisch. »Sind Sie damit fertig?« fragte sie Keith.

Keith sah auf seinen Teller. »Ja«, sagte er. »Ich bin fertig.«

Beim Hinausgehen kaufte er sich eine Eiswaffel mit Pistazieneis. Wir setzten uns ins Fahrerhaus des Kleinlieferwagens, während Keith es aß. Es schneite noch immer. Keith ißt gern im Winter draußen Eis. Im Sommer schmilzt es ihm zu schnell, und das ärgert ihn. Im Winter steht er nicht unter Druck.

»Er hat einen Schlüssel, um es abzustellen«, sagte ich. Wir hatten uns gerade die 11-Uhr-Nachrichten angesehen und unterhielten uns über den Mann mit dem Kunstherzen. Ich lag im Bett und sah Keith beim Rasieren zu. Im Schlafzimmer ist ein Waschbecken. Es ist ein altes Haus, und unser Schlafzimmer war ursprünglich das Krankenzimmer. Das Haus hat früher Keiths Großmutter gehört.

»Ich weiß«, sagte Keith. Er lächelte mich im Spiegel an. Die eine Seite seines Gesichts war immer noch voller Rasierschaum. Er hatte sein Hemd ausgezogen, und die Wölbung seines schmalen Rückens verschwand in der Pyjamahose. Keith rasiert sich immer, bevor er zu Bett geht. Ich finde das merkwürdig. Ich hatte immer gedacht, daß Männer sich morgens rasieren. Wenn wir miteinander schlafen, sind Keiths Wangen immer glattrasiert. Er riecht dann nach Rasierwasser.

Keith rasierte sich zu Ende und zog sein Pyjamaoberteil an. Ich sah ihm vom Bett aus zu. Er wußte, daß ich ihm zusah. Er wußte, daß ich ihn liebte. Ich hatte das Gefühl, als hätte ich vergessen, den Hund reinzulassen, aber wir haben keinen Hund. Was war es nur, das ich vergessen hatte?

»Wenn er sterben will, hat er einen Schlüssel, mit dem er es abstellen kann«, sagte ich.

»Und was ist, wenn er den Schlüssel verliert?« fragte Keith.

»Er hat noch einen anderen«, sagte ich. »Ganz bestimmt. Oder seine Frau hat noch einen.«

»Ist er verheiratet?«

»Ich glaube schon.«

»Stell dir mal vor, du wärst verheiratet mit jemandem, der

ein Kunstherz hat«, sagte Keith. Er stand am Fenster und betrachtete den Schnee.

»Hat es schon aufgehört?« fragte ich.

»Ich glaube schon«, sagte Keith. »Es ist Wind aufgekommen.« Er setzte sich auf den Bettrand. Ich berührte ihn mit meinem Fuß.

»Weißt du, was Violet mir erzählt hat?« fragte ich.

»Was?« Keith legte sich zurück über meine Füße, wobei er seinen Rücken wölbte, und starrte die Decke an.

»Sie hat mir erzählt, daß Judith und sie sich jeden Samstag ›Das Liebesschiff‹ ansehen. Und daß Judith weint – sie weint jedesmal. Violet hat das nicht verstanden.«

»Was hat sie nicht verstanden?«

»Warum Judith weint. Sie hat gesagt, daß sie so tut, als merkte sie es nicht.«

Keith sagte eine Minute lang gar nichts. Eine Minute lang dachte ich, er wäre vielleicht eingeschlafen. Dann sagte Keith: »Warum erzählst du mir das?«

Ich dachte einen Augenblick nach, denn ich war mir nicht sicher. »Ich weiß nicht«, sagte ich.

»Entspann dich einfach«, sagte Keith. »Ich liebe dich.«

Na gut, sagte ich mir, vielleicht liebt er mich wirklich. Vielleicht ist wirklich alles in Ordnung. Ich versuchte, mich zu spüren, wie ich im Bett lag – Keith quer über meinen Füßen –, während der Wind draußen den Schnee aufwirbelte. Aber ich konnte es nicht spüren. Es wäre alles in Ordnung gewesen, wenn ich es hätte spüren können, aber ich konnte nicht. Ich hätte genausogut irgendwoanders sein können. Ich hätte in Judiths Wohnung sein und mir ›Das Liebesschiff‹ ansehen können.

Das Problem war, daß jeder gewisse Rituale hatte. Keith mit seinem abendlichen Rasieren, seinen Liegestützen am Morgen, seinem Tomatensaft vor dem Essen und seinen Gelegenheitsjobs, und Judith mit ihren Seminaren jeden Montag und Mittwoch und Freitag und ihren perfekt geplanten Wochenenden mit Violet, und selbst Violet mit ihren Tänzen, die sie wie eine Wilde vollführte, sobald der erste Schnee in der Luft lag, mit ihrer hin und her reisenden Avocado und ihren jahreszeitlichen Spielen mit Keith. Sie alle hatten diese Dinge, die ihnen eine Heimat gaben und die sie mit der Welt verbanden. Ich versuchte, auf etwas zu kommen, das *ich* tat – ob ich etwas feierte oder mein Haar auf eine besondere Weise wusch, die innere Schönheit oder Bedeutung besaß. Ich konnte mich nicht erinnern, wie ich eigentlich mein Haar wusch.

»Ich will mehr Rituale in meinem Leben«, sagte ich.

»Was meinst du mit Ritualen?« fragte Keith. Er legte sich neben mich ins Bett.

»Dinge, die man immer und immer wieder macht. Die dem Leben eine Bedeutung geben. Rituale eben.«

»Du hast doch Rituale«, sagte Keith. »Die hat jeder.«

»Und worin bestehen die?« fragte ich.

»Jeden Freitag gehen wir zum Essen aus«, schlug er vor.

»Ich dachte eigentlich an etwas, das ein bißchen mehr Bedeutung hat als das.«

Keith dachte einen Augenblick nach. Ich tat dasselbe. Mir fiel ein, wie Keith, nachdem er seinen Job als Parfumierer bei ›Bloomingdale‹ gekündigt hatte, einen anderen Job gefunden hatte. Er half, die Schaufenster bei ›Bergdorf‹ zu dekorieren. Ich weiß das, weil ich ihn eines Abends dort gesehen habe, ein paar Abende, nachdem wir zum ersten Mal miteinander geschlafen hatten. Ich ging an dem Schaufenster vorbei, und drinnen stand er und befestigte ein Goldfischglas an der offenen, ausgestreckten Hand einer Schaufensterpuppe, die über einem Bademantel einen schwarzen Pelzmantel trug. Ich klopfte an die Scheibe, und Keith sah auf. Er lächelte, schien mich aber nicht zu erkennen. Ich wollte etwas durch das Glas sagen, aber ich konnte nicht. In dem Fischglas schwammen zwei schwarze Fische, und die Schaufensterpuppe hatte eine Glatze.

»Ich kenne deine Rituale nicht«, sagte Keith schließlich. »Nur du kennst sie. Rituale sind Geheimnisse.«

Ich wollte sagen: »Aber ich kenne deine.« Aber ich sagte es nicht, denn ich hatte plötzlich das Gefühl, daß dies der Augenblick war, in dem ich mein Leben verändern konnte, wenn ich es wirklich wollte. Ich hätte aus dem Haus hinaus in den Schnee rennen, mich unter den Wäscheständer stellen und darauf warten können, daß Keith herauskam und mir versprach, mich zu heiraten oder mich auf immer und ewig zu lieben. Oder mir sonst irgend etwas zu versprechen.

Nur daß ich Angst hatte, mein Leben zu verändern, weil ich von Keith nicht erwartete, daß er mich heiraten oder auch nur auf immer und ewig lieben würde. Keith hatte seinen letzten Drink im Restaurant in der Spitze des World Trade Center getrunken. Danach gingen wir auf den anderen Turm und standen auf der Aussichtsplattform, und Keith versprach mir, daß wir heiraten würden, wenn er es geschafft hätte, zwei Jahre lang nüchtern zu bleiben. Aber da war er betrunken, und er hat nie wieder davon gesprochen. Ich glaube, er hat es vergessen.

Ich habe es nicht vergessen. Ich erinnere mich noch ganz genau. Als ich nun neben ihm im Bett lag, sah ich es immer noch vor mir – ich konnte es sogar fühlen: Keith und ich standen da, unter uns die Lichter, in unseren Haaren der Wind, und in all den Wolken rings um uns her bildete sich Schnee, ballte sich zusammen und wartete darauf zu fallen.

Schneller Vorlauf

Maureen, die neue Empfangsdame, sagte mir, ich hätte einen Anruf auf Leitung 2, aber als ich auf Leitung 2 den Hörer abnahm, war Mrs. La Rossa dran, die wissen wollte, ob Kenny schon von der Mittagspause zurück sei. Ich antwortete ihr nein, und daß ich ihm ausrichten würde, er solle sie anrufen, sobald er wieder da war. Dann schaltete ich auf Leitung 3, bei der das Lämpchen ebenfalls blinkte. »Hallo?« sagte ich.

»Patrick? Ich bin's.« Es war meine Freundin Alison.

»Hallo«, sagte ich. »Was liegt an?«

»Na ja«, sagte Alison, »das kommt darauf an, was du dieses Wochenende machst. Was machst du dieses Wochenende?«

»Nichts«, sagte ich.

»Hättest du dann Lust, mit mir rauf nach Maine zu fahren? Ich muß meine Mutter besuchen.«

»Wie geht es ihr?« fragte ich.

»Nicht allzu gut. Darum fahre ich ja hin.« Alisons Mutter hatte irgendeine Krankheit. Sie lag seit Jahren immer wieder im Sterben.

»Oh«, sagte ich. »Das tut mir leid.«

»Kannst du mitkommen? Ich fahre Freitag abend nach der Arbeit los.« Alison arbeitete als Filmvorführerin in einem Kino in Cambridge.

»Ich glaube schon«, sagte ich. »Klar.«

»Das ist gut«, sagte Alison. »Das finde ich wirklich

prima. Ich fahre nicht gern allein da rauf. Ich schaffe das nicht.«

»Um wieviel Uhr willst du losfahren?«

»Ach«, sagte Alison, »so gegen Mitternacht. Die letzte Vorstellung ist um zehn.«

»Und was für ein Film?«

»*My Fair Lady*, stell dir vor«, sagte Alison.

Als ich Alisons Mutter kennenlernte, wußte ich nicht, daß sie krank war oder im Sterben lag, und doch war es so.

Alison und ich gingen in Maine zusammen aufs College, und Mrs. Arbinger, Alisons Mutter, kam immer wieder zu Besuch. Sie kam in ihrem champagnerfarbenen Peugeot und lud uns zum Essen ein – Alison und ihre Zimmergenossin und alle, die gerade da waren. Da ich in derselben Wohnung wohnte, wurde ich meistens auch eingeladen.

Daß Mrs. Arbinger krank war, dämmerte mir zum ersten Mal bei der Abschlußfeier. Sie wurde im Freien abgehalten, und als sie vorbei war und ich die Fotowut meiner Eltern über mich ergehen ließ, tauchte Alison auf und suchte nach ihrer Mutter. Das Meer der Stühle leerte sich langsam, und da sahen wir, daß sie allein sitzen blieb und keine Anstalten machte aufzustehen. Alison rannte zu ihr; ich folgte ihr. Mrs. Arbinger saß ganz still da. Sie hatte kurz zuvor irgendeine Operation an der Kehle gehabt und lange Seidenschals um ihren Hals gewickelt.

»Was ist los?« sagte Alison keuchend, obwohl sie gar nicht weit gerannt war.

Mrs. Arbinger lächelte. »Nichts.« sagte sie. »Ich kann bloß nicht aufstehen. Ich weiß, daß ich hinfallen werde, wenn ich aufstehe. Ich wollte keine große Szene machen.«

»O Gott«, sagte Alison.

Mrs. Arbinger sah auf zu mir. »Patrick«, sagte sie, »herzlichen Glückwunsch«.

Am Freitagabend ging ich nach der Arbeit nach Hause und aß einen mit Käse überbackenen Thunfischtoast. Ich trank zwei Biere und schlief danach ein. Als ich aufwachte, war es halb zehn, und ich hatte noch immer den Geschmack von Thunfischtoast im Mund. Ich putzte mir die Zähne und beschloß, ins Kino zu gehen.

Es war nicht voll, und ich bekam einen guten Platz und hängte meine Beine über die Sitzlehne vor mir. Ich drehte mich zum Vorführraum um und sah Alison die erste Spule einlegen. Ich winkte ihr zu, aber sie sah mich nicht.

Aus irgendeinem Grund hatte ich *My Fair Lady* mit *Hello, Dolly!* verwechselt. Ich wartete die ganze Zeit darauf, daß Eliza Doolittle ein Restaurant betrat und alles außer Rand und Band geriet, und es dauerte eine Weile – bis nach der Szene in Ascot –, bevor ich merkte, daß das gar nicht vorkam. Während ich mir den Rest des Filmes ansah, kam ich mir ein bißchen betrogen vor.

Als das Licht anging, ging ich in die Eingangshalle und die versteckte Treppe hinauf in den Vorführraum. Alison spulte gerade wütend eine Rolle auf dem Projektor und eine andere auf dem Handgerät um. »Du wirst es nicht für möglich halten«, rief sie.

»Was?« sagte ich.

»Es gibt noch eine Mitternachtsvorstellung. Ich muß ihn noch mal zeigen.«

»*My Fair Lady*?« sagte ich. »Um Mitternacht?«

»Vielleicht kommt keiner. Wenn niemand kommt, können wir gehen.«

Ich sah hinunter in den Kinosaal. Es waren bereits zehn Leute da. »Da unten sitzen schon ein paar Idioten«, sagte ich.

»Herrgott«, sagte Alison. »Ich hasse es, wenn sie mir mit so was kommen. Kannst du die hier mal umspulen? Ich muß die zweite Rolle kleben. Schon zum dritten Mal heute abend.«

Wir fingen um etwa zehn nach zwölf mit der ersten Rolle an. Alison stellte den Ton im Vorführraum ab, und wir sahen uns eine stumme *My Fair Lady* an. Alison, die alle Dialoge auswendig konnte, sprach Audrey Hepburns Text. Sie war fast so gut wie Marni Nixon. Es war Viertel nach drei, als wir Boston in Alisons weinrotem Peugeot verließen. Ich glaube, die Arbingers kaufen sie gleich im halben Dutzend. Ich sah Alisons umfangreiche Kassettensammlung durch und spielte von jeder Kassette die ein oder zwei Lieder, die mir gefielen. Das bedeutete, daß ich die meiste Zeit damit verbrachte, vorzuspulen.

»Kannst du nicht einfach mal eine Kassette vom Anfang bis zum Ende durchlaufen lassen?« fragte Alison. Sie kurbelte ihr Fenster hinunter und schnippte ihre Zigarette hinaus in die Nacht. Ich sah die Funken davonstieben. Judy Collins fing an *Who Knows Where the Time Goes?* zu singen, und es klang perfekt, und so machte ich mir nicht die Mühe, ihr eine Antwort zu geben.

»Eigentlich«, sagte Alison und kurbelte ihr Fenster wieder hinauf, »muß ich dir etwas sagen.«

»Und was?«

Alison stellte den Kassettenrecorder etwas leiser und legte ihr Handgelenk auf das Lenkrad. Sie fuhr hundertzehn. »Du bist hier aufgrund einer Vorspiegelung falscher Tatsachen.«

»Was? Wo?«

»Hier«, sagte Alison. »Bei mir. Auf dem Weg nach Maine.«

»Und was ist daran falsch?«

Alison sah zu mir herüber und dann wieder nach vorn auf die Straße. »Also, du bist mein Verlobter. Wir sind verlobt, und wir werden im Frühjahr heiraten. Meine Mutter möchte dich noch einmal sehen, bevor sie stirbt. Sie liegt im Sterben. Das ist der einzige Grund, warum ich dir das hier antue.«

»Warum?« fragte ich. »Warum hast du ihr gesagt, wir wären verlobt?«

»Ich weiß nicht. Ich hab vergessen, wie das alles angefangen hat. Eine Zeitlang hatte sie diese Sache mit mir laufen – wie wichtig es ist, daß ich verheiratet und glücklich und schwanger und all das bin, bevor sie stirbt. Das hat ganz sachte angefangen, aber als sie dann immer kränker wurde, hat sie sich irgendwie mehr und mehr an diese Idee geklammert. Sie wollte sie nicht aufgeben. Und sie hat dich immer, immer gemocht – schon von Anfang an. Immer fragt sie nach dir, und da wir ja auf dem College zusammen waren – wenigstens immer, wenn sie mich besucht hat –, war es ganz einfach, eine Liebesbeziehung zu erfinden.«

»Aber wie ist es gekommen, daß wir verlobt sind?«

»Mein Gott, wir sind schon ewig verlobt. Wenn du wüßtest, wie lange, würdest du mich umbringen. Ich meine, würdest du wirklich. Ich war schrecklich. Wir leben zusammen in Boston. Wir heiraten im Juni in Maine. Ich werde das Hochzeitskleid meiner Mutter tragen.« Alison hielt inne. Ich sagte nichts. »Es tut mir leid«, sagte sie.

Mir fiel nichts ein, was ich hätte sagen können. Alison nahm den Fuß vom Gas und hielt auf dem Seitenstreifen an. Die Schnellstraße war leer. Es fuhren keine anderen Autos an uns vorbei. Es war dunkel. Judy Collins sang das Wal-Lied. »Du mußt es nicht tun«, sagte Alison. »Wir können auch umkehren.«

Alison hatte das Haus in Maine immer die Abtei genannt, aber so sah es nicht aus. Es sah aus wie ein Bild von dem Haus mit den Sieben Giebeln in einem Klassik-Comic, den ich in der sechsten Klasse gelesen hatte und an den ich mich noch erinnern konnte: Es schien nur aus spitzen Dächern und schmalen Bogenfenstern zu bestehen.

In dieser Freitagnacht bekam ich nicht viel davon zu sehen. Ich war eingeschlafen und wachte in der Garage auf. Unser Wagen stand zwischen zwei schlafenden Peugeots.

»Wir sind da«, sagte Alison.

»Wieviel Uhr ist es?«

Alison drehte den Zündschlüssel, so daß die Armaturenbeleuchtung wieder anging. Die Digitaluhr zeigte 5:15. »Die Sonne geht bald auf«, sagte sie. »Es wird gerade hell.«

»Bist du nicht müde?« fragte ich.

»Nein«, sagte Alison.

Oben war ein langer Gang mit geschlossenen Türen. Alison öffnete eine davon. »Du kannst hier schlafen«, sagte sie. »Es hat ein eigenes Badezimmer. Schlaf so lange du willst.«

Wenn ich wacher gewesen wäre, hätte ich sie gefragt, wie sie sich den weiteren Ablauf vorgestellt hatte, aber so nickte ich bloß. Alison lächelte und schloß die Tür.

In der Mitte des Zimmers stand ein riesiges Bett. Es sah aus wie ein Himmelbett, nur daß es keinen Himmel hatte – bloß hohe Pfosten, die in geschnitzten Ananas ausliefen. Die Decken waren zurückgeschlagen.

Ich zog mich aus und ging ins Bett. Ich dachte, ich würde gleich einschlafen, aber ich konnte nicht. Jedesmal wenn ich die Augen schloß, konnte ich Audrey Hepburn sehen, wie sie in ihrem Nachthemd herumrannte und sang: *I Could Have Danced All Night*. Es hatte irgendwas mit dem Bett zu tun. Ich stand auf und setzte mich in einen Ledersessel. Draußen vor den Bleiglasfenstern erschienen Bäume.

Als ich aufwachte, lag ich wieder im Bett. Ich konnte mich nicht erinnern, mich hineingelegt zu haben. Jemand klopfte an die Tür.

»Ja?« sagte ich.

»Können Sie empfangen?« rief eine weibliche Stimme.

Das klang, als könnte es sich um eine moralische Frage handeln, aber ich nahm an, daß dem nicht so war. »Ja«, sagte ich. »Kommen Sie herein.«

Die Tür ging auf, und da stand eine nicht mehr ganz junge Frau in einem Kleid und hochhackigen Schuhen. »Patrick?« sagte sie. »Ich bin Mrs. Hawks, Alisons Tante. Ich wollte Ihnen nur sagen, daß das Frühstück gleich abgeräumt wird. Wenn Sie hungrig sind, sollten Sie also herunterkommen.«

Sie verschwand, ließ aber die Tür offen. Ich meinte, sie noch auf dem Flur hören zu können, und überlegte, wie ich aufstehen sollte, ohne daß mich jemand in Unterwäsche sehen konnte. Schließlich wälzte ich mich irgendwie aus dem Bett und kroch ins Badezimmer.

Als ich hinunterkam – ich brauchte eine Weile, um die Treppe zu finden –, stand Mrs. Hawks in der Eingangshalle und sah die Post durch. »Sie werden im Eßzimmer vermutlich etwas Nahrhaftes finden«, sagte sie und deutete auf die andere Seite der Eingangshalle.

»Ist Alison schon auf?« fragte ich.

»Du meine Güte, ja. Sie ist bei ihrer Mutter.«

Ich aß gerade einen Bratapfel, als Alison ins Eßzimmer trat. Sie trug einen Schottenrock und eine weiße Bluse mit Rüschen. Es sah ein bißchen wie eine Nationaltracht aus. »Warum hast du diese Sachen an?« fragte ich.

»Meine Mutter hat sie für mich bestellt. Ich hab sie bloß anprobiert.«

»Gehört das zu deiner Aussteuer?« fragte ich.

»Würdest du bitte damit aufhören«, sagte Alison. »Und jetzt kannst du dich entscheiden.«

»Ich dachte, wir hätten beschlossen, das durchzuziehen.«

»Nein, ich meine nicht diese Hochzeitsgeschichte«, sagte Alison. »Ich rede vom Zahnarzt.«

»Muß ich zum Zahnarzt?«

»Nein. Ich muß. Willst du mitkommen? Du hast die Wahl. Willst du mitkommen?«

»Was ist die Alternative?« fragte ich.

»Hierbleiben«, sagte Alison.

Der Zahnarzt war eigentlich die Tochter des Zahnarztes. Er war gestorben, und sie hatte die Praxis geerbt. Die Praxis befand sich in der Garage ihres Hauses, und während Alison behandelt wurde, wartete ich im Wohnzimmer. Die Mutter der Zahnärztin war die Sprechstundenhilfe. Sie brachte mir eine Tasse Kaffee. »Sind Sie ein Freund von Alison?« fragte sie.

»Ja«, sagte ich. »Wir sind zusammen aufs College gegangen.«

»Ich habe gehört, daß Alison sich verlobt hat.«

»Tatsächlich? Ich dachte, das sollte noch geheim bleiben.«

»Oh«, sagte sie. »Na ja, Mrs. Hawks hat es mir erzählt. Sie hat sich das Zahnfleisch behandeln lassen. Sie hat nichts davon gesagt, daß es noch geheim bleiben sollte.«

»Soll es aber«, sagte ich.

»Sind Sie der Glückliche?«

»Nein«, sagte ich.

»Alison ist ein nettes Mädchen. Es ist bloß wirklich schade, daß sie nicht weiß, was sie mit ihrem Leben anfangen soll. Patty wollte immer schon Zahnärztin werden. Ich schätze, solche Mädchen haben es leichter. Arbeitet Alison immer noch in diesem Kino?«

»Ja. Sie ist jetzt Geschäftsführerin«, log ich.

»Tatsächlich? Wie schön für sie.« Das Telefon klingelte, und die Frau ging dran.

Ein paar Minuten später kam Alison mit wütendem

sicht aus der Garage. »Laß uns hier verschwinden«, sagte sie.

»Mußt du nicht erst bezahlen?«

»Nein«, sagte Alison. »Wir sind hier in Maine. Sie schikken mir eine Rechnung.«

Als wir um die Ecke gebogen waren und das Haus des Zahnarztes nicht mehr zu sehen war, sagte Alison: »Ich hab sie noch nie gemocht. Sie hat mir gesagt, ich hätte Zahnfleischbluten. Ich habe aber kein Zahnfleischbluten. Mein Zahnfleisch ist völlig in Ordnung. Sie will sich nur an mir rächen.«

»Wofür?«

»Ich weiß nicht«, sagte Alison. »Wahrscheinlich dafür, daß ich beliebt war. Patty war auf der High School eine ziemliche Trantüte.«

»Vielleicht hast du wirklich Zahnfleischbluten. Benutzt du Zahnseide?«

»Patrick«, sagte Alison. »Hör auf damit.«

Nach ein paar Minuten schien Alison sich zu entspannen. Wenigstens fuhren wir ein bißchen langsamer.

»Wie geht es deiner Mutter?« fragte ich.

»Anscheinend okay«, sagte Alison. »Es ist schwer zu sagen.«

»Warum ist sie nicht in einem Krankenhaus?«

»Sie ist Anhängerin der Christian Science. Außerdem ist sie über diesen Punkt hinaus.«

»Was für einen Punkt?«

»Den Punkt, bis zu dem man im Krankenhaus bleibt. Sie wäre nach Hause geschickt worden. Wir haben eine besonders ausgebildete Pflegeschwester.« Alison fuhr auf den

Parkplatz eines Supermarktes. »Willst du dir was richtiges zu essen kaufen? Die makrobiotische Diät in der Abtei bringt mich noch um.«

»Das ist es also? Ich dachte, ich hätte einen Bratapfel zum Frühstück gegessen.«

Alison machte ihre Tür auf. »Warte, bis du das Mittagessen gesehen hast.«

Wir gingen in den Supermarkt und kauften Zwiebelbrötchen, mexikanische Pfannkuchen, Butterkekse und ein Sechserpack Bush Bier.

Als wir wieder im Wagen saßen, sagte Alison: »Sie möchte dich heute nachmittag sehen. Nachmittags ist sie meistens ziemlich gut drauf, aber du mußt nicht hin. Ich kann ja sagen, daß du zum Angeln gegangen bist.«

»Es regnet aber«, sagte ich.

»Ist das nicht die beste Zeit zum Angeln?«

»Ich werde zu ihr gehen«, sagte ich. »Dann hab ich's hinter mir.«

»Dann muß ich dir noch etwas sagen.«

»Was?«

»Also, außer der Tatsache, daß du mich heiraten wirst, studierst du auch noch Jura.«

»Jura! Alison, das ist grausam.« Ich hatte mich bei fast jeder annehmbaren juristischen Fakultät im Osten der Vereinigten Staaten beworben und war abgelehnt worden.

»Also, meine Mutter hat sich sehr darüber gefreut«, sagte sie. »Für dich und für mich.«

»Und auf welcher Uni bin ich?«

»Boston University«, sagte Alison. »Ich fand Harvard ein bißchen übertrieben.«

Nach dem Mittagessen (brauner Reis, Seetang und Rote-Bete-Saft) gingen Alison und ich zu Mrs. Arbinger. Sie lag in einem großen Bett, so wie das, in dem ich in der Nacht zuvor geschlafen hatte, nur daß dieses einen Himmel hatte. Ihr Gesicht war sehr schmal und blaß, aber ihre Augen blickten klar. Sie hatte so viel Lippenstift aufgetragen, daß es aussah, als wäre ihr der Mund heruntergefallen und ungeschickt wieder befestigt worden. Die Schwester, die einen Kaftan anhatte, saß auf einem Stuhl am Fenster und strickte. Alison setzte sich auf das Bett. Ich blieb daneben stehen.

Mrs. Arbinger sah uns alle einen Augenblick lang an. »Das ist ja wie eine Party«, sagte sie. Niemand antwortete etwas. »Seht mal, was ich gefunden habe«, fuhr sie unbeirrt fort. »Mein Hochzeitsalbum.« Sie zeigte auf ein weiß eingebundenes Buch, das neben ihr auf dem Bett lag. Sie schlug das Album bei einem Bild auf, das sie und Mr. Arbinger zeigte, wie sie eine mehrstöckige Hochzeitstorte anschnitten. Sie standen nebeneinander und hatten die Hände um ein Kuchenmesser gefaltet, das auf die Braut und den Bräutigam aus Marzipan zielte. Kurz nach Alisons Geburt hatten sie sich scheiden lassen. Mr. Arbinger lebte jetzt in Italien. Ich hatte ihn nie kennengelernt. Mrs. Arbinger blätterte um zu einem Foto, auf dem sie in ihrem Hochzeitskleid ganz oben auf einer geschwungenen Treppe stand. Ein paar Ranken von ihrem Hochzeitsstrauß hingen über die Balustrade.

»Ich war eine schöne Braut«, sagte Mrs. Arbinger mehr zu dem Foto als zu einem von uns. Sie klappte das Buch zu. »Du wirst auch schön sein«, sagte sie zu Alison. »Ich hoffe, daß das Kleid paßt. Hast du es schon anprobiert?«

»Noch nicht«, sagte Alison.

»Das mußt du tun. Man wird es ändern müssen. Diese Art von Kleid muß perfekt sitzen, sonst sieht es billig aus.«

»Laß uns nicht von der Hochzeit reden«, sagte Alison. »Das macht mich nervös.« Sie stand auf. Wie auf ein Stichwort hörte die Schwester auf zu stricken und stand ebenfalls auf.

»Meint ihr, ich könnte unter vier Augen mit Patrick sprechen?« sagte Mrs. Arbinger zu niemandem bestimmten.

»Ich wollte gerade hinuntergehen und Ihnen Ihren Saft holen«, sagte die Schwester.

»Ich komme mit«, sagte Alison. Sie gingen beide hinaus.

Mrs. Arbinger wartete einen Augenblick. Ich dachte, sie hätte mich vergessen. Dann klopfte sie mit der Hand neben sich auf das Bett. Ihre Finger waren sehr dünn, und unterhalb der Knöchel saßen ihre Ringe so locker, daß sie sich drehten. »Setzen Sie sich«, sagte sie. »Bitte.«

Die Bettdecke war so dick und Mrs. Arbinger so dünn, daß ich gar nicht richtig wußte, wo ihr Körper anfing. Ich setzte mich auf das Fußende des Bettes, und Mrs. Arbinger klopfte auf eine Stelle weiter oben. Das Klopfen schien sie zu erschöpfen. »Ein bißchen näher«, sagte sie.

Ich rutschte ein Stück weiter zum Kopfende hinauf. Sie nahm eine meiner Hände. Einen Augenblick lang dachte ich, sie wolle mir aus der Hand lesen, aber sie sah sie nur an, legte sie wieder auf das Bett und tätschelte sie. Sie lächelte mich an. Mir fiel auf, daß ihre Zähne sehr weiß waren. Sie sahen aus, als seien sie der einzige Körperteil an ihr, der noch gesund war. Ich fragte mich, ob es ein Gebiß war.

»Es ist sehr schön, Sie zu sehen«, sagte Mrs. Arbinger. »Es ist nett von Ihnen, daß Sie mit heraufgekommen sind.«

Ich nickte nur.

»Es tut mir leid, daß ich Sie hier weitab von der Welt einschließe, aber ich wollte Ihnen sagen, wie sehr es mich für Sie und Alison freut. Ich habe Sie immer gemocht, und ich bin sehr glücklich. Mehr will ich nicht sagen, denn ich möchte Sie nicht verlegen machen.«

»Ich bin auch glücklich«, sagte ich, obwohl meine Stimme nicht so klang, als gehöre sie mir. »Ich danke Ihnen.«

Mrs. Arbinger sah zum Fenster. »Würden Sie mir einen Gefallen tun?« fragte sie.

»Natürlich«, sagte ich.

»Würden Sie aus dem Fenster sehen? Ich darf nicht aufstehen, und es fehlt mir, daß ich nicht hinaussehen kann.«

Ich stand vom Bett auf und ging zum Fenster. Hinter dem Haus war ein Teich und dahinter eine Koppel mit einem Pferd und dahinter irgendwelche Wälder.

»Können Sie den Teich sehen?« fragte Mrs. Arbinger.

»Ja«, sagte ich.

»Schwimmen Wildgänse darauf?«

»Nein«, sagte ich.

»Ach«, sagte sie. »Die werden noch kommen. Sind die Blätter schön?«

»Ja.«

»Ist es Ihnen unangenehm, das für mich zu beschreiben?«

»Nein«, sagte ich.

»Es ist nur, daß ich mir das gerne vorstelle, und ich will es mir richtig vorstellen. Welche Farbe haben die Blätter?«

»Hauptsächlich gelb«, sagte ich. »Ein paar sind rot. Es regnet.«

Sie wartete einen Augenblick, bevor sie die nächste Frage stellte. »Wollen Sie und Alison wirklich heiraten?« fragte sie leise.

Ich sah zu ihr hinüber. Ich hatte das Gefühl, daß sie mich, während ich am Fenster stand, beobachtet und sich dann abgewendet hatte; sie blickte zum weißen, straff gespannten Betthimmel hinauf. »Was?« sagte ich.

»Verzeihen Sie mir, wenn ich unhöflich bin«, sagte sie und sah mich noch immer nicht an. »Ich möchte mich nur überzeugen, und Alison kann ich nicht fragen.«

»Überzeugen, – wovon?« sagte ich.

»Ich möchte nicht, daß Sie das nur für mich tun«, sagte sie. »Ich weiß, daß ihr beide euch liebt, aber ich weiß auch, daß man mit dem Heiraten heutzutage länger wartet. Ich möchte nur nicht, daß ihr etwas Überstürztes tut, nur um mich glücklich zu machen. Das braucht ihr nicht.«

Ich glaube, wenn sie weiter den Betthimmel angesehen hätte, wäre meine Antwort anders ausgefallen. Aber das tat sie nicht. Sie wandte mir ihr schmales, mattes Gesicht zu und lächelte.

»Aber nein«, sagte ich. »Wir wollen sehr gern heiraten.«

Wir saßen einen Augenblick da. Ich glaubte, Tränen in

Mrs. Arbingers Augen zu sehen, aber ich war mir nicht sicher, denn auch in meinen eigenen Augen schienen Tränen zu stehen.

Die Pflegeschwester kam mit einem kleinen Silbertablett herein. Darauf stand ein Glas Rote-Bete-Saft.

Als ich hinunterging, hatte es aufgehört zu regnen. Alison und ich machten einen Spaziergang. Wir gaben dem dicken weißen Pferd auf der Koppel Karotten und folgten dann einem Kiesweg, der in den Wald führte. Die Sonne ging gerade unter, als wir eine Stunde später am anderen Ende der Koppel wieder herauskamen, und der Anblick des weißen Pferdes verwirrte mich vollkommen. Ich hatte gedacht, daß wir tiefer und tiefer in den Wald gegangen waren, aber das war eine Täuschung gewesen. Der gerade Weg hatte sich die ganze Zeit unmerklich gekrümmt. Als wir um den Teich herumgingen, hörten wir hinter uns ein Geräusch, und als wir uns umdrehten, sahen wir ein zittriges v aus lauter Wildgänsen. Sie ließen sich sinken und landeten gleitend auf dem Wasser, sammelten sich dann und schwammen zum grasbewachsenen Ufer. Sie tauchten in die Schatten ein. Wir standen da und sahen ihnen nach, bis sie verschwunden waren, bis auch das Wasser des Teiches wieder ganz still geworden war.

Alison fragte mich nicht, worüber ihre Mutter und ich gesprochen hatten. Ich sagte es ihr nicht.

Am nächsten Morgen, noch bevor irgend jemand sonst auf war, verließen Alison und ich die Abtei. Sie setzte mich an meiner Wohnung ab und fuhr davon, und ein paar Monate lang sah ich sie nicht, bis wir uns auf einer Neujahrsparty in Cambridge begegneten. Wir saßen auf dem Rand eines Bettes, das in eine niedrige Empore eingelassen war, aber es war schwer, sich zu unterhalten. Es war viel zu voll in dem Raum, und hinter uns, auf dem Bett, tanzten Leute.

»Komm«, rief Alison. »Laß uns irgendwohin gehen, wo es nicht so laut ist.«

Ich folgte ihr ins Badezimmer. Alison setzte sich auf den Rand der Badewanne, die voller Eisstückchen und Sektflaschen war. Jede Flasche sah anders aus, und der Gedanke, daß sie, jede für sich, irgendwo in der Stadt gekauft und dann alle zusammen in die Badewanne gelegt worden waren, gefiel mir.

»Ich muß dir was sagen«, sagte Alison. »Ich hätte es dir schon früher sagen sollen.«

»Was?« sagte ich.

»Meine Mutter ist gestorben.«

»Oh«, sagte ich betroffen. Ich hatte gedacht, daß Mrs. Arbinger noch lange leben würde. »Wann?«

»Vor Weihnachten. Am 15. Dezember.«

»Das tut mir leid«, sagte ich. Jemand klopfte an die Tür. »Hau ab!« rief ich.

Alison hatte ihre Finger in das eiskalte Wasser gestreckt, tauchte die Flaschen unter und sah zu, wie sie wieder an die Oberfläche kamen.

»Warum hast du mir das nicht schon früher erzählt?« fragte ich.

»Ich weiß nicht«, sagte Alison. »Ich hasse diese ganze Episode in meinem Leben. Ich wollte alles, was damit zu tun hat, vergessen. Stell dir vor, ich gehe sogar zu einer

Therapeutin. Sie glaubt, daß ich durch die Krankheit meiner Mutter dazu gebracht worden bin, Versprechen zu machen, die ich jetzt nicht einhalten will, und daß ich mich deswegen schuldig fühle.«

»Du meinst, so was wie die Hochzeit?«

»Ja«, sagte Alison.

»Vielleicht sollten wir uns verloben und heiraten, so wie wir es geplant hatten.«

»Und dann?«

»Glücklich leben bis an unser Lebensende«, sagte ich. »Oder uns scheiden lassen.«

Alison lächelte.

»Wie bist du auf mich gekommen?« fragte ich.

»Was?« Sie tauchte noch eine Flasche unter.

»Warum hast du mich gefragt, ob ich mitmache?«

»Weil du nett bist«, sagte Alison.

»Oh«, sagte ich. »Dann wolltest du also gar nicht wirklich heiraten?«

Alison sah mich an. »Ach, Patrick«, sagte sie. »Hast du das wirklich gedacht?«

»Nein«, sagte ich. Ich schüttelte den Kopf. »Natürlich nicht.«

»Gut«, sagte Alison. »Ich möchte mich nicht auch noch dafür schuldig fühlen.« Sie stand auf, beugte sich dann hinunter und zog eine Sektflasche aus dem Wasser. »Laß uns die jetzt trinken«, sagte sie. »Ich muß um halb zwölf gehen. Ich muß den Film für die Mitternachtsvorstellung vorführen.«

»Was für einer ist es denn?« fragte ich.

»*Leoparden küßt man nicht*«, sagte Alison.

Sie beugte sich vor und küßte mich auf die Wange und strich mir über den Hals. Ihre Hand war kalt und naß. Sie fing an, die Sektflasche zu entkorken. Ich schloß die Augen. Ich hasse es, darauf zu warten, daß gleich etwas explodiert.

John Irving
im Diogenes Verlag

Gottes Werk und Teufels Beitrag

Roman. Aus dem Amerikanischen
von Thomas Lindquist. Leinen

Dr. Wilbur Larch und Homer Wells: ein moderner
Schelmenroman und zugleich eine herrlich altmodi-
sche Familiensaga von einem Vater wider Willen und
seinem ›Sohn‹, der, wie einst David Copperfield, eines
Tages auszieht, um »der Held seines eigenen Lebens zu
werden«.

»Ein Roman über die endlosen Mühen der sexuellen
Emanzipation, über den langen, historischen Weg aus
der Bigotterie; von einem Mann geschrieben, mit einem Mann als Held, kein bißchen feministisch und
doch ein flammendes Werk für Frauen. Das mache mal
einer nach.« *Die Zeit, Hamburg*

»*Gottes Werk und Teufels Beitrag* hat noch mehr Kraft
und Echtheit als Irvings frühere Romane.«
The New York Times

Eine Mittelgewichts-Ehe

Roman. Deutsch von Nikolaus Stingl
detebe 21605

In einer Universitätsstadt in Neuengland beschließen
zwei Paare, es einmal mit Partnertausch zu versuchen,
ein mittelgewichtiger Versuch, mit dem schwergewich-
tigen Problem der Ehe fertig zu werden und wieder
gefährlich zu leben. Anfangs scheint in dieser erotisch-
ironischen Geschichte einer Viererbeziehung alles zu
klappen.

»Lust und Last beim Partnertausch, Traum und Alp-
traum, Irrsinn und Irrwitz, Klamauk und Kata-
strophe: Irving verschweigt nichts.«
Frankfurter Allgemeine Zeitung

Das Hotel New Hampshire

Roman. Deutsch von Hans Hermann
detebe 21194

Eine gefühlvolle Familiengeschichte, in der Bären, ein Wiener Hotel voller Huren und Anarchisten, ein Familienhund, Arthur Schnitzler, Moby-Dick, der große Gatsby, Gewichtheber, Geschwisterliebe und Freud vorkommen – nicht *der* Freud, sondern Freud der Bärenführer.

»Ein ausuferndes Bilderbuch, wild fabulierend und von köstlicher Ironie durchsetzt.«
Tagesspiegel, Berlin

»... als ob die Brüder Grimm und die Marx Brothers beschlossen hätten, gemeinsam einen draufzumachen.« *The New York Times*

Laßt die Bären los!

Roman. Deutsch von Michael Walter
detebe 21323

»Irvings Erstling weist bereits alle Vorzüge auf, die seine späteren Bücher auszeichnen: Einfallsreichtum, Witz und Humor. Nacherzählen läßt sich Irvings heiter-melancholischer Schelmenroman, in dem vor allem Wien eine besondere Rolle spielt, nicht. Man sollte ihn lesen.« *Hamburger Abendblatt*

»Ein verblüffendes, originelles und immer höchst menschliches Plädoyer für eine bessere Welt. Ein Buch, das man gerade in dieser Zeit dringend lesen sollte... es macht Mut zur Phantasie und zum aufrechten Gang, tröstet, wenn einen mal wieder die Bienen gebissen haben!« *Süddeutscher Rundfunk, Stuttgart*

Ian McEwan
im Diogenes Verlag

Ein Kind zur Zeit

Roman. Aus dem Englischen
von Otto Bayer. Leinen

McEwans dritter Roman ist eine politische Erzählung
über eine Welt, in der Bettler Lizenzen haben und
Eltern darüber aufgeklärt werden, daß Kindsein eine
Krankheit ist und mit größter Disziplin behandelt wer-
den muß. Er ist aber auch eine subtile Ergründung von
Zeit, Zeitlosigkeit, Veränderung und Alter.

»McEwans unfehlbare Prosa und seine beinahe gött-
lichen Bewußtseinskräfte haben ihn zu einem der
besten britischen Autoren gemacht. Mit seinem lebens-
bejahenden, einfühlsamen, ereignisreichen neuen
Roman schafft er, ohne sentimental zu werden, eine
Brücke zwischen persönlichem, in sich gekehrtem
Schmerz und öffentlicher Verantwortung. Sein Humor
ist nie nur zeitgemäß. Man sollte sich nicht schämen,
dieses Buch nur zu lesen um sich, in jeder Beziehung,
entwaffnen zu lassen.« *The Times, London*

»Kein Zweifel: McEwans bisher bester Roman.«
The Spectator, London

Der Zementgarten

Roman. Deutsch von Christian Enzensberger
detebe 206480

Ein Kindertraum wird Wirklichkeit: Papa ist tot,
Mama stirbt und wird, damit keiner was merkt, ein-
zementiert, und die vier Kinder haben das große Haus
in den großen Ferien für sich. Im Laufe des drückend
heißen, unwirklichen Sommers kapselt sich die Ge-
meinschaft mehr und mehr gegen die Außenwelt ab,
und keiner merkt, daß etwas faul ist.

»Das ist McEwans Kunst: die sachliche Berichterstattung über Groteskes und Absurdes, die Fähigkeit, aus dem Rahmen Fallendes als Gewöhnliches erscheinen zu lassen durch die Gleichgültigkeit und Beiläufigkeit des Erzählens.« *The Times Literary Supplement*

Erste Liebe – letzte Riten

Erzählungen. Deutsch von Harry Rowohlt
detebe 20964

»Die Mehrzahl dieser Geschichten handelt von Jugendlichen und davon, wie sie von der Welt der Erwachsenen verdorben werden. Die Unschuld der Pubertät wird weniger verloren als zerschmettert... Nichts für Zimperliche, aber dieser Stil hat eine lakonische Brillanz, die Bände – andeutet. Nichts wird ausgesprochen, alles wird angetippt.«
Peter Lewis/Daily Mail, London

»Das brillante Debüt des hoffnungsvollsten Autors weit und breit.« *A. Alvarez/The Observer, London*

Zwischen den Laken

Erzählungen. Deutsch von Michael Walter,
Christian Enzensberger und Wulf Teichmann
detebe 21084

»Noch in der erbärmlichsten, entfremdetsten Beziehung finden sich Spuren wirklicher Liebe und des wirklichen menschlichen Bedürfnisses, zu lieben und geliebt zu werden.«
Jörg Drews/Süddeutsche Zeitung, München

»Präzis, zärtlich, komisch, sinnlich – und beunruhigend.« *Myrna Blumenberg/The Times*

»Die sieben Erzählungen sind gegenwartsnah, ein wenig Beckett verpflichtet und etwas Nabokov, aber auch H. G. Wells und George Orwell.«
The New York Times Book Review

Oder müssen wir sterben?

Ein Oratorium. Deutsch von Christian Enzensberger
detebe 21212

»Ian McEwans Prämissen ähneln denen von Manès Sperber, doch seine Folgerungen sind andere, mir sympathischere, allerdings auch utopischere. McEwan fordert keine dritte Atommacht Westeuropa, vielmehr versucht er anhand der Entwicklung der Naturwissenschaften zu zeigen, daß seine Hoffnung auf ein anderes Menschenbild begründbar ist.« *tip, Berlin*

Der Trost von Fremden

Roman. Deutsch von Michael Walter
detebe 21266

Hochsommer, die alte Stadt ist von Touristen überschwemmt. Auch das Liebespaar Colin und Mary, das kein Liebespaar mehr ist, macht hier Urlaub. Sie machen sich sorgfältig zurecht für ihren Dinnerspaziergang durch die Stadt: sie parfümieren sich mit teurem Eau de Cologne, mit peinlicher Sorgfalt wählen sie ihre Garderobe... und dann lauert im Labyrinth der beklemmend engen Gassen ein Minotaurus auf sie. Die Kanäle haben Gegenströmungen, die Lagune ungeahnte Tiefen.

»*Der Trost von Fremden* ist ein irritierendes, atmosphärisch dichtes kleines Meisterwerk.«
Neue Zürcher Zeitung

»Ein exzellenter, tückischer Roman.«
Die Weltwoche, Zürich

Andrea De Carlo
im Diogenes Verlag

Macno

Roman. Aus dem Italienischen von
Renate Heimbucher-Bengs. Leinen

»Macno, einst Talkmaster im staatlichen Fernsehen, hat sich über Einschaltquoten zum Diktator befördert. Ausgehend von einer konventionellen Kritik an der Allmacht des Fernsehens nimmt der Autor die Idee auf und überdreht sie ohne Hemmungen, bis am Ende eine schrille Geschichte steht, die dennoch verblüffend wirklich klingt. Die gedankliche Abenteuerlust De Carlos hat eine Geschichte hervorgebracht, an die sich deutsche Autoren selbst in zehn Jahren noch nicht herangetraut hätten.« *Tempo, Hamburg*

Yucatan

Roman. Aus dem Italienischen von
Jürgen Bauer. Leinen

»Der Roman spielt auf mehreren Ebenen: der topographischen Ebene einer Reise nach Mexiko, der psychologischen einer Selbstfindung des Helden, der ideologischen einer Gegenüberstellung verschiedener Lebenshaltungen. Obwohl das Magische immer wieder in die Geschichte hineinspielt, dominiert es sie nicht. Man kann *Yucatan* auch als Reisebericht lesen. Dies um so mehr, als sich der gleichsam photographische Blick, mit dem der Verfasser gewisse Aspekte des amerikanischen Lebens wahrnimmt, seit der Veröffentlichung seiner Erzählungen *Creamtrain* (1985) und *Macno* (1987) womöglich noch geschärft hat. Bemerkenswert ist nicht nur die Präzision, sondern auch die Wertfreiheit seiner Beschreibungen. Der Verzicht auf die Attitüden eines schöngeistigen Antiamerikanismus versetzt De Carlo in die Lage, ohne Zorn und Eifer bestimmte zeitgenössische Phänomene zu regi-

striren, die ihren Ursprung auf der anderen Seite des Atlantik gehabt haben mögen, aber nicht auf Amerika beschränkt geblieben sind. Dank seiner Fähigkeit zur Nuancierung erkennt man jedenfalls in *Yucatan* überall die Wirklichkeit wieder, in der wir leben.«
Frankfurter Allgemeine Zeitung

Creamtrain

Roman. Aus dem Italienischen von
Burkhart Kroeber. detebe 21563

»Kritisch äußert sich Andrea De Carlo über seine Erfahrungen   Amerika, die er sich in seinem ersten Roman *Creamtrain* vom Leibe geschrieben hat. Mit diesem Buch, dessen Manuskript sein Sponsor und Lektor Italo Calvino betreute, wurde Andrea De Carlo auf Anhieb zum meistversprechenden literarischen Debütanten.« *Sender Freies Berlin*

»*Creamtrain* ist ein perfektes Buch, sehr gut geschrieben, sehr gut zu lesen. Macht Spaß. Unterhält. Ist cool. Stimmig. Kein Wunsch bleibt offen.«
Der Falter, Wien

Vögel in Käfigen und Volieren

Roman. Aus dem Italienischen von
Burkhart Kroeber. detebe 21386

»Eines Tages wird Fjodor Barna, der Held des Romans, aus seiner Ich-Befangenheit herausgerissen, in seinem scheinbaren Stoizismus irritiert durch die Liebe zu dem ebenso schönen wie unberechenbaren Mädchen Malaidina, dessen Anblick ihm das ›Blut verkehrt herum kreisen‹ läßt; und wenn man in Fjodor einen späten Nachfahren von J.D. Salingers Holden Caulfield sehen zu können meint, könnte Malaidina eine Nachfahrin von Holly Golightly aus Truman Capotes *Frühstück bei Tiffany* sein.«
Frankfurter Allgemeine Zeitung

»Was Andrea De Carlo in seinem Roman ›Vögel in Käfigen und Volieren‹ unternommen hat, ist nichts weniger als die erzählerische Bearbeitung eines der zentralen politischen Themen der zweiten Jahrhunderthälfte, jener merkwürdig imaginäre Krieg, den insbesondere junge Menschen gegen die ›Macht‹, gegen ›das System‹ anzuzetteln versuchten…« *Michael Rutschky*

»Atemlos gelebt, atemlos gelesen. Ein Italiener macht deutschen Romanciers Tempovorgaben. Dabei entstand eine neue Gattung: der Liebeskrimi. Das alles in einer Sprache, die nicht lange in sich verweilt, aber dennoch fotografisch genau ist. Ein wildes Buch.«
Szene Hamburg